James Patterson · Das 14. Verbrechen

Autor

James Patterson, geboren 1947, war Kreativdirektor bei einer großen amerikanischen Werbeagentur. Seine Thriller um den Krimi-
nalpsychologen Alex Cross machten ihn zu einem der erfolgreichs-
ten Bestsellerautoren der Welt. Auch die Romane seiner packenden
Thrillerserie um Detective Lindsay Boxer und den »Women's Murder Club« erreichen regelmäßig die Spitzenplätze der internationa-
len Bestsellerlisten. James Patterson lebt mit seiner Familie in Palm
Beach und Westchester, N.Y.

Die »Women's Murder Club«-Reihe:
Der 1. Mord · Die 2. Chance · Der 3. Grad · Die 4. Frau ·
Die 5. Plage · Die 6. Geisel · Die 7 Sünden · Das 8. Geständnis ·
Das 9. Urteil · Das 10. Gebot · Die 11. Stunde · Die Tote Nr. 12 ·
Die 13. Schuld · Das 14. Verbrechen · Die 15. Täuschung

James Patterson
mit Maxine Paetro

Das 14. Verbrechen

Thriller

Deutsch von Leo Strohm

blanvalet

Die Originalausgabe erschien 2015 unter dem Titel
»14th Deadly Sin« bei Grand Central Publishing,
Hachette Book Group, New York.

Verlagsgruppe Random House FSC® N001967

1. Auflage
Copyright der Originalausgabe © 2015 by James Patterson
Copyright der deutschsprachigen Ausgabe © 2018
by Limes in der Verlagsgruppe Random House GmbH,
Neumarkter Str. 28, 81673 München
Copyright dieser Ausgabe © 2020
by Blanvalet in der Verlagsgruppe Random House GmbH,
Neumarkter Str. 28, 81673 München
Redaktion: Gerhard Seidl, text in form
Umschlaggestaltung und -motiv: www.buerosued.de
AF · Herstellung: wag
Satz: Uhl + Massopust, Aalen
Druck und Bindung: GGP Media GmbH, Pößneck
Printed in Germany
ISBN 978-3-7341-0839-6

www.blanvalet.de

Für Suzie und John, Brendan, Alex und Jack

ERSTER TEIL

1 Es war ein strahlend heller, sonniger Morgen im Mai, und Joe Molinari unternahm mit Martha, seiner klugen, drolligen Hündin, sowie Julie, seiner hinreißenden, neun Monate alten Tochter, einen Spaziergang im Park.

Julie hing in einem Tragetuch vor seiner kräftigen, muskulösen Brust, blickte ihm über die Schulter und zeigte mit ihren Fingerchen auf den See. Sie hatte keinerlei Zweifel daran, dass sie richtige, verständliche Worte benützte und dass ihr Dad jede ihrer Anweisungen freudig befolgen würde.

»Hast du eigentlich überhaupt eine Genehmigung, um da überallhin zu zeigen?«, wandte Joe sich an die Kleine.

»Na, klar«, erwiderte er dann mit einer Stimme, wie Julie sie wahrscheinlich gehabt hätte, wenn sie hätte reden können. »Wir wissen doch alle, wer hier das Kommando hat, Daddy. Ich muss bloß irgendwohin zeigen und drauflosbrabbeln. Hihihi. Wer zuerst bei der Bank ist. Zu den Enten.«

Joe wuschelte Julie durch die Haare und nahm Marthas Leine noch ein bisschen fester in die Hand. Aufmerksam blickte er den Weg entlang bis zur Bank und musterte die verschiedenen Menschen mit Hunden und Kinderwagen, die Schatten zwischen den Bäumen und den Verkehr hinter der spiegelnden Wasserfläche. Dann hielt er inne und verharrte etwas länger bei einem Mann im mittleren Alter, der eine Zigarette rauchte und gedankenverloren auf sein Smartphone starrte.

Das alles war völlig normal für einen ehemaligen Bundesagenten, der bis vor Kurzem noch stellvertretender Direktor der Heimatschutzbehörde gewesen war. Mittlerweile hatte er sich auf Risikobewertung und -management spezialisiert und war als freiberuflicher Berater für Großkonzerne, Regierungsstellen und andere Behörden tätig.

Seit nunmehr sechs Monaten war er mit einem hochkomplexen Auftrag befasst, der einem Hindernisparcours voller praktischer und politischer Komplikationen glich und ihn bis zu achtzehn Stunden am Tag in Anspruch nahm. Den Großteil dieser Zeit verbrachte er in dem kleinen Gästezimmer, in dem er sein Büro eingerichtet hatte. Aber insgesamt schien der Auftrag sich positiv zu entwickeln, und er hatte ein gutes Gefühl dabei. Das hatte er auch in Bezug auf seine unmittelbare Umgebung. Jedenfalls setzte er sich ohne weitere Bedenken auf eine leere Bank mit freiem Blick auf die Enten und den See.

Julie lachte und fuchtelte wie wild mit den Ärmchen, als Joe sie aus dem Tragetuch holte und auf seinen Schoß setzte. Martha kam zu ihnen und wollte Julies Gesicht waschen, doch Joe schaltete sich ein und zog die Border-Collie-Hündin an seine Seite. Julie war ganz vernarrt in Martha und ließ ein lang anhaltendes, aufgeregtes Gebrabbel hören. Da klingelte Joes Handy.

Es war nicht Lindsays Klingelton. Er holte das Smartphone aus seiner Brusttasche und sah, dass Brooks Findlay ihn sprechen wollte. Brooks war bei der Hafenbehörde von Los Angeles beschäftigt und hatte Joe für diesen schwierigen Auftrag engagiert. Joe hatte ihn klar und deutlich vor Augen: ein ehemaliger College-Football-Spieler, durchtrainiert, nicht mehr ganz fülliges blondes Haar, Grübchen.

Es war eigenartig, dass Findlay schon so früh am Morgen anrief. Joe meldete sich.

»Joe. Hier ist Brooks Findlay. Haben Sie ein bisschen Zeit für mich?«

Findlays Stimme klang irgendwie dumpf und metallisch und versetzte Joe sofort in Alarmbereitschaft.

Was ist denn mit Findlay los, verdammt noch mal?

2 »Zeit habe ich«, sagte Joe. »Aber ich sitze nicht am Computer.«

»Kein Problem«, erwiderte Findlay. »Hören Sie, Joe. Ich muss Ihnen den Auftrag entziehen. Es funktioniert einfach nicht. Sie wissen ja, wie das ist.«

»Also, ehrlich gesagt ... nein, weiß ich nicht«, meinte Joe. »Was ist denn los? Ich kann das überhaupt nicht nachvollziehen.«

Ein paar Jungs kamen in Joes Blickfeld. Unter lautem Geschrei kickten sie einen Fußball über den Asphaltweg. Gleichzeitig gab das Baby ihm neue Anweisungen. Er legte der Kleinen die Hand auf den Bauch. Hoffentlich fing sie jetzt nicht an zu brüllen. Julie konnte wahnsinnig laut werden.

»Brooks, können Sie mich hören? Ich habe eine Menge Zeit in dieses Projekt gesteckt. Ich habe zumindest eine Erklärung verdient und die Chance, die eine oder andere Korrektur ...«

»Vielen Dank, Joe, aber ich habe da keinerlei Handhabe mehr. Ab sofort nehmen wir das selbst in die Hand, ja? Sie unterliegen natürlich nach wie vor der Schweigepflicht, und ... äh ... Ihr Scheck ist schon unterwegs. Ach, ich kriege einen Anruf auf der anderen Leitung. Muss Schluss machen. Alles Gute.«

Dann wurde die Verbindung unterbrochen.

Joe hielt das Handy noch eine Weile stumm in der Hand,

bevor er es in seine Tasche zurücksteckte. *Wow.* Keine Entschuldigung. Nicht einmal eine halbwegs plausible Begründung. Nur ein unnötig grausamer Schnitt.

Joe ließ sich die letzten Gespräche mit Findlay noch einmal durch den Kopf gehen. Hatte er womöglich eine Andeutung überhört? Hatten zwischen den Zeilen Vorwürfe oder Beschwerden mitgeschwungen? Ihm fiel beim besten Willen nichts ein. Eigentlich hatte Findlay sich immer sehr zufrieden geäußert. Und Joe war sich sicher, dass seine vorläufigen Analysen der sicherheitsrelevanten Aspekte bei den Abläufen in der Container-Abfertigung am Hafen von Los Angeles keinen Anlass zur Unzufriedenheit gegeben hatten.

Damit hatte er beim besten Willen nicht gerechnet.

Nachdem der erste Schock und die erste Verwirrung überwunden waren, nahm er die Folgen in den Blick. Zunächst einmal waren da die Einkommenseinbußen und dann die Demütigung, wenn er diese Pleite bei seiner nächsten Bewerbung irgendwie begründen musste.

Der Gedanke war nahezu unerträglich.

Er hätte zu gerne Lindsay angerufen, aber andererseits … warum sollte er auch ihr noch den Tag vermiesen?

»Hey, Julie«, sagte er zu seiner quengelnden Tochter. »Ist denn das zu glauben? Sie haben Daddy gefeuert. Am Telefon. *Zack.*«

Joe hob die Kleine wieder in das Tragetuch, und sie streckte die Hand aus und legte sie an seine Wange.

»Ist schon in Ordnung, Julie Anne. Ich glaube, wir sollten jetzt mal langsam nach Hause gehen. Ich habe Lust auf einen Bananensmoothie. Du auch?«

Julie machte ein Gesicht, als würde sie gleich anfangen zu weinen.

Sein kleines Mädchen spiegelte ihm seine Gefühle.

»Ist ja gut, ist ja gut, Süße«, sagte Joe. »Nicht weinen. Wir kommen später noch mal wieder und sehen uns die Enten an. In absehbarer Zeit können wir jeden Tag hierherkommen. Ich kann auch ein paar Pfirsiche in den Smoothie mischen, einverstanden? Du magst doch Pfirsiche.«

»Auf jeden Fall, Daddy«, erwiderte er mit seiner Babystimme. Dann ließ er den Blick durch den Park schweifen und stand auf.

»Bist du so weit, Martha? Braves Mädchen.«

Sie bellte und hüpfte, und er ließ ihr lange Leine, bis sie am Ausgang des Parks angekommen waren. Dann nahm er sie für die wenigen Häuserblocks bis nach Hause wieder kurz.

Dort angekommen, dachte Joe nicht mehr an Obst, Eis und Joghurt. Er dachte an Findlay und stellte sich vor, wie er diesen rückgratlosen Mistkerl in den Mixer stopfte.

3 Zur gleichen Zeit saß ich an meinem Schreibtisch. Durch die Fenster zur Bryant Street fiel Tageslicht auf den Linoleumfußboden des Bereitschaftsraums.

Mein Partner, Inspektor Rich Conklin, stand rechts hinter mir, während der Leiter der Kriminalpolizei, Chief Warren Jacobi, sich ungeduldig über meine linke Schulter beugte.

Jacobi hatte vor einigen Jahren mehrere Kugeln in das Bein und die Hüfte bekommen, und die Verletzungen hatten ihn sichtbar altern lassen. Er hatte zwanzig Kilo zu viel auf den Rippen, seine Gelenke knackten bei jedem Schritt, und die ständigen Schmerzen hatten seinem bissigen Humor sämtliche Fröhlichkeit genommen.

»Macht euch auf was gefasst«, knurrte er und reichte mir eine CD. Anschließend seufzte er vernehmlich, während wir gemeinsam darauf warteten, dass mein »lahmarschiger« Computer endlich in Schwung kam.

Ich legte die CD in das Fach. Das Laufwerk surrte, und dann erschien ein Video auf meinem Bildschirm. Laut Datumsstempel war es heute Morgen um 3.06 Uhr aufgezeichnet worden. Die Kamera hing unter einer flackernden Straßenlaterne und zeigte einen menschenleeren Straßenzug im berüchtigt-zwielichtigen Tenderloin-Distrikt. Die grobkörnigen Aufnahmen stammten aus einer dieser billigen Überwachungskameras, die im Grunde genommen eher

Kulisse waren als ein wirksames Mittel zur Identifizierung von Straftätern oder anderen Personen.

»Das ist in der Ellis Street«, sagte Jacobi. »Und das da ist Abschaum«, fügte er hinzu und zeigte mit seinem Wurstfinger auf drei Gestalten, die jetzt ins Bild kamen. Sie trugen schwarze Schirmmützen und marineblaue Windjacken, auf deren Rücken in weißen Buchstaben SFPD zu lesen war. Außerdem hatten sie automatische Handfeuerwaffen bei sich und näherten sich mit geschmeidigen Schritten einem rund um die Uhr geöffneten Laden mit einem großen gelben Leuchtschild über dem Schaufenster: BARES GEGEN SCHECKS. Es war ein Pfandleihhaus für Schecks, das hauptsächlich von Menschen genutzt wurde, die nicht über ein eigenes Bankkonto verfügten.

Ich drückte den Rücken durch, drehte mich um und sah Jacobi fragend an.

Was zum Teufel ist denn das?

»Konzentrier dich auf die Arschlöcher da, Boxer«, sagte er. »Ist schwer zu erkennen. Kannst du das nicht schärfer stellen?«

»Besser geht's nicht«, antwortete ich.

Lange, grobkörnige Sekunden lang sahen wir den Polizisten zu, wie sie die dunkle, von niedrigen, rechteckigen Geschäftsgebäuden gesäumte Straße entlanggingen. Dann sammelten sie sich vor dem beleuchteten Schaufenster und betraten im Gänsemarsch den Laden.

Im nächsten Augenblick erloschen sämtliche Lichter im Inneren des Ladens. Die Tür flog auf, und einer der »Polizisten« kam mit einem Beutel unter dem Arm herausgerannt, dicht gefolgt von den beiden anderen, die ähnliche Umhängetaschen bei sich hatten.

Jetzt kamen sie direkt auf die Kamera zu. Ich versuchte, in ihre Gesichter zu sehen, suchte nach besonderen Merkmalen, nach etwas, was eine Gesichtserkennungssoftware vielleicht identifizieren konnte.

Aber ihre Gesichter sahen *genau gleich aus*.

Erst jetzt wurde mir klar, dass diese Ganoven Latexmasken trugen. Wenige Sekunden nach Verlassen des Ladens waren die Männer mit den SFPD-Windjacken aus dem Blickfeld der Kamera verschwunden.

Jacobi sagte: »Verdammt. Kann mir bitte jemand garantieren, dass diese Typen da keine Polizeibeamten waren?«

4 Mir wurde speiübel angesichts der Bilder, die da gerade über meinen Bildschirm geflackert waren. Wie Jacobi hoffte auch ich, dass die Typen, die diesen bewaffneten Raubüberfall durchgezogen hatten, Ganoven mit einem ganz miesen Sinn für Humor und nicht etwa echte Polizisten waren.

»Hat es Todesopfer gegeben?«, wollte ich wissen.

»Den Besitzer. Er wollte die Kombination für den Safe erst rausrücken, nachdem sie ihn zu Brei geschossen hatten. Die Sanitäter konnten ihm noch ein paar wenige Worte entlocken, bevor er endgültig verblutet ist. Er hat gesagt, dass es Polizisten gewesen sind. Der Junge, der im Laden ausgeholfen hat, sagt, dass in dem Safe im Fußboden ungefähr sechzig Riesen waren.«

Conklin pfiff durch die Zähne.

Jacobi fuhr fort: »Das ist schon der zweite Überfall dieser Art. Vor ein paar Tagen haben drei Männer mit SFPD-Mützen und Windjacken einen spanischen Lebensmittelhändler ausgeraubt. Einen Mercado. Dabei ist zwar niemand getötet worden, aber sie haben auch fette Beute gemacht. Es versteht sich ja von selbst, dass wir diese Typen unbedingt dingfest machen müssen. Sonst fliegt allen Männern und Frauen in Uniform demnächst die Scheiße um die Ohren, ganz egal, ob zu Recht oder nicht.«

Conklin und ich nickten, und Jacobi machte weiter.

»Das Raubdezernat hat die Ermittlungen schon aufgenommen, aber ich habe Brady gesagt, dass ich euch beide
ab sofort mit im Boot haben will. Schließlich hat es jetzt
auch einen Mord gegeben. – Boxer, du kennst doch Philip
Pikelny, den Leiter des Raubdezernats? Ruf ihn an. Du und
Conklin, ihr arbeitet ab sofort mit denen zusammen. Dieser
Fall hat ab sofort oberste Priorität.«

»Alles klar, Chief.«

Jacobi knurrte irgendetwas Unverständliches vor sich hin
und verließ mit stapfenden Schritten den Bereitschaftsraum.

Die Kollegen vom Raub waren mit Sicherheit schon
dabei, die Nachbarn in der Ellis Street zu befragen, während die Kriminaltechnik das betroffene Scheckpfandhaus
auseinandernehmen würde. Wir konnten nur hoffen, dass
vielleicht jemand etwas gesehen hatte und die Bande verriet,
oder dass sie irgendwelche verwertbaren Indizien zurückgelassen hatten.

Ich rief Phil Pikelny an und teilte ihm mit, was Jacobi
angeordnet hatte. Der Sergeant verriet mir alles, was er bis-
lang über den Fall wusste.

»Der Tatort ist immer noch abgesperrt«, sagte er. »Die
Kriminaltechnik wird wohl noch ein bisschen Zeit brauchen.«

Dann sagte er noch, dass er uns die Überwachungsauf-
nahmen des ersten »Windjacken-Coups«, des bewaffneten
Raubüberfalls auf einen spanischen Mercado, zukommen
lassen würde.

»Die Original-CDs sind schon bei der Staatsanwaltschaft,
aber ich beantrage, dass Sie so schnell wie möglich eine
Kopie bekommen.«

Ich rief bei der Verwaltung an und bat um die Dienstpläne jedes einzelnen Beamten des südlichen Bezirks. Vielleicht konnten wir zumindest eine Liste all der Kollegen zusammenstellen, die zum Zeitpunkt der beiden Überfälle dienstfrei gehabt hatten.

Die vordringlichste Frage für mich war folgende: Waren die Räuber tatsächlich Polizisten? Oder nur Verbrecher in Polizei-Windjacken? Damit sicherten sie sich in jedem Fall ein paar Sekunden Vorsprung, bevor die Opfer begriffen, dass sie ausgeraubt werden sollten.

Mein gutmütiger Partner ging ein paar Frühstücksburritos holen, und ich setzte im Pausenraum eine frische Kanne Kaffee auf. Dann nahmen wir an unseren einander gegenüberstehenden Schreibtischen Platz und krempelten die Ärmel hoch.

5 Etliche Stunden nach meinem Telefonat mit Phil Pikelny warteten Conklin und ich noch immer auf die Videoaufnahmen vom ersten uns bekannten Raubüberfall der Windjacken-Räuber. Die Bezirksstaatsanwaltschaft ließ sich Zeit. Ich warf einen Blick auf meine Armbanduhr. Noch konnte ich es schaffen. Dann teilte ich meinem Partner mit, dass ich in zwei Stunden wieder zurück sei.

»Ich habe eine Verabredung und darf auf keinen Fall zu spät kommen.«

Richie holte ein schlankes, grell umwickeltes Päckchen mit Schleife und Grußkarte aus seiner Schreibtischschublade und gab es mir.

»Das ist für Claire. Vielleicht kannst du mir ja ein Stück Kuchen mitbringen.« Er grinste charmant. Conklin ist ein gut aussehender Typ, der es irgendwie geschafft hat, nicht eingebildet zu werden.

Ich nahm sein Geschenk, holte mein eigenes aus meiner obersten Schublade und setzte mich in mein Auto, das auf dem Parkplatz auf der gegenüberliegenden Straßenseite stand. Zwei kurvenreiche Straßen und zehn Minuten später stellte ich meinen betagten Explorer am Straßenrand vor dem Bay Club ab. Ich legte meinen Ausweis auf das Armaturenbrett und ging um die Ecke zu dem Backsteingebäude, in dessen Erdgeschoss sich das Marlowe befand – ein wundervolles Restaurant mit einer Besonderheit: In die großen Fensterscheiben sind allerhand Zitate zum Thema Wein und Speisen eingeritzt.

Ich spähte durch die Scheiben ins Innere und sah Yuki und Claire im hinteren Teil an einem Vierertisch sitzen. Sie schienen sich ziemlich lebhaft zu unterhalten, und so, wie es aussah, vertraten sie unterschiedliche Positionen. Ich trat durch die Tür in den hellen, fabrikartig aufgemachten Speisesaal, und Yuki entdeckte mich sofort. Es sah fast so aus, als würde sie auf Rettung hoffen.

Sie rief mir über das laute Geplapper der vielen Gäste, das von den Wandfliesen und den zahlreichen Stahlflächen widerhallte, hinweg zu: »Lindsay, hier sind wir.«

Ich ging zu meinen Freundinnen, und Claire stand auf, um mich in den Arm zu nehmen. Sie sah wunderschön aus mit ihrer schwarzen Hose, dem Pullover mit V-Ausschnitt und dem Diamantanhänger in Schmetterlingsform, der an einer Kette um ihren Hals baumelte. In der Regel macht Claire immer gerade irgendeine Diät, um ein paar Pfund abzunehmen, aber in meinen Augen sah sie einfach perfekt aus.

»Alles Liebe, Schmetterling«, sagte ich. »Und alles Gute zum Geburtstag.«

Sie lachte. »Dir auch alles Liebe, Linds.«

Sie erwiderte meine Umarmung, und ich setzte mich ihr gegenüber neben Yuki. Zierlich wie sie war, hatte Yuki sich für einen eleganten blauen Anzug entschieden. Die seidigen Haare fielen ihr bis auf den cremeweißen Seidenkragen, und um den Hals trug sie eine Kette aus pinkfarbenen Korallenperlen. Als ich sie vor einer Woche das letzte Mal gesehen hatte, hatte sie allerdings ein wenig glücklicher gewirkt als jetzt.

»Alles in Ordnung?«, fragte ich sie.

»Alles gut«, lautete ihre Antwort.

Wir umarmten uns, und nachdem ich meine Jacke über die Stuhllehne gehängt hatte, kam Cindy an unseren Tisch geschwebt. Sie strahlte wie eine Rose bei Sonnenaufgang.

Noch mehr herzliche Umarmungen und Begrüßungs-küsschen wurden ausgetauscht, dann legte auch Cindy ein raffiniert verschnürtes Päckchen auf den immer größer wer-denden Haufen aus glitzerndem Papier und Schleifen in der Tischmitte.

Ich freute mich schon auf die Spezialität des Hauses: einen Hamburger aus Bio-Rindfleisch mit karamellisierten Zwiebeln, Speck, Käse und Meerrettichaioli, eingebettet in zwei warme, mit Butter bestrichene Brötchenhälften. Dazu Pommes frites. Aber noch mehr als auf diesen Genuss freute ich mich auf das Zusammensein mit meinen besten Freun-dinnen.

Cindy hatte unser kleines Grüppchen vor etlichen Jahren schon den »Club der Ermittlerinnen« getauft. Im Grunde genommen war es ein Witz, aber gleichzeitig steckte eine Menge Wahrheit darin, weil wir alle vier beruflich mit Ver-brechen zu tun hatten: ich bei der Mordkommission, Claire als oberste Gerichtsmedizinerin von San Francisco, Yuki als aufgehender Stern bei der Bezirksstaatsanwaltschaft und dazu Cindy Thomas, eine fabelhafte Polizeireporterin beim *San Francisco Chronicle*.

Außerdem war Cindy seit Neuestem auch Buchauto-rin. Ihr Tatsachenbericht *Fish und sein Mädchen: Eine wahre Geschichte über Liebe und Serienmord* basierte auf einem Fall, den Conklin und ich bearbeitet hatten. Wir hat-ten die beiden Täter sehr gut gekannt. Cindy hatte unsere

Ermittlungen begleitet und dazu beigetragen, dass wir Mackie Morales – *Fishs Mädchen* – letztendlich zur Strecke gebracht hatten.

Am Ende der Woche sollte das Buch erscheinen. Ich war mir ziemlich sicher, dass das der Grund für ihre strahlende Miene war.

Nachdem wir alle etwas zu trinken bestellt hatten, meldete Claire sich zu Wort: »Yuki will ihren Job kündigen.«

»Kann doch nicht sein!«, sagten Cindy und ich wie aus einem Mund.

»Ich denke darüber nach«, sagte Yuki. »Ich denke nur darüber nach. Es ist mehr eine ... eine Gedankenspielerei. Jetzt macht doch nicht so einen Wind.«

Cindy sprach genau das aus, was ich dachte: »Oh. Mein. Gott. Ich weiß genau, was mit dir los ist. Du bist *schwanger*.«

Yuki war mit meinem Chef verheiratet, dem beinharten, aber unbestechlichen Lieutenant Jackson Brady. Allerdings waren sie erst seit vier Monaten verheiratet. Ich hatte gar keine Gelegenheit, mich mit dem Gedanken vertraut zu machen, dass Yuki und Brady ein Kind bekommen würden, weil Yuki Cindy in gewohnter Schnellfeuer-Manier eine Antwort entgegenschleuderte.

»Nein, nein, *nein*, ich bin nicht schwanger, aber wenn es euch nichts ausmacht – und damit seid ihr alle gemeint –, dann müssen wir jetzt das Essen bestellen, weil ich nämlich in einer Stunde bei einer eidesstattlichen Aussage sein *muss*.«

In diesem Augenblick klingelte mein Handy.

Ich warf einen Blick auf das Display, während die anderen mich mit ihren Blicken durchbohrten. Unsere Freundschaftstreffen waren von schonungsloser Offenheit geprägt. Wir hatten nur eine einzige Regel: Keine Telefonate.

»Tut mir leid«, sagte ich. »Aber da muss ich rangehen.« Und das tat ich dann.

6 Ich ließ die Mädels alleine und suchte mir eine Nische, wo ich ungestört telefonieren konnte.

»Was ist denn los?«, wollte ich von Lieutenant Brady wissen.

»Eine Tote, an der Kreuzung Twenty-Fourth und Balmy Alley«, sagte er. »Ich will, dass du mit Conklin zusammen hinfährst. Dann nehmt ihr eine vorläufige Bewertung vor, riegelt den Tatort ab und bleibt so lange da, bis die Ablösung kommt. Jacobi sagt, dass ihr euch komplett auf diese Scheckpfandhaus-Geschichte konzentrieren sollt.«

Ich ging zurück an unseren Tisch.

»Tut mir leid, ihr Lieben. Das war mein Chef. Ich muss los.«

Entrüstet warf Yuki ihre Serviette ein paar Zentimeter hoch in die Luft.

Cindy sagte: »Was kannst du mir verraten?«

Sie war und blieb eben Journalistin durch und durch, egal ob in der Redaktion des *Chronicle* oder bei der Geburtstagsfeier einer Freundin.

»Gar nichts«, erwiderte ich. »Nicht das kleinste bisschen.«

»Wie oft muss ich dir eigentlich noch beweisen, dass du mir trauen kannst?«, entgegnete Cindy. »Und außerdem bist du mir was schuldig.«

Um ehrlich zu sein, da hatte sie recht. In beiden Punkten.

Ich vertraute ihr. Und vor wenigen Monaten hatte sie mir das Leben gerettet.

»Ich kann dir trotzdem nichts sagen. Nicht mal ein Wort.«

Ich griff nach meiner Jacke. Als ich beinahe hineingeschlüpft war, sagte Claire: »Das kann doch nicht wahr sein. Nicht schon wieder!«

Ihre Miene ließ mich innehalten. Sie war sauer. Stinksauer.

»Wieso denn *schon wieder*?«, wollte ich wissen.

»Weil genau das an meinem letzten Geburtstag auch passiert ist«, erwiderte Claire. »Und im Jahr davor auch.«

»Bist du sicher?«

»Ich bin mir *verdammt* sicher! Obwohl, wenn ich mich recht entsinne, dann waren wir letztes Jahr mit dem Essen fast fertig, als du plötzlich abgehauen bist. Überleg doch mal, Lindsay. Wann warst du das letzte Mal dabei, als ich die Kerzen ausgepustet habe?«

»Es tut mir wirklich leid, aber ich habe keine Wahl. Ich mach es wieder gut, Claire. Bei euch allen. Bei mir auch. Das verspreche ich hoch und heilig!«

Ich schob noch ein paar weitere Entschuldigungen hinterher, verteilte Luftküsschen und stürmte überhastet zur Tür hinaus. Draußen auf der Straße rief ich Rich Conklin an und sagte, während ich zu meinem Wagen ging: »Bin in zehn Minuten da.«

»Ich auch.«

Der Motor sprang sofort an. Ich scherte aus und steuerte meinen Explorer zu einer belebten Kreuzung im Stadtteil Mission.

7

Auf der Kreuzung von Balmy Alley und Twenty-Fourth Street sah es aus wie nach einer Massenkarambolage.

Ich zählte drei hastig abgestellte Streifenwagen, und der nächste kam bereits von hinten angerast. Beide Straßen waren abgesperrt, sodass der Verkehr sich auf der einen freien Spur in der Twenty-Fourth Street staute. Fußgänger drängten sich mit ihren Handys in drei dichten Reihen hinter dem Absperrband. Offensichtlich hatten sie nichts Besseres zu tun, als die blutüberströmte Leiche auf dem Zebrastreifen anzustarren.

Ich stellte meinen Wagen auf dem Bürgersteig ab, holte meine Digitalkamera aus dem Handschuhfach und sah, dass Conklin bereits mit einem jungen Streifenbeamten sprach. Er machte mich mit Officer Martin Einhorn bekannt, einem Berufsanfänger, der gerade einen Strafzettel wegen Falschparkens ausgeschrieben hatte, als es passiert war.

Während Einhorn uns den Tatort zeigte, huschten die Blicke aus seinen schwarzen Augen immer von mir zu Conklin und wieder zurück. Er schwitzte sichtbar, sprach mit gepresster Stimme und in abgehackten Sätzen. Höchstwahrscheinlich hatte er noch nie zuvor einen Toten gesehen, und jetzt war er in unmittelbarer Nähe eines richtigen Mordes gewesen.

Er sagte: »Ich wollte gerade dem roten Mazda da drüben

ein Ticket verpassen. Das Mordopfer hat die Straße überquert, zusammen mit vielen anderen Menschen in beide Richtungen. Hauptsächlich Touristen.« Dabei deutete er mit einer Kopfbewegung auf die Attraktion der Balmy Alley: die vielen farbenprächtigen Wandmalereien, die hier im Lauf der letzten fünfzig Jahre entstanden waren und die alle diverse Menschenrechtsverletzungen zum Thema hatten.

»Ich habe nicht gesehen, wie es passiert ist«, sagte der Frischling. »Dann habe ich das Geschrei gehört, und als plötzlich alle weggelaufen sind, da… da habe ich… sie gesehen.« Er musste sich erst wieder sammeln, bevor er weiterreden konnte.

»Ich habe sofort die Zentrale verständigt, und dann war auch schon der Krankenwagen da. Hat vielleicht eine Minute gedauert. Sie haben gesagt, dass das Opfer tot ist, und ich habe gesagt, sie sollen sie liegen lassen. Weil das ein Tatort ist.«

»Sehr gut«, sagte ich.

Einhorn nickte und berichtete weiter, dass einige Minuten danach ein Streifenwagen eingetroffen sei. Die Beamten hatten alles abgesperrt. »Wir haben versucht, die Namen von so vielen Zeugen wie möglich zu notieren, aber die Leute wollten so schnell wie möglich weg von hier, und wir hatten nicht genügend Beamte, um sie festzuhalten. Aber zwei Zeugen sind dageblieben, Mr. und Mrs. Gosselin, da drüben. Mrs. Gosselin hat die Tat beobachtet.«

Während Conklin zu den beiden Genannten ging, die vor einem Zigarettenladen warteten, verschaffte ich mir einen Überblick, prägte mir die genaue Position des Opfers im Verhältnis zu Fahrzeugen, Häusern und Menschen ein. Dann duckte ich mich unter dem Absperrband hindurch und zeigte den Kollegen, die den Tatort bewachten, meinen Dienstausweis.

Einer der Streifenbeamten sagte: »Hier entlang, Sergeant. Und gut aufpassen wegen des Bluts.«

»Geht klar.«

Ich streifte mir Latexhandschuhe über und trat näher, um mir das Opfer genau anzusehen.

8 Es war ein grässlicher Anblick. Die Tote lag auf der Seite. Es handelte sich um eine Weiße mit schulterlangen braunen Haaren. Ihr Alter schätzte ich auf Ende vierzig, Anfang fünfzig.

Sie sah sehr gepflegt aus und war teuer gekleidet: Unter dem offenen hellbraunen Regenmantel trug sie einen Rock und einen Pullover aus beigefarbener Wolle. Das Blut schien aus einem langen Schlitz zu stammen, der sich von ihrem Unterleib bis zum Brustkorb zog. So eine Wunde ließ sich nur mit Kraft, Entschlossenheit und einem langen, scharfen Messer herbeiführen.

Das Opfer war schnell verblutet. Vielleicht hatte sie nicht einmal mitbekommen, was eigentlich passiert war.

Ich richtete meine Kamera auf die Wunde. Anschließend machte ich ein paar Nahaufnahmen von den Händen des Opfers – kein Ehering –, von ihrem Gesicht und ihren nylonbestrumpften Füßen. Die Frau war beim Sturz aus ihren Schuhen gerutscht, sodass ihre Füße wie gestrandete Fische wirkten.

Neben ihr lag eine echte und ziemlich kostspielige Louis-Vuitton-Handtasche. Ich machte die Tasche auf und fotografierte den Inhalt: ein paar gute Joggingschuhe, ein Schminkset, ein Sonnenbrillenetui von Jimmy Choo, ein Taschenbuch sowie eine Brieftasche aus braunem Leder, neu und von guter Qualität.

Ich klappte die Brieftasche auf und erfuhr, dass das Mordopfer den Namen Tina Strichler trug. Nach dem Geburtsdatum auf ihrem Führerschein war sie kürzlich zweiundfünfzig Jahre alt geworden und wohnte sechs Querstraßen vom Ort ihrer Ermordung entfernt. Sie besaß eine ganze Palette an Kreditkarten, und ihre Visitenkarten wiesen sie als Psychiaterin aus. Außerdem fand ich mehrere Quittungen für Einkäufe am heutigen Tag sowie zweihundertzweiundzwanzig Dollar Bargeld.

Ich holte mein Smartphone hervor und gab Strichlers Namen in eine App ein, die mir direkten Zugriff auf die Datenbanken des San Francisco Police Department ermöglichte. Ohne Ergebnis. Das war nicht weiter verwunderlich. Bis jetzt hatte ich keinerlei Erklärung für die Tatsache, dass diese offensichtlich wohlhabende Frau nicht ausgeraubt worden war. Sie war vielmehr am helllichten Tag erstochen worden, auf offener Straße, wo Handykameras eigentlich allgegenwärtig waren.

Ich umrundete den Leichnam und fotografierte die Schaulustigen auf dem Bürgersteig. Vielleicht wollte der Mörder beziehungsweise die Mörderin ja wissen, was wir am Tatort so machten.

Conklin kam zu mir und fasste die Zeugenaussagen zusammen. Dabei zeigte er in die Richtung, aus der das Opfer gekommen war.

»Die Gosselins haben die Balmy Alley überquert, und zwar so, dass sie dem Opfer entgegengegangen sind«, sagte er. »Mrs. Gosselin hat den Täter erst bemerkt, als sein Arm mit einer schnellen Bewegung zum Oberkörper der Ermordeten gezuckt ist. Sie hat aber nur gesehen, dass es ein mittelgroßer Weißer mit einer schwarzen Jacke oder

schwarzem Mantel war. Oder mit einem schwarzen, über-
hängenden Hemd. Und sie *glaubt*, dass er braune Haare
hatte.«

Conklin machte einen verärgerten Eindruck, und mir
ging es genauso. So viele Augenpaare und trotzdem nur
zwei Zeugen, von denen einer so gut wie gar nichts gesehen hatte.

Mein Partner fuhr fort: »Nach der Attacke ist der Täter
einfach weitergegangen und in der Menge untergetaucht.
Mr. Gosselin hat von alledem nichts mitbekommen. Als
seine Frau angefangen hat zu schreien, hat er sich zu ihr
umgedreht. Und danach war nur noch Chaos. Die reinste
Massenpanik.«

Jetzt hielt ein Zivilfahrzeug neben uns an, und zwei Kollegen aus unserer Einheit stiegen aus: Fred Michaels und
Alex Wang. Brady hatte die beiden erst vor Kurzem eingestellt.

Conklin und ich erzählten ihnen alles, was wir bis jetzt
herausgefunden hatten. Ich versprach, dass ich ihnen einen
schriftlichen Bericht mitsamt meinen Fotos zukommen lassen würde, sobald ich wieder im Präsidium war. Und dann,
so leid es mir persönlich auch tat, übergab ich diesen Fall an
meine neuen Kollegen.

Auf Conklin und mich wartete schließlich eine andere,
ebenso scheußliche Mordermittlung. Wir setzten uns in
unsere Autos und fuhren zurück ins Präsidium, aber in dem
Moment, als ich in die Bryant Street einbog, überfiel mich
eine Erkenntnis, und zwar so unvermittelt und plötzlich wie
eine Ohrfeige aus heiterem Himmel.

Claire hatte recht!

Auch an ihren beiden vorangegangenen Geburtstagen

war jeweils ein Mord geschehen. Und ich war mir so gut wie sicher, dass beide Fälle bis heute noch nicht aufgeklärt waren.

9 Als dieser grässliche Arbeits-
tag dann irgendwann zu Ende
war und ich unsere Wohnung
betrat, wedelte Martha mit dem
Schwanz, bellte und brachte mir ein aufgeregtes Begrü-
ßungsständchen dar. Ich umarmte sie, hielt ihre Vorderpfo-
ten fest, und wir vollführten ein kleines Tänzchen. Dann
rief ich nach Joe.

»Ich bade gerade Julie!«, kam es zurück.

Also gut.

Ich hängte meine Jacke auf, streifte die Schuhe ab und
legte meine Pistole in den Waffentresor. Anschließend
begleitete ich Martha in die offene Küche des luftigen
Apartments in der Lake Street, wo ich als Joes Verlobte
eingezogen war und in dem ich ein Jahr später, während
eines Stromausfalls in einer überaus stürmischen Nacht,
Julie zur Welt gebracht hatte. Damals war Joe nicht in der
Stadt gewesen.

Jener Abend stand auf Platz eins meiner Liste der denk-
würdigsten Nächte meines Lebens.

Ich machte Marthas Futternapf voll und schenkte zwei
Gläser kalten Chardonnay ein. Dann ging ich, gefolgt von
Martha, ins Schlafzimmer.

Ich klopfte an, machte die Tür zum Badezimmer auf und
hatte die beiden Menschen vor mir, die ich mehr liebte als
alles andere. Mein Lächeln zog sich bis zu meinen Ohren.

»Ooooooh«, gurrte ich. »Schau mal, wie niedlich und sauber sie ist.«

Ich beugte mich nach unten und gab Joe, der neben der Wanne kniete, einen Kuss. Julie grinste über beide bezaubernden Bäckchen, hob die Ärmchen in die Höhe und quietschte. Ich stellte die Weingläser auf die Kommode. Dann küsste ich Julies Hand und entlockte ihrer Handfläche ein paar komische Geräusche. Ich reichte Joe das pinkfarbene Handtuch, das mit UNSER WONNEPROPPEN beschriftet war.

Ich weiß ja, dass alle Eltern beim ersten Kind besonders unzurechnungsfähig sind, aber dieses Handtuch war ein *Geschenk*.

»Ich könnte auch ein Bad vertragen«, sagte ich, als Joe unser feuchtes Baby in die Arme nahm.

»Nur zu«, erwiderte mein attraktiver und überaus wundervoller Ehemann. »Wärst du mit einer Pizza Pronto einverstanden? Ich bestelle.«

»Ausgezeichnet«, erwiderte ich. »Würstchen, Champignons, Zwiebeln, okay?«

»Du hast die Jalapeños vergessen.«

»Und Jalapeños.«

Die Pizza kam pronto.

Während wir erschöpft und ungewaschen unser Abendessen verputzten, erzählte ich Joe von den Windjacken-Räubern. Als die Pizzaschachtel im Mülleimer lag, das Baby schlief und Joe in seinem Büro beziehungsweise im Gästezimmer saß und arbeitete, holte ich meinen Laptop ins Wohnzimmer und legte mich auf das große Ledersofa.

Obwohl ich mich vormittags und nachmittags intensiv mit den Windjacken-Räubern beschäftigt hatte, ging mir

Tina Strichler, die Psychiaterin, die auf offener Straße erstochen worden war, einfach nicht aus dem Kopf.

Jetzt, wo ich einen vollen Magen und ein bisschen freie Zeit hatte, verspürte ich den inneren Drang, mich noch einmal mit den beiden Morden zu beschäftigen, die in den Vorjahren jeweils an Claires Geburtstag stattgefunden hatten.

Ich war mir so gut wie sicher, dass beide Fälle aus irgendeinem Grund bis jetzt nicht aufgeklärt worden waren.

10

Mein Mann stand hinter mir und massierte meine verkrampfte Nackenmuskulatur.

»Ooooh, zu Hause arbeiten ist echt toll«, sagte ich.

»Tja, kraftvoll und zärtlich zugleich. Zauberhände eben.«

Ich lachte. »Stimmt genau.«

»Noch einen Schluck Wein?«

»Nein, danke. Ich bin zufrieden.«

»Also gut.« Er drückte mir die Schulter. »Ich drehe noch schnell eine Runde mit Martha.«

»Ich warte auf euch.«

Sobald Joe und Martha die Wohnungstür hinter sich zugemacht hatten, sah ich nach unserer schlafenden Kleinen und machte mich wieder an die Arbeit.

Ich gab mein Passwort ein und hatte Zugang zur SFPD-Datenbank. Das Suchregister war im Grunde genommen nicht viel mehr als eine Liste der Opfer. Jede Akte war datiert und mit dem Vermerk »aktiv«, »abgeschlossen« oder »ungeklärt« versehen. Unter den Namen der Opfer stand jeweils der Name des ermittelnden Beamten.

Da ich nach einem ganz bestimmten Datum suchte, dauerte es nicht lange, bis ich die beiden Frauen entdeckt hatte, die an Claires Geburtstag den Tod gefunden hatten. Ich starrte auf die Namen und konnte mich an beide Fälle sofort erinnern.

Genau wie heute war ich vom Mittagstisch an einen Tatort gerufen worden, weil ich den notwendigen Dienstgrad besaß, nicht im Urlaub und in der Nähe des Fundorts der Leiche gewesen war.

Ich klickte den ersten der beiden ungeklärten Fälle an.

Vor genau zwei Jahren war eine Frau namens Catherine Hayes direkt vor dem kleinen Café ihres Vaters in Nob Hill ermordet worden. Hayes hatte tagsüber in dem Café ausgeholfen und nach Feierabend die Abendschule besucht, um sich zur Buchhalterin und Finanzberaterin weiterzubilden. An jenem zwölften Mai hatte sie draußen vor der Tür eine Zigarette geraucht und mit einer Freundin telefoniert, als ihr irgendjemand ein Messer in den Rücken gerammt und ihr anschließend die Kehle aufgeschlitzt hatte.

Es gab keine Zeugen, und die Freundin am anderen Ende der Telefonleitung hatte lediglich die Schreie des Opfers gehört. Hayes war nicht ausgeraubt worden. Der Mörder hatte sein Messer mitgenommen und auch sonst keine Spuren hinterlassen – keinen Zettel, keine DNA, keine Hautzellen unter den Fingernägeln des Opfers. Es gab praktisch keine Indizien, und auch die weiteren Ermittlungen hatten keinerlei verwertbare Hinweise erbracht. Catherine Hayes hatte tief verzweifelte Angehörige und Freunde hinterlassen, während ihre Akte im Stapel mit den ungeklärten Fällen verschwunden war.

Genau wie die von Yolanda Pirro, einer Lyrikerin, die im letzten Jahr an dem berühmten Bay-to-Breakers-Lauf teilgenommen hatte. Dieser zwölf Kilometer lange Volkslauf steht seit über hundert Jahren als Großereignis im Kalender von San Francisco. Viele Läuferinnen und Läufer tragen Kostüme, manche treten ganz nackt an, während andere als

Fische verkleidet rückwärts laufen, als würden sie stromaufwärts schwimmen. Es ist wirklich ein unglaubliches Spektakel.

Yolanda Pirros Leichnam war am Tag nach dem Lauf in einem Gebüsch am Ende der Strecke entdeckt worden. Sie hatte Sportkleidung getragen, also nichts, womit sie irgendwie aufgefallen wäre.

Ihr Körper war von zahlreichen Stichwunden übersät gewesen, und jede einzelne wäre wohl tödlich gewesen. Ihr völlig am Boden zerstörter Ehemann und ihre engen Freunde hatten übereinstimmend ausgesagt, dass sie keine Feinde hatte. Sie hatte Gedichte geschrieben, sich ehrenamtlich in einem Gemeinschaftsgarten engagiert und war gerne gejoggt.

Sie hatte keine Berührungspunkte mit Catherine Hayes gehabt, keine gemeinsamen Freunde, Verwandten oder Bekannten. Der nördliche Bezirk hatte den Fall damals übernommen und weder Tatverdächtige noch Zeugen aufstöbern können – oder aber Zehntausende von Verdächtigen, nämlich alle die, die am Rennen teilgenommen hatten oder als Zuschauer dabei gewesen waren. Aber ohne jede Spur war auch Yolanda Pirros Akte irgendwann bei den ungeklärten Fällen gelandet.

Vieles an Pirros Fall erinnerte mich an Tina Strichler.

Viele Menschen, aber keine Zeugen.

Alle drei Opfer, die an Claires Geburtstag umgebracht worden waren, waren attraktive weiße Frauen zwischen vierunddreißig und zweiundfünfzig gewesen. Sie hatten in einer dicht besiedelten Wohngegend gelebt, alles in allem keine fünf Kilometer voneinander entfernt.

Gab es da vielleicht doch eine Parallele?

Nun ja, klar. *Sie waren alle erstochen worden.*

Ich starrte über den Rand meines Laptop-Monitors hinweg und durchforstete mein Gehirn, ob es vielleicht doch irgendetwas gab, was den Tod dieser drei Frauen miteinander verbinden könnte. Da küsste mich jemand auf die Schläfe.

Ich streckte die Arme aus, so wie Julie es immer macht, und Joe aktivierte sämtliche Lachfältchen und gab mir noch einen Kuss. Dann setzte er sich zu mir aufs Sofa.

»Was machst du denn da?«, wollte er wissen.

»Ich stöbere in ein paar alten Fallakten herum.«

»Ach ja? Und wieso?«

Ich erzählte ihm alles.

11

Um 3.15 Uhr schlug ich die Augen auf. Vielleicht hatte die scharfe Pizza mich schlecht träumen lassen. Oder ich hatte einfach nur gespürt, dass Joe mit offenen Augen neben mir lag.

Jedenfalls wusste ich sofort, dass etwas nicht stimmte.

Ich drehte mich zu meinem Mann um und legte ihm eine Hand auf den Unterarm.

»Joe? Alles in Ordnung?«

Er stieß einen Seufzer aus, der beinahe die Vorhänge auf der anderen Seite des Zimmers zum Rascheln gebracht hätte. Irgendetwas raubte ihm den Schlaf, aber was? Ich ließ mir in Windeseile noch einmal unseren Abend durch den Kopf gehen. Abgesehen von meiner Frage »Wie war dein Tag?« und seiner Antwort »Ganz gut« hatten wir nur über *meine* Arbeit und *mich* gesprochen.

Mit einem Mal hatte ich ein sehr, sehr schlechtes Gewissen.

Ich rüttelte ihn sanft am Arm. »Joe? Was ist denn los?«

»Ich wollte dich nicht aufwecken«, sagte er.

»Hast du auch gar nicht. Was ist los?«

Joe seufzte noch einmal, dann knüllte er die Kissen zusammen, zog die Decke zurecht und trank einen Schluck Wasser. Endlich sagte er: »Brooks Findlay, dieser kleine Scheißer. Er hat mich gefeuert. Mann, also echt, damit hatte ich *wirklich* nicht gerechnet.«

»*Was?* Aber wieso denn?«

»So richtig erklärt hat er es gar nicht. Es mit einem anderen Ansatz probieren, bla bla bla. War sowieso gelogen, das war ganz offensichtlich. ›Du bist raus. Dein Scheck ist unterwegs‹.«

Ich war geschockt, nicht nur über die Tatsache, dass Joe keine Arbeit mehr hatte, sondern genauso sehr darüber, dass Findlay meinen Mann so eiskalt abserviert hatte. Und zwar nicht nur deshalb, weil alles, was Joe Kummer bereitet, auch mir Kummer bereitet. Sondern weil Joe stellvertretender Direktor im Ministerium für Heimatschutz war. Er verfügt über ein außergewöhnliches Wissen, kann sehr gut kommunizieren und genießt außerdem überall auf der Welt einen hervorragenden Ruf. Hafenbehörden sind seine Spezialität.

Brooks Findlay hingegen hatte nach seinem Studium der Betriebswirtschaft einen Bürojob in Los Angeles angetreten. Also, aus meiner Sicht muss der Tag, an dem er Joe für diesen Auftrag engagiert hat, der Höhepunkt seiner beruflichen Karriere gewesen sein. Vielleicht passte es ihm ja nicht, dass er in Joes Schatten stand.

»Ich *fasse* es einfach nicht, Joe! Und du hattest nicht die geringste Ahnung?«

»Nicht den Hauch. Wenn ich irgendwie Mist gebaut hätte, dann hätte Findlay mir das ja garantiert genüsslich unter die Nase gerieben. Aber jetzt fällt mir keine andere Erklärung ein, als dass er mich nicht leiden kann. Oder dass einer seiner Vorgesetzten mich nicht leiden kann. Das stinkt doch zum Himmel! Wobei… letztendlich spielt es keine Rolle.«

»Wie meinst du das?«

»Weil ich noch nicht reif für die Rente bin. Ich werde mir was Besseres suchen. Aber erst, wenn ich diese Angelegenheit sauber zu Ende gebracht habe.«

Joe schnappte sich sein Handy und tippte.

Großer Gott. Es war doch erst halb vier Uhr morgens. Am anderen Ende der Leitung ertönte eine krächzende Stimme. Mein Mann sagte: »Hallo, Brooks, Joe Molinari hier. Hören Sie, Sie haben mich heute Morgen einfach abgewürgt, darum konnte ich es Ihnen nicht mehr sagen. Ich habe nämlich einen entscheidenden Durchbruch in unserer Sache erzielt... Ja, genau. Absolut. Ich habe den Schlüssel für dieses gottverdammte Rätsel entdeckt. – Aber da Sie mich noch einmal an meine Schweigepflicht erinnert haben, habe ich alles gelöscht. Sie brauchen sich keine Sorgen zu machen. Die Festplatte ist komplett neu formatiert. Die Informationen lassen sich also auf keinen Fall wiederherstellen. Die bekommt niemand zu Gesicht.«

Ich nahm kreischendes Protestgeschrei im Hörer wahr, ohne jedoch die einzelnen Worte zu verstehen.

»Nein, nein. Das ist alles. Ich wollte Ihnen nur sagen, dass Sie sich keine Gedanken machen müssen. Meine Arbeit hat nie existiert. Gute Nacht.« Joe unterbrach die Verbindung und fügte hinzu: »Du kleines Arschloch.« Mit einem teuflischen Grinsen im Gesicht wandte er sich an mich: »Also, das war *echt* unbezahlbar.« Er brach in schallendes Gelächter aus, und ich fiel ein. Dann stellte er sein Telefon auf lautlos und legte sich neben mich.

Ich stellte mir vor, wie Findlay fluchend versuchte zurückzurufen, aber immer nur die Mailbox erreichte. Absolut nichts erreichte.

Ich schlief in den Armen meines Mannes ein, und als

ich wieder aufwachte, waren Joe, Julie und Martha in der Küche, und Joe machte Apfel-Pfannkuchen.

Es war der leckere Beginn eines ziemlich lebhaften Tages.

12

Innerlich zerrissen stellte Yuki an diesem Morgen ihren Wagen auf dem unbewachten Parkplatz vor dem Fort Mason Center ab. Um zehn hatte sie ein Bewerbungsgespräch beim Prozesshilfeverein, und obwohl sie gar nicht von selbst auf diese Idee gekommen, sondern vom Verein darum gebeten worden war, war ihr, seitdem sie diesen Termin vereinbart hatte, eigentlich permanent schlecht vor Aufregung.

Der Hauptgrund dafür war, dass ihre Arbeit ihr großen Spaß machte und sie ihren Chef, Leonard »Red Dog« Parisi, sehr gerne mochte. Er war außerdem ihr größter Förderer. Sie hatte weder ihm noch sonst irgendjemandem im Büro erzählt, dass sie mit dem Gedanken spielte, die Seiten zu wechseln. Aus diesem Grund kam ihr dieses Bewerbungsgespräch irgendwie hinterlistig und wie ein Verrat vor.

Und was genauso schwer wog: Sie hatte auch Brady nichts von diesem Termin erzählt. Ihr Mann war meinungsfreudig und konnte ziemlich stur sein, darum wollte sie selbst genau wissen, wo sie stand, bevor er sich äußern konnte. Zumal sie sich ziemlich sicher war, was er ihr raten würde: »Lass es sein!«

Yuki genoss den immer wieder fantastischen Blick auf die Bay Bridge, die sich über die glitzernde Bucht von San Francisco erstreckte. Dann schloss sie ihr Auto ab und ging quer über den Parkplatz zu einem Bürgersteig, der an einem der ehemaligen Kasernengebäude entlang verlief. Nachdem sie mehrere identische rostbraune Türen passiert hatte, entdeckte sie eine mit der Aufschrift PROZESSHILFEVEREIN.

Sie betrat das Büro und nannte der jungen Frau an dem einfachen Holzschreibtisch ihren Namen, nahm sich ein Pfefferminzbonbon aus einer bereitstehenden Schale und setzte sich auf einen von sechs identischen Holzstühlen. Abgesehen von der Empfangsdame war Yuki die einzige Person in dem kleinen, schmucklosen, ja, fast schon schäbigen Zimmer.

Ohne es zu wollen, verglich sie dieses fernab des Stadtzentrums gelegene Büro mit den Räumen der Bezirksstaatsanwaltschaft in der Hall of Justice. Dort war sie eine von Hunderten, war sie Teil einer riesigen Schar von Juristen und Polizeibeamten, die tagtäglich – meist auch nachts und an Wochenenden – mit der Verfolgung von unzähligen Straftaten befasst waren. Die Tätigkeit in der Staatsanwaltschaft verlieh ihr Kraft und Energie, setzte sie unter Strom, forderte sie heraus und vernetzte sie mit dem Zentrum des Justizsystems in San Francisco, wo sie sich gerade langsam, aber sicher einen Namen machte.

Unweigerlich stellte sie sich einmal mehr die Frage, was in Gottes Namen sie eigentlich *hier* zu suchen hatte. Aber sie kannte die Antwort genau.

Denn eine Erkenntnis nagte seit einiger Zeit immer heftiger an ihr und ihrem Gewissen. Es war die Erkenntnis, dass man sich, wenn man genügend Geld hatte, einen sehr viel besseren Rechtsbeistand leisten konnte, als wenn man keines hatte. Einen unendlich viel besseren. Fast täglich wurde irgendwo irgendein armer Kerl, der vor zwanzig Jahren von einem überarbeiteten und überforderten Pflichtverteidiger vertreten worden war, aus dem Gefängnis entlassen, weil ein DNA-Test seine Unschuld erwiesen hatte.

Yuki konnte das Gefühl, dass eine solche Zweiklassen-Justiz nicht das Geringste mit Gerechtigkeit zu tun hatte, nicht mehr länger beiseiteschieben.

Sie hatte tatsächlich schon oft gedacht, dass man diesem Ungleichgewicht eigentlich etwas entgegensetzen müsste … und dann hatte sie letzte Woche einen Anruf von Zac Jordan und dem Prozesshilfeverein bekommen.

Jordan hatte gesagt: »Mir ist zu Ohren gekommen, was für eine verbissene Kämpferin Sie sind, Ms. Castellano. Ich finde, wir sollten uns mal unterhalten.«

Es war zehn Minuten vor zehn, und Yuki nutzte die wenigen stillen Minuten, um sich noch einmal ins Gedächtnis zu rufen, was sie alles über diese Non-Profit-Organisation wusste, die aus Stiftungsgeldern eines ultrareichen Menschenfreundes finanziert wurde. Und sie musste an einen Satz aus dem Schatzkästlein der Headhunter dieser Welt denken, den sie vor ihrer ersten Bewerbung einmal gehört hatte.

Hör dir das Angebot auf jeden Fall an. Ablehnen kannst du immer noch.

Das Telefon auf dem Tisch der Empfangsdame summte.

Die junge Frau nahm den Hörer ab und sagte: »Ms. Castellano? Ich kann Sie jetzt zu Mr. Jordan bringen.«

Showtime.

13 Yuki sortierte ihre verschiedenen Eindrücke, während der langhaarige Mr. Jordan sich von seinem Schreibtischstuhl erhob, um sie zu begrüßen. Er war Ende zwanzig und trug einen genoppten beigefarbenen Baumwollpullover, eine Jeans und einen Ehering. Sein Händedruck war fest, und sein Harvard-Diplom hing an einer unauffälligen Stelle an der Wand hinter dem Hutständer, wo es kaum zu erkennen war.

Genau so sahen linksliberal angehauchte Gutmenschen nun mal aus. Yuki mochte ihn jedenfalls auf Anhieb.

Die beiden bestätigten einander, dass sie sehr erfreut waren, sich kennenzulernen, und Mr. Jordan sagte: »Bitte, nennen Sie mich Zac. Danke, dass Sie gekommen sind. Setzen Sie sich doch.«

»Ich habe schon seit Ewigkeiten kein Bewerbungsgespräch mehr geführt, Zac. Aber ich kenne den Prozesshilfeverein und seine Arbeit. Und ich muss zugeben, dass mich das fasziniert.«

»Die Aussicht auf lange, schlecht bezahlte Arbeitstage in einem chaotischen Büro finden Sie also faszinierend? Das ist, wie ich festgestellt habe, nämlich ein wichtiges Kriterium.«

Yuki lachte. »Ehrlich gesagt hat mein momentaner Job in dieser Hinsicht auch einiges zu bieten.«

Jordan lächelte. »Wir können auch mit ein paar Vorzügen aufwarten, aber die können wir vorerst einmal zurückstellen. Reden wir doch zunächst einmal über Sie. Ich habe Ihren Lebenslauf gelesen und würde Ihnen dazu gerne noch ein paar Fragen stellen.«

»Schießen Sie los«, erwiderte Yuki.

Ab jetzt wurde nicht mehr gelacht, und das *eigentliche* Bewerbungsgespräch begann. Zac Jordan erkundigte sich nach ihrer ersten Stelle in einer Kanzlei für Körperschaftsrecht und nach ihren Beweggründen für den Wechsel zur Staatsanwaltschaft. Anschließend ging er alle Fälle, die sie im Lauf ihrer Tätigkeit für die Bezirksstaatsanwaltschaft betreut hatte, einzeln durch.

In den ersten drei Jahren hatte sie fast jeden Prozess verloren, und Zac Jordan kannte die Abläufe und Zusammenhänge so gut, als wäre er bei jeder Verhandlung dabei gewesen. Er hinterfragte jedes rücksichtsvolle Eröffnungsplädoyer, jede verpasste Gelegenheit, jedes einzelne Mal, wo der Anwalt der Gegenseite sie mithilfe seiner größeren Prozesserfahrung überrumpelt hatte.

Ja, zugegeben, sie hatte etliche schmerzhafte Niederlagen einstecken müssen, aber in der Regel waren dafür auch andere Faktoren entscheidend gewesen: schlampige Polizeiarbeit, eine Zeugin, die plötzlich das Gegenteil behauptet hatte, ein Angeklagter, der noch vor Yukis Abschlussplädoyer Selbstmord begangen hatte. Jedes richterliche »Nicht schuldig« war eine Enttäuschung und eine Demütigung gewesen … und hatte in ihr den Willen gestärkt, besser zu werden. Was ihr ohne Zweifel gelungen war.

Und jetzt saß sie hier und musste einem Mann, den sie nicht kannte und der ihr *vielleicht* einen Job anbieten würde, den sie gar nicht unbedingt haben wollte, ihre ziemlich jämmerliche Bilanz erklären.

Als Zac Jordan sich schließlich dem berühmt gewordenen Amoklauf auf dem Fährschiff *Del Norte* widmete, reichte es Yuki endgültig. Der Angeklagte hatte vier Menschen ermordet und war im Verlauf des Prozesses für unzurechnungsfähig erklärt worden.

Der Amokläufer war *verrückt*, gar keine Frage.

Aber genauso klar war es eben auch ihre Aufgabe gewesen, ihn wegen vierfachen Mordes anzuklagen.

Also zwang sie sich zu einem Lächeln und erwiderte ihrem übereifrigen Gesprächspartner auf der anderen Seite des Tischs: »Nun ja, Zac, ich habe immer mein Bestes gegeben, und ich bin mehrfach befördert worden. Ich begreife, ehrlich gesagt, nicht, wieso Sie mich überhaupt eingeladen haben. Nur, um mir meine Niederlagen unter die Nase zu reiben?«

»In keinster Weise. Aber ich wollte Ihre Sicht der Dinge auf jeden einzelnen dieser Fälle erfahren, weil wir nämlich *immer* die Benachteiligten sind. Wie würden Sie sich als Vertreterin der Armen, der Unglücklichen und der Hoffnungslosen fühlen?«

»Ich weiß es nicht«, erwiderte Yuki und verabschiedete sich in diesem Moment von ihrem Plan, sich das Angebot erst einmal anzuhören, um es im Zweifelsfall einfach abzulehnen.

»Würde Sie das hier vielleicht interessieren, Yuki?« Zac reichte ihr eine Akte. »Das ist ein Fall, der dringend übernommen werden muss. Das Opfer wurde vor einem Crackhaus festgenommen, kurz nachdem dort ein paar Dealer erschossen worden sind. Er ist weggerannt und hatte eine Waffe bei sich. Es bestand also ein hinreichender Tatverdacht, darum hat die Polizei ihn festgenommen. Allerdings war der Junge erst fünfzehn, hatte einen unterdurchschnittlichen IQ, und aus irgendeinem beschissenen Grund waren seine Eltern gerade nicht da. Obwohl er im Verhör immer wieder darauf beharrt hat, dass er die Pistole nur gefunden hat, dass sie ihm gar nicht gehört, haben die Polizisten ihn überredet, auf seine Rechte zu verzichten, und ihn so lange unter Druck gesetzt, bis er ein Geständnis abgelegt hat. – Der arme Tropf ist im Untersuchungsgefängnis gelandet, wo er auf seinen Prozess gewartet hat, aber dann, etwa eine Woche nach seiner Verhaftung, ist er in der U-Haft ermordet worden. In einer ordentlichen Gerichtsverhandlung hätte er womöglich seine Unschuld beweisen können. Ich glaube jedenfalls fest daran, dass er unschuldig war. Ich glaube, dass die Bullen ihn reingelegt haben. Er hätte eigentlich niemals in Haft genommen werden dürfen. – Ich möchte Sie jetzt um etwas bitten, Yuki. Schlafen Sie eine Nacht darüber. Warten Sie ab, wie Sie morgen früh darüber denken. Sie sind meine Kandidatin Nummer eins, aber ich habe auch noch eine zweite Bewerbung vorliegen. Und ich muss diese Stelle sofort besetzen. – Rufen Sie mich an, sobald Sie Ihre Entscheidung getroffen haben, so oder so, okay?«

14 Seit Brady um vier in der Nacht aufgestanden und ständig gegen irgendwelche Möbelstücke gestoßen war, weil er versucht hatte, sich im Dunkeln anzuziehen, lag Yuki wach im Bett.

»Du kannst das Licht ruhig anmachen«, sagte sie.

»Geht schon. Meine Socken. Ich kann nicht mal bei Licht unterscheiden, ob die blau oder schwarz sind.«

Er setzte sich auf die Bettkante und gab seiner Frau einen Kuss.

»Warum bist du eigentlich schon auf?«, wollte sie wissen.

»Da hat jemand ein Drogenlabor zerlegt. Schlaf weiter. Ich ruf dich später mal an.«

Yuki dachte: *Später ist es vielleicht zu spät.*

Er warf einen prüfenden Blick auf seine Dienstwaffe und schnallte sich das Schulterhalfter um.

»Brady?«

»Hmm?«

»Komm noch mal kurz her.«

Er stand neben dem Bett und zog den Reißverschluss seiner Windjacke zu.

»Ich muss dir was sagen. Was Wichtiges«, sagte sie. »Ich werde bei der Staatsanwaltschaft kündigen.«

»Was? Yuki, was redest du denn da?«

»Ich habe ein Angebot von einer Non-Profit-Organisation bekommen. Der Prozesshilfeverein. Hat einen einwandfreien Ruf. Ich bekomme dasselbe Gehalt, keine Sorge. Aber in Zukunft werde ich Menschen verteidigen, die sich keinen Rechtsanwalt leisten können. Ich habe auch schon einen ersten Fall.«

»Können wir das vielleicht später besprechen?« Brady nahm sein Handy aus der Ladestation und steckte es in seine Tasche.

»Na klar können wir das. Aber ich muss dem Prozesshilfeverein Bescheid geben.«

»Heute?«

»Ja. Und davor muss ich es noch Parisi sagen, aber der verreist schon am Nachmittag.«

Brady nahm seine Brieftasche von der Kommode und steckte sie in seine Gesäßtasche. Seine Bewegungen wirkten ziemlich hektisch und unrund. Yuki sah ihm an, was in ihm vorging. Er versuchte, etwas zu verarbeiten, was ihm überhaupt nicht in den Kram passte. Ihr war klar, dass sie sich einen denkbar ungünstigen Zeitpunkt ausgesucht hatte.

»Das hört sich so an, als wäre deine Entscheidung bereits gefallen.«

»Es ist alles ziemlich plötzlich passiert. Gestern war das Bewerbungsgespräch, und ich wollte das Angebot noch einmal überschlafen.«

»Vielen Dank für dein Vertrauen.«

Yuki hätte ohne mit der Wimper zu zucken ihr Leben in Bradys Hände gelegt. Hier ging es nicht um Vertrauen.

»Also gut«, sagte er nach fünf oder zehn Sekunden Schweigen. »Ich schätze mal, dass du das tun solltest, was du willst. Ich hoffe, dass es die richtige Entscheidung ist.«

»Brady? Sei doch nicht so.«

»Die anderen warten auf mich, Schatz. Bis später.«

Sie hörte ihn die Wohnung verlassen, hörte, wie die Tür ins Schloss knallte und der Schlüssel umgedreht wurde. Und sie hörte die Stimme ihrer toten Mutter in ihrem Kopf.

Du hast Stolz deine Ehemann verletzt, Yuki-eh. Warum hast du nicht gefragt, ob er mit Entscheidung einverstanden?

Sie musste ihrer Mutter keine Antwort geben. Stattdessen kam sie sich ein bisschen aufmüpfig vor, weil sie wusste, dass Brady sie bestimmt von ihrem Vorhaben abgebracht hätte. Und zwar mit durchaus guten Gründen. Er hätte gesagt, dass es ihr guttat, in der Hall of Justice zu arbeiten, in seiner Nähe zu sein.

Er, der sein Leben lang nichts anderes als Polizist gewesen war, hätte ihr sehr geduldig erklärt, wie viele Vorteile es hatte, für die Stadt zu arbeiten, dass sie hier einen sicheren Arbeitsplatz hatte, der ihr Aufstiegschancen bot, wo sie sich einen Ruf erwerben und eine gute Pension ansparen konnte. Er hätte gesagt, dass sie zwar viele Arbeitsstunden leisten musste, dass die Zeiten aber berechenbar waren. Und er hätte gesagt, dass er sich ununterbrochen Sorgen machen würde, wenn ihre Arbeit sie in irgendwelche miesen Gegenden verschlug.

Und in jedem einzelnen Punkt hätte er recht gehabt.

Aber gleichzeitig auch nicht.

Sicherheit war etwas Gutes. Aber sie hatte eine andere Vorstellung davon, was sie mit ihrem Leben und ihren Fähigkeiten anstellen wollte. Sie wollte eine Arbeit haben, mit der sie sich durch und durch identifizieren konnte.

Sie warf einen Blick auf den Wecker und streifte ihre Schlafbrille über.

Dann versuchte sie, wieder einzuschlafen, aber daran war nicht zu denken.

Sosehr es sie auch mitnahm, wenn sie Streit mit ihrem Mann hatte, was aber würde wohl Red Dog zu alldem sagen? Mit Sicherheit nichts Nettes.

Trotzdem, sie musste sich dem stellen.

15

Yuki sah, dass Leonard Parisis Bürotür offen stand und dass er an seinem Schreibtisch mit dem weiten, aber langweiligen Blick auf den Verkehr und die heruntergekommenen Baracken irgendwelcher Kleinstunternehmen in der Bryant Street saß.

Der Platz seiner Sekretärin war leer, darum klopfte sie an den Türrahmen. Er lächelte sie an und winkte sie herein. Dabei deutete er auf das Telefon, das er sich gerade ans Ohr hielt.

Sie trat ein und machte die Tür hinter sich zu. Dann setzte sie sich auf einen Stuhl vor seinem mit Leder bezogenen Schreibtisch und betrachtete die Karikatur, die in seinem Rücken an der Wand hing – einen großen roten Hund mit einem Knochen zwischen den Zähnen.

Yuki hatte sich lange überlegt, wie sie es Len beibringen sollte. In gewisser Weise war das genauso wichtig wie ein Eröffnungsplädoyer. Len spielte in ihrem Leben eine sehr bedeutende Rolle. Aber sie wusste, dass dieses Treffen, sobald sie gesagt hatte, was sie zu sagen hatte, einen sehr unangenehmen Verlauf nehmen konnte, je nachdem, was Len anschließend *ihr* zu sagen hatte.

Parisi telefonierte mit einem Zeugen. Es ging um eine bevorstehende Verhandlung. Der Zeuge hatte gerade eine Notoperation hinter sich, bei der er einen fünffachen Herz-Bypass erhalten hatte. Yuki ließ ihre Gedanken schweifen, bis Parisi aufgelegt hatte.

»Tut mir leid, Yuki. Das war Josh Reynolds. Es geht ihm nicht so gut.«

Parisi hatte vor ein paar Jahren auch einen schweren Herzinfarkt erlitten. Yuki war bei ihm gewesen, als es passiert war, und hatte umgehend einen Notarzt alarmiert. Später hatte er dann gesagt, dass sie ihm das Leben gerettet hatte. Das stimmte zwar nicht ganz, aber sie wusste, dass er es so empfand.

Auf jeden Fall betrachtete er sie als gute Freundin. Und das war auch der Grund dafür, weshalb es ihr so wahnsinnig schwerfiel, ihm zu sagen, dass sie kündigen wollte.

»Na, was haben Sie auf dem Herzen, Yuki?«, erkundigte er sich. »Stimmt etwas nicht?«

Yuki krallte sich an der Schreibtischkante fest und sagte: »Len, ich habe ein Jobangebot bekommen, das ich gerne annehmen möchte.«

Was folgte, war geballtes, schalldichtes Schweigen. Yuki hörte ihre eigenen Worte durch ihren Schädel hallen. Sie war ehrlich, respektvoll und direkt gewesen. Was würde Len jetzt machen?

Würde er sie in den Arm nehmen? Oder sie zum Teufel jagen?

Er lehnte sich weit zurück, beugte sich dann wieder vor, legte die Unterarme auf den Schreibtisch und faltete die Hände, blickte ihr in die Augen. Dann sagte er: »Oh, Mann, was für ein miserables Timing. Sie wissen doch, dass ich heute für eine Woche wegfahren will. Ich habe einfach keine Zeit mehr, Ihnen ein Gegenangebot zu machen, aber ich leite alles Notwendige dafür in die Wege. Geben Sie mir ein bisschen was, womit ich arbeiten kann. Was ist das für ein Job? Wie viel haben die Ihnen geboten?«

»Das ist wirklich wahnsinnig nett von Ihnen, Len, aber ich will gar kein anderes Angebot. Eigentlich will ich ja auch gar nicht weg von hier.«

»Tja, dann bleiben Sie doch einfach da. Problem gelöst.«

Sie lächelte. »Aber ich kann nicht. Der Prozesshilfeverein hat mir den Job angeboten, zusammen mit einem wirklich dringenden Fall, den ich sehr gerne übernehmen möchte. Ich fürchte, ich würde es bereuen, wenn ich diese Gelegenheit nicht wahrnehmen würde.«

»Der Prozesshilfeverein? Im Ernst? Sie wollen lieber für eine Non-Profit-Organisation arbeiten, als hier zu bleiben? Ich dachte, wir hätten eine ähnliche Vision für die Entwicklung der Bezirksstaatsanwaltschaft. Sie haben die spektakulärsten Fälle bekommen. Ich meine, nicht nur Brinkley, sondern Herman noch dazu. Ich musste jede Menge Piranhas verscheuchen, um das überhaupt durchzusetzen. Die anderen Assistenten haben sich die Finger danach abgeleckt, auch ein Stück von dem Kerl abzukriegen.«

»Ich weiß, Len, ich weiß... und ich will auf keinen Fall, dass Sie mich für undankbar halten.«

»Yuki, ich spreche aus persönlicher Erfahrung, wenn ich sage, dass eine Nahtoderfahrung einen Menschen sehr stark verändern kann. Sie sind immer noch dabei, dieses Erlebnis und die tödliche Gefahr, in die Sie geraten sind, zu verarbeiten. Für jemanden in Ihrem Alter ist das alles andere als leicht. Aber ich kann Ihnen versprechen, dass Sie in sechs Monaten anders empfinden werden. Lehnen Sie dieses Angebot ab. Geben Sie mir die Möglichkeit, Ihnen hier Ihren persönlichen Traumjob zu...«

»Len, ich habe wegen eines toten Jugendlichen angebissen«, fiel Yuki ihm ins Wort. »Er wurde widerrechtlich festgenommen und in der Untersuchungshaft ermordet. Seine Familie ist völlig zu Recht am Boden zerstört. Der Prozesshilfeverein...«

Parisi wusste bereits, worauf sie hinauswollte. Sie merkte, wie sich Gewitterwolken über ihrem Haupt ballten.

»Sie wollen die Stadt verklagen? Das San Francisco Police Department? Sie stellen sich gegen *uns*?«

»Weil es das Richtige ist.«

»Ich höre, was Sie sagen«, sagte Parisi, »aber ich verstehe Sie nicht.«

Die Entrüstung, die sich auf Len Parisis Gesicht zeigte, hatte Yuki schon öfter gesehen. Allerdings war sie noch nie zuvor gegen sie selbst gerichtet gewesen.

Parisi sprang auf, sodass sein Stuhl sich lautstark im Kreis drehte. Er ging zur Tür und riss sie weit auf. Dann sagte er zu ihr: »Die Personalabteilung stellt Ihnen ein paar leere Kartons zur Verfügung und bringt Sie dann ins Freie. Sie händigen mir Ihren Dienstausweis, Ihren Laptop und Ihre Hausschlüssel aus, und zwar unverzüglich. Und den Scheck mit dem ausstehenden Gehalt können Sie sich in der Buchhaltung abholen. Ich veranlasse alles Nötige.«

»Len, ich stehe in Ihrer Schuld. Ich weiß genau, wie viel...«

»Sparen Sie sich das. Wir sehen uns vor Gericht. Und das meine ich ganz wörtlich. Sie und ich. Persönlich.«

Er kehrte an seinen Schreibtisch zurück, ließ sich auf seinen Stuhl plumpsen und griff nach dem Telefon. Er wählte und kehrte Yuki den Rücken zu. Dann sagte er: »Michelle, hier ist Parisi.«

Michelle Forrest war die Leiterin der Personalabteilung. Yuki verließ Lens Büro und trat wie benommen den Rückweg an.

Sie hatte nicht vorgehabt, ihr ganzes Leben in Stücke zu reißen. Sie wollte doch nur eine andere Arbeit. Und jetzt war ihr Mann sauer auf sie, Len Parisi drohte damit, sie vor Gericht zu zerfetzen, und sie hatte Zac Jordan noch nicht einmal zugesagt.

Tja, jedenfalls würde sie sein Angebot annehmen. Und dann würde sie Schadenersatz für die Familie Kordell erstreiten, weil deren Sohn Aaron-Rey widerrechtlich ins Gefängnis gesperrt und dort ermordet worden war.

Davon gab es jetzt kein Zurück mehr.

16

Als ich am Vormittag zur Arbeit fuhr, grübelte ich ununterbrochen über Tina Strichler nach. Gestern erst war ihr mit einem langen, scharfen Messer die Bauchhöhle aufgetrennt worden. Das war eine brutale und grausame Tat gewesen, die sich aus meiner Sicht irgendwie persönlich anfühlte. Ich wurde das Gefühl nicht los, dass es zwischen ihr und den beiden anderen Frauen, die in den Jahren zuvor ebenfalls an einem zwölften Mai erstochen worden waren, einen Zusammenhang gab.

Brady ist ein sehr scharfsinniger Ermittler, und ich wollte gern seine Meinung dazu hören.

Ich trat also durch die Schranke in den Bereitschaftsraum und entdeckte Brady in seinem kleinen Glaskasten am hinteren Ende. Er saß am Schreibtisch. Sein blaues Hemd spannte sich über seiner Brust und seinen mächtigen Oberarmen. Die weißblonden Haare hatte er zu einem kurzen Pferdeschwanz zusammengebunden, sodass man die vernarbte Stelle an seinem linken Ohr sehen konnte. Die Narbe war eine Erinnerung an ein wildes Feuergefecht, in dem er sich ohne Übertreibung absolut heldenhaft verhalten und vielen Menschen das Leben gerettet hatte. Allerdings hatte er dabei einen Teil seines Ohrläppchens verloren.

Im Moment jedoch starrte er auf seinen Laptop.

Ich sagte Hallo zu Brenda, winkte ein paar der Kollegen

aus der Tagschicht zu, die die Köpfe hoben, als ich vorbeikam, und klopfte an Bradys Tür. Er winkte mich herein, und
ich setzte mich ihm gegenüber auf einen Stuhl.

»Was diesen Mord gestern in der Balmy Alley angeht...«

»Ja. Michaels und Wang sind dran.«

»Ich weiß. Aber ich glaube, dass mir etwas daran bekannt
vorkommt...«

»Geh zu Michaels. Jacobi ruft mich dreimal am Tag wegen
dieser Windjacken-Räuber an. Ich mache mir richtig Sorgen
um ihn. Ich weiß genau, dass er nicht in Ruhestand gehen
will, solange die Sache mit diesen Arschgeigen ihm noch in
den Klamotten hängt. Beziehungsweise uns *allen*. Und jetzt
hat auch noch die Presse Wind davon bekommen. Ich habe
schon Anfragen von was weiß ich wie vielen Zeitungen und
Fernsehreportern auf dem Tisch liegen und dazu natürlich
einen ganzen Waggon voller E-Mails besorgter Bürger.«

Er zeigte auf seinen Laptop.

»Verstehe, Lieutenant«, sagte ich. »Wir sind dran.«

»Okay.« Er fixierte mich mit seinen stahlblauen Augen.
»Schieß los.«

Ich fasste die Aufnahmen der Überwachungskameras von
dem ersten Überfall auf den spanischen Mercado zusammen und sagte ihm auch, dass die Aufnahmequalität noch
schlechter war als bei dem Überfall auf das Scheckpfandhaus. Trotzdem waren die drei Männer mit SFPD-Jacken
und Pistolen klar und deutlich zu erkennen.

»Das Ganze hat gerade mal fünf Minuten gedauert«, sagte
ich. »Sie haben ungefähr zwanzig Riesen erbeutet. Sergeant
Pikelny hat den Ladenbesitzer befragt. Der hat ausgesagt,
dass die Männer mit den SFPD-Windjacken sie alle ins Hinterzimmer eingeschlossen und dann die Kasse aufgeschos-

sen haben. Es wurde so gut wie gar nichts gesprochen. Niemand wurde verletzt.«

»Haben sie irgendwelche Spuren hinterlassen?«

»Nichts. Die Patronenhülsen haben sie eingesammelt und mitgenommen. Haben Handschuhe getragen. Als Nächstes will ich mir zusammen mit Conklin die Aufnahmen von dem letzten Überfall anschauen, da, wo der Besitzer getötet wurde. Und wir werden auch den Überlebenden noch einmal befragen.

»Okay. Aber bringt bitte irgendwas Verwertbares mit, ja?«

Brady war fertig. Ich ließ ihn über seinen Laptop gebeugt zurück und traf mich mit Conklin auf dem Vierundzwanzig-Stunden-Parkplatz in der Bryant Street.

Wir waren sehr gespannt, was Ben Viera uns zu erzählen hatte. Das war der junge Mann, der in dem Scheckpfandhaus gearbeitet hatte, als sein Chef erschossen worden war.

Zum Glück hatte er überlebt, sodass wir ihn fragen konnten.

17

Ben Viera, der überlebende Zeuge des tödlichen Raubüberfalls auf das Scheckpfandhaus, machte seine Tür ungefähr zehn Zentimeter weit auf. So lang war seine Schlosskette. Er wollte unsere Dienstmarken sehen, und wir streckten sie ihm entgegen. Er erkundigte sich nach unseren Namen, und nachdem wir sie ihm genannt hatten, schlug er uns die Tür vor der Nase zu.

Ich hörte ihn telefonieren, mehrere Minuten lang reden und zuhören, immer im Wechsel.

Dann ging die Tür erneut auf, und dieses Mal so weit, dass wir eintreten konnten. Viera war durchschnittlich groß und durchschnittlich schwer und trug eine grün gestreifte Boxershorts und ein Giants-T-Shirt. Er sagte: »Ich habe im Polizeipräsidium angerufen. Nur um sicherzugehen, dass Sie wirklich die sind, für die Sie sich ausgegeben haben.«

»Okay. Das verstehe ich«, sagte Conklin.

Das Einzimmerapartment in der Poplar Street war dunkel und ziemlich verdreckt. Überall lagen Pizzaschachteln und Getränkedosen herum, in der Spüle stapelte sich das schmutzige Geschirr und auf dem Fußboden die Wäsche. Viera klappte seinen Schlaf-Futon zu einem sofaähnlichen Gebilde zusammen, bot uns Platz an und ließ sich in einen Liegesessel sinken.

»Nur damit Sie Bescheid wissen, ich hab ein paar Xanax genommen. Hab ich extra verschrieben gekriegt.«

»Okay«, sagte Conklin.

»Ich hab doch schon mit der Polizei geredet. An dem Abend als... das passiert ist«, sagte Viera und starrte dabei an die Decke.

»Ich weiß, dass das sehr schwierig für Sie ist, Ben«, sagte Conklin. »Sie haben die ganze Geschichte schon einmal erzählt, und jetzt wollen wir, dass Sie das Gleiche noch mal erzählen. Könnte ja sein, dass Ihnen noch etwas eingefallen ist. Im Augenblick haben wir nicht die geringste Ahnung, wer diese Typen gewesen sein könnten. Aber das sind *Killer*. Sie haben sie gesehen, und wir müssen sie einfangen.«

Viera stieß einen tiefen Seufzer aus, dann schilderte er den Überfall und die Schüsse, die ihn ganz eindeutig traumatisiert hatten.

»Na ja, wie gesagt, die waren zu dritt. Sie haben Polizeijacken getragen und so was wie Latexmasken. Sind blitzschnell reingekommen. Einer hat uns durch die Plexiglasscheibe mit seiner Waffe bedroht, und der andere hat die Sicherheitstür aufgetreten. Dann hat einer zu Mr. Díaz gesagt: ›Gib uns das Geld, dann passiert niemandem was.‹«

Der junge Mann berichtete weiter, dass sein Chef eine Waffe gezogen hatte, aber ohne einen einzigen Schuss abzugeben. Einer der Maskierten hatte Díaz in den rechten Arm geschossen. Ein anderer hatte daraufhin Viera in den Schwitzkasten genommen, ihm eine Pistole an die Schläfe gedrückt und verlangt, dass er den Safe öffnen sollte. Viera hatte gesagt, dass der Safe im Boden versteckt war und dass er die Kombination nicht kannte. »Ich schwöre beim Leben meiner Mutter.«

Während der ganzen Erzählung wirkte Viera äußerlich unbeteiligt, aber seine Stimme zitterte, und ich spürte, wie der tödliche Schrecken direkt unter dem dünnen Firnis der Beruhigungsmittel brodelte.

Er sagte: »Mr. Díaz hat sich schreiend auf dem Boden gewälzt, aber er wollte die Kombination nicht rausrücken. Dann haben sie ihm ins Knie geschossen. Oh Gott, das war … schlimm. Und dann hat Mr. Díaz die Kombination verraten. Ich hab den Safe aufgemacht, und sie haben das Geld genommen und sind weggegangen. Ich hab gedacht, dass Mr. Díaz vielleicht durchkommt. Er hat mich immer gut behandelt. Ich hab keine Ahnung, wieso ich überhaupt noch am Leben bin.«

Conklin und ich stellten ihm abwechselnd unsere Fragen: *Ist Ihnen bei einem der Männer vielleicht irgendetwas Ungewöhnliches aufgefallen? Haben Sie vielleicht eine Stimme erkannt? Ist Ihnen einer der Männer bekannt vorgekommen? Könnte einer schon einmal im Laden gewesen sein? Hat einer vielleicht seine Maske oder die Handschuhe abgenommen? Wurden Namen genannt?*

»Ich bin mir nicht sicher, aber ich glaube, der eine hat den anderen Hines oder so ähnlich genannt.«

Das war nicht viel, aber wir verbuchten es trotzdem auf der Habenseite.

Ich gab Viera meine Karte und bat ihn, mich anzurufen, falls ihm noch etwas einfiel, Tag und Nacht.

Er sagte: »Schätze schon. Ich kann sowieso nicht mehr schlafen, und vergessen kann ich auch nicht.«

Er brachte uns noch zur Tür. Kaum war sie hinter uns ins Schloss gefallen, hörte ich, wie der Schlüssel umgedreht und die Kette vorgelegt wurden.

Unser nächster Halt galt dem Scheckpfandhaus.

Die Kriminaltechniker packten gerade ihre Sachen ein, und die zuständige Beamtin, Jennifer Neuenhoff, gab uns eine kurze Zusammenfassung der wichtigsten Erkenntnisse. Sie zeigte uns, wo die Räuber die Tür zwischen dem öffentlichen Teil des Ladens und dem privaten Bereich eingetreten hatten. Sie zeigte uns den riesigen Blutfleck dort, wo Mr. Díaz verblutet war. Wir warfen einen Blick in den geöffneten Bodensafe. Ich kam mir vor, als würde ich hinab in ein Grab starren.

Neuenhoff sagte: »Wir haben höchstens dreißig Millionen Fingerabdrücke gefunden. Die Auswertung kann also nicht länger als drei Menschenleben lang dauern.«

Conklin erwiderte: »Die Zeit können Sie sich sparen. Der Zeuge hat ausgesagt, dass die Räuber Handschuhe getragen haben.«

Zurück im Wagen rief ich Brady an und berichtete ihm alles, was wir erfahren hatten. Im Prinzip hätte man das Ganze als Lehrbeispiel für einen perfekten Überfall inklusive des anschließenden, spurlosen Verschwindens nehmen können. Zum Schluss sagte ich noch, dass wir in zwei Stunden wieder im Präsidium seien.

»Wir müssen erst noch was erledigen, Lieutenant. Was Persönliches.«

Nachdem ich aufgelegt hatte, zog ich das Gummiband aus meinen Haaren, schüttelte meinen Zopf aus und versuchte gleichzeitig, auch meine schlechte Laune abzuschütteln. Ich klappte die Sonnenblende herunter und legte ein bisschen Lippenbalsam auf. Zum Abschluss gönnte ich meinen Wimpern sogar einen Hauch Mascara.

Nachdem ich mein Gesicht in einen einigermaßen vor-

zeigbaren Zustand versetzt hatte, sagte ich zu meinem Partner: »Alles klar. Vollgas bitte, Herr Inspektor.«

»Mit Sirene, Sergeant?«

»Was immer nötig ist.«

Er salutierte knapp, und ich musste lachen. Kurze Zeit
später stellten wir den Wagen vor dem Ferry Building ab.

18

Das San Francisco Ferry Building ist nicht nur das Hafengebäude für die Fährschiffe von und nach Alameda und Oakland, es ist auch eine spektakuläre Markthalle. Der mächtige Bau mit dem Glockenturm und der geschwungenen Gewölbedecke aus Glas und Stahl erinnert mit seinen über zweihundert Metern Länge stark an ein Kirchenschiff. Restaurants, Geschäfte, Büros und ein Bauernmarkt sorgen hier für eine quicklebendige Atmosphäre.

Conklin und ich betraten das Gebäude von der zehn Meter breiten Promenade auf der Wasserseite her, schlängelten uns zwischen den voll besetzten Tischen, wo Gäste hastig ihr Mittagessen hinunterschlangen, hindurch und betraten das Book Passage, eine weitläufige Buchhandlung mit Fenstern, die vom Fußboden bis zur Decke reichten und einen freien Blick hinaus auf die San Francisco Bay ermöglichten.

Vorbei an den Auslagen mit diversen Neuerscheinungen und langen Regalen mit all den anderen Büchern gelangten wir in die hintere Ecke, wo neun oder zehn Zuhörer saßen und zu einer Rednerin an einem Stehpult blickten.

Diese Rednerin war unsere zuckersüße Freundin und Reporterin Cindy Thomas.

Sie sah zum Anbeißen aus, wie immer. Heute hatte sie sich für ein hellblaues Kaschmir-Strickkleid entschieden und sich strassbesetzte Kämme in ihre blonden Locken gesteckt. Sie sprach gerade über ihr frisch erschienenes Buch und kam ganz kurz ins Stocken, als sie uns sah. Dann grinste sie und fing sich wieder. Wir setzten uns.

»*Fish und sein Mädchen* ist die wahre Geschichte zweier Killer, die durch die Liebe und einen Hang zu Serienmorden untrennbar aneinandergekettet waren. Und sollten Sie jetzt automatisch an Bonnie und Clyde denken… diese beiden waren ganz anders, aber mindestens genauso verrückt. Noch *verrückter*, ehrlich gesagt. Und noch *tödlicher*. – Randy Fish und MacKenzie Morales haben nicht gemeinsam gemordet, sondern getrennt, fast so, als hätten sie sich im Gehirn des jeweils anderen eingenistet.«

Cindy hielt das Buch in die Höhe, damit das Publikum das grobkörnige Coverfoto sehen konnte. Darauf waren Fish und Morales zu erkennen, Hand in Hand. Es war, soweit wir wussten, die einzige gemeinsame Aufnahme der beiden überhaupt. Dann berichtete Cindy ihrer überschaubaren Zuhörerschar, dass sie als Polizeireporterin des *San Francisco Chronicle* angefangen hatte, über Randy Fish zu berichten, nachdem er des Mordes an fünf Frauen in und um San Francisco für schuldig befunden worden war.

»Fishs Opfer haben alle einem ganz bestimmten Typ entsprochen«, sagte sie. »Sie waren schlank, dunkelhaarig und im College-Alter, und diese Beschreibung passt haargenau auch auf MacKenzie Morales. Genau solche Frauen wie sie hat Fish bevorzugt gefoltert und getötet. – Aber aus irgendeinem Grund hat er Morales nicht umgebracht. Vielmehr hat er sie geliebt, ja, er hat mit seinem letzten Atemzug noch einmal ihren Namen ausgesprochen. Und sie hat ihn ebenso geliebt.«

Cindy fuhr fort, dass sie nach Randy Fishs Tod angefangen hatte, sich mit MacKenzie Morales zu beschäftigen. Drei Morde waren ihr zur Last gelegt worden, und dann war sie aus dem Polizeigewahrsam entkommen. Während ihrer Flucht hatte sie vermutlich noch etliche weitere Frauen ermordet, die alle haargenau Randy Fishs Typ entsprochen hatten.

Cindy sagte: »Ich hatte Morales einmal zuvor getroffen und hatte gewisse Informationen, was ihren Aufenthaltsort anging. Ich wollte ihr eine Möglichkeit zu einem risikolosen Gespräch bieten, in der Hoffnung, dass ich vielleicht ihr Ego kitzeln könnte. Dass sie mir vielleicht verraten würde, weshalb Randy Fish ihr Mentor, ihr Geliebter und der Vater ihres Kindes geworden war. – Klingt ganz schön riskant, stimmt's? Oder auch komplett *irre*. Ich meine... eine Zeitungsjournalistin, die einer psychopathischen Serienmörderin nachstellt, nur um daraus einen Zeitungsartikel zu machen? – Aber ich war total fasziniert von dieser Geschichte. Ich dachte, dass das die Krimi-Saga einer ganzen Generation werden könnte. Und im Lauf meiner Recherchen habe ich begriffen, dass man im Leben nicht immer die Antworten bekommt, die man sich wünscht. Aber dass die Antworten, die man bekommt, oft alles sind, was man braucht. – Jedenfalls steht das alles, die ganze Geschichte, in diesem Buch.«

Sie hatte es geschafft, hatte ihr Publikum begeistert. Die Leute klatschten wie verrückt, stellten Fragen und reihten sich dann brav vor ihrem Tischchen auf, um sich ihr Exemplar signieren zu lassen.

Ich bekam das Grinsen gar nicht mehr aus meinem Gesicht. Ich war so verdammt stolz auf sie.

Obwohl ich ein kleines bisschen im Abseits stand, konnte ich genau hören, wie Conklin zu Cindy sagte: »Das hier ist für mich. Jede Menge Küsse und Umarmungen bitte. Und dann noch das hier für meine Mutter.«

Cindy lachte. »Na klar. Alles, was du willst, schöner Mann.«

Cindy und Conklin führten seit Jahren eine Achterbahnbeziehung, und zurzeit schwebten sie wieder einmal auf Wolke sieben. Ich hoffte, dass es dieses Mal von Dauer war. Cindy signierte also die Bücher für ihren Lebenspartner und ihre vielleicht zukünftige Schwiegermutter. Als Conklin fertig war, bat ich die Frau hinter ihm, ob sie vielleicht ein Foto von uns machen könnte.

»Na klar.«

Ich gab ihr mein Handy, und dann schnappte ich mir meinen Partner und meine Freundin. Wir nahmen Cindy in die Mitte, schlangen ihr die Arme um die Hüften und sagten »Cheese«. Und dann gleich noch mal.

Cindy sagte: »Lass mal sehen.« Wir versammelten uns um das winzige elektronische Gerät, das uns aufgenommen hatte. Wir sahen richtig gut aus... Wie oft kommt das vor? Hinter dem Podium, direkt über unseren Köpfen, hatte die Buchhandlung ein Transparent aufgehängt. Darauf stand: AUTORIN DES TAGES: CINDY THOMAS.

»Wow, das ist wirklich absolut fantastisch«, sagte Cindy und machte ein paar schnelle Tanzschritte auf der Stelle. »Das perfekte Foto für den perfekten Tag.«

19

Der Mann, der sich Eins nannte, saß hinter dem Fahrer auf der Rückbank der viertürigen Limousine. Die beiden anderen aus seinem Team hießen Zwei und Drei. So konnte niemand versehentlich mit einem Namen herausplatzen.

Eins wusste, dass dieser Job nur schiefgehen konnte, wenn sich irgendjemand besonders dämlich anstellte. Ansonsten war das Ganze ein Kinderspiel. Es gab keine Wachen. Keine Kameras. In der Kasse lag jede Menge Bargeld, und der Laden war nur von einer jungen Frau besetzt.

Im Gegensatz zu Banken, wo man mit allen möglichen Sicherheitsvorkehrungen zu kämpfen hatte und die Beute sich im Durchschnitt auf gerade mal vier Riesen belief, hatten Scheckpfandhäuser in der Regel zwischen fünfzig- und hunderttausend Dollar vorrätig. Bei den Mercados war es normalerweise weniger, aber da dieser hier auch einen Western-Union-Schalter hatte, war mit mehr zu rechnen.

Schweigend beobachteten Eins und sein Team den Fußgänger- und Autoverkehr vor den kleinen Geschäften auf diesem Abschnitt der South Van Ness Avenue. Als er so weit war, ergriff Eins ein Prepaidhandy und rief die Bullen an.

Er sagte mit aufgeregter Stimme: »Hallo, Polizei? Der Schnapsladen Ecke Sixteenth und Julian Avenue wird gerade ausgeraubt. Ich hab *Schüsse* gehört. Jede Menge *Schüsse*. Schicken Sie jemanden vorbei! Schnell!«

Als die Telefonistin seinen Namen wissen wollte, legte er auf. Er wusste, dass sie trotzdem einen Funkspruch absetzen würde. Alle Streifenwagen, die zufälligerweise gerade hier in der Gegend herumkurvten, würden reagieren und dann einen knappen Kilometer von hier entfernt zusammentreffen.

Die junge Frau in dem hell erleuchteten spanischen Supermarkt auf der anderen Straßenseite kassierte gerade Bargeld von einem Kunden, einem älteren Mann. Die Kleine war vielleicht Mitte zwanzig. Sie trug eine lange braune Strickjacke über einem fantasielosen braunen Kleid. Nachdem sie die Einkäufe des Alten in seine gestreifte Stofftasche gepackt hatte, kam sie hinter der Theke hervor und brachte ihn zur Tür. Dann standen sie auf dem Bürgersteig und wechselten noch ein paar Worte auf Spanisch.

Anschließend ging sie wieder in den Laden, machte die Glastür zu und drehte das Schild im Inneren auf GESCHLOSSEN. Eins sah sie in den hinteren Teil des lang gestreckten, schmalen Ladens gehen.

Als sie außer Sichtweite war, sagte Zwei: »Sie ist allein, Eins. Soll ich vielleicht im Wagen bleiben? Damit wir ein bisschen Zeit sparen?«

Jetzt hörte Eins die Sirenen, während Streifenwagen und Zivilfahrzeuge in Richtung Sixteenth Street rasten. Es wurde langsam Zeit.

»Ja. Gute Idee.«

Eins und Drei stiegen aus. Sie hatten die Reißverschlüsse ihrer SFPD-Windjacken zugezogen, die Masken in die Hosentasche und die Pistolen in den Gürtel gesteckt. Es dauerte nur wenige Sekunden, dann hatten sie die Straße überquert. Im Schatten des Eingangs zu dem kleinen

Lebensmittelladen blieben sie kurz stehen und streiften die Masken über.

Eins schob noch den Schild seiner Mütze zurecht und klopfte an die Tür. Dabei hielt er den Blick gesenkt, damit die junge Frau nur die Aufschrift SFPD auf seiner Windjacke, nicht aber sein maskiertes Gesicht sehen konnte.

Drei hatte der Tür den Rücken zugekehrt, blickte auf seine Zehenspitzen hinab und wartete auf das Geräusch des Schlosses. Jetzt klapperte es, und dann ertönte die Türglocke. Die junge Frau hatte ihnen geöffnet.

Mit raschen Schritten traten die beiden Männer ein. Die Frau kreischte. Eins packte sie am Arm und stieß sie ins Innere. Dabei zeigte er ihr seine Pistole. Drei verriegelte die Tür und legte die Schalter am linken Türpfosten um. Die Lichter im Eingangsbereich sowie im vorderen Teil des Ladens erloschen.

Die Frau schrie: »Verschwindet, los, haut ab!« Sie riss sich los, wirbelte herum und rannte zur Hintertür.

Eins rief: »Stehen bleiben oder ich schieße! Ich mein's ernst!«

Die Frau hielt an und jammerte: »Tut mir nichts! *Bitte!*«

Eins sagte: »Niemand will Ihnen etwas antun, Miss. Das ist die Wahrheit. Und jetzt, Hände hoch. Umdrehen. Das war's schon. Jetzt gehen Sie zur Kasse und machen sie auf. Und wenn Sie das alles anständig erledigen, passiert Ihnen überhaupt nichts. Tun Sie einfach genau das, was ich Ihnen sage.«

Die junge Frau reckte die Hände in die Luft und sagte: »Ich kann Ihnen das Geld geben, kein Problem.« Sie ging zum Tresen, schob sich dahinter und sah die bewaffneten Männer an. Auf dem Regal in ihrem Rücken türmten sich Zigaretten, Mundspülung und Deospray.

Eins sagte besänftigend: »Das ist gut. Sehr klug. Sie können jetzt die Hände runternehmen und die Kasse aufmachen. In einer Minute sind wir wieder weg, und Sie sehen uns nie wieder.«

Die junge Frau drückte ein paar Tasten.

Die Kasse machte *pling,* und die Schublade schnappte auf.

»Sehr gut«, sagte Drei. Er beugte sich über den Tresen und wollte das Geld aus der Schublade nehmen. Er hatte nicht damit gerechnet, dass die junge Frau eine Pistole aus der Tasche ihres viel zu weiten braunen Kleids zog.

20

Maya Perez hatte zwei Babys. Eines wuchs gerade in ihrem Bauch heran, seit vierzehn Wochen, um genau zu sein, und es war ihr kostbarster Schatz. Das andere Baby war dieser Laden. Er hatte einst ihrem Vater gehört, und er hatte all seinen Besitz und seinen Verdienst in dieses Geschäft gesteckt, damit es weiterlief, damit sie etwas zu essen hatten und weil er ihr etwas von wirklichem Wert hinterlassen wollte.

Vor genau einem Monat hatte der Krebs ihn dann endgültig besiegt.

Ricardo Perez hatte die Geburt seines Enkelkindes nicht mehr erlebt, aber er hatte das werdende Leben als Geschenk empfunden und Maya den Laden vermacht, den er nach ihr benannt hatte: Mercado de Maya.

Und sie liebte diesen Laden, liebte jedes handgemalte Schild und die Regale, die ihr Vater und ihr Onkel aus weggeworfenem Bauholz zusammengezimmert hatten. Sie wusste ganz genau, wohin jede Schachtel, jede Flasche und jede Dose gehörte. Und jetzt, wo sie schwanger und auf sich alleine gestellt war, garantierte der Laden ihr Überleben.

Sie war nach oben in die Wohnung ihres Vaters gezogen und hatte fest vor, das Geschäft am Laufen zu halten und ihr Baby hier großzuziehen.

Niemals würde sie zulassen, dass jemand sie ausraubte. Das stand überhaupt nicht zur Debatte.

Außerdem gab es da noch etwas anderes.

Als die Männer mit den Polizeijacken vor ihrem Laden gestanden hatten, da war sie davon ausgegangen, dass sie ihr ein paar Fragen zu dem Überfall auf das Scheckpfandhaus stellen wollten, der am Dienstagabend nur ein paar Querstraßen entfernt passiert war. Aber als sie dann die Masken und die Pistolen gesehen hatte, da war ihr klar geworden, dass sie sie erschießen würden, sobald sie das Geld hatten.

So, wie sie es auch mit José Díaz gemacht hatten.

Maya erlebte körperliche Reaktionen, die sie noch nie zuvor erlebt hatte. Ein Kribbeln, Schwindelgefühle, das fast hörbare Pulsieren ihres Bluts. Sie wusste, dass ihr Körper damit auf ihre Todesangst reagierte. Sie konnte nicht weglaufen, sie konnte sich nicht verstecken, aber ihre Gedanken waren glasklar, und sie war zu allem entschlossen. Sie dachte: *Niemals lasse ich zu, dass die mein Baby umbringen.*

Den kleinen Colt ihres Vaters trug sie immer in der Tasche bei sich. Und als der Mann die Hand über den Tresen streckte, um sich ihr Geld zu grapschen, da witterte sie ihre Chance.

Sie richtete die Waffe direkt auf sein Herz, hatte den Finger am Abzug und sagte sehr klar und deutlich: »Waffe fallen lassen.«

Die Bewegung des zweiten Mannes nahm sie kaum wahr, so schnell war er. Er schlug ihr mit voller Wucht auf den Arm. Ein Schuss löste sich, aber sie wusste bereits in diesem Sekundenbruchteil, dass die Kugel nur in den Boden eingeschlagen war.

Danach wurde sie mehrfach getroffen, und um sie herum wurde es schwarz.

21

Es war schon nach acht am Abend, als Conklin und ich die Hall of Justice verließen. Wir waren völlig am Ende und sehnten uns nach dem Feierabend. Mein Partner brachte mich noch zu meinem Auto, das auf dem Parkplatz in der Harriet Street stand. Wir machten ab, wer morgen früh das Frühstück besorgen musste, dann verabschiedeten wir uns voneinander.

Kaum hatte ich das Fenster hochgefahren und den Motor angelassen, rief Brady auf meinem Handy an. Ich klopfte an die Fensterscheibe, um Richie zu signalisieren, dass er warten solle.

Bradys Stimme klang angespannt.

»Boxer, gerade eben wurden mehrere Schüsse in einem Mercado de Maya in der South Van Ness Avenue gemeldet. Der Anrufer hat beobachtet, wie Polizisten aus dem Laden auf die Straße gerannt sind. Das könnten wieder diese Windjacken-Typen gewesen sein. Seht da mal nach.«

Er gab mir eine Adresse durch, und ich sagte: »Wir sind schon unterwegs.«

Rich stand immer noch neben meinem Wagen. »Unterwegs wohin?«, wollte er wissen.

Ich lenkte meinen Explorer mit eingeschalteten Sirenen und Blinklichtern in Richtung South Van Ness, während Rich Joe und Cindy anrief, um ihnen mitzuteilen, dass wir ein bisschen später als geplant nach Hause kommen würden. Fünf Minuten danach hielt ich zwanzig Meter von einem kleinen Supermarkt entfernt am Straßenrand an. Über dem Schaufenster stand in Leuchtschrift MERCADO DE MAYA.

Hinter uns kam ein Streifenwagen zum Stehen. Ich stieg aus und bat die beiden Beamten, einmal um den Block zur Rückseite des Ladens zu fahren. Erst dann näherten Conklin und ich uns dem Vordereingang des kleinen Lebensmittelladens.

Das ist immer der schlimmste Moment: Wenn man nicht weiß, ob der Tatort immer noch heiß ist, ob einem gleich die Kugeln um die Ohren fliegen, ob womöglich Opfer als Schutzschilde missbraucht werden.

Die Tür des Mercado stand weit offen, als mein Partner und ich mit gezogenen Dienstwaffen näher kamen. Das Schloss war nicht aufgebrochen worden, und im Laden brannte kein Licht. Es roch nach Schießpulver.

Ich drückte mich an die Türfüllung und rief: »Polizei. Keine Bewegung!«

Dann hörte ich jemanden stöhnen. Eine Frauenstimme ertönte: »Hier.«

Wir betraten den Laden. Conklin suchte und fand den Lichtschalter und gab mir Deckung, während ich dem Klang der Stimme folgte. Ich entdeckte die Frau nur wenige Meter entfernt auf dem Fußboden hinter der Ladentheke.

Ich steckte meine Pistole ins Halfter und kniete mich neben sie. Sie krümmte sich vor Schmerzen und blutete aus mehreren, dem ersten Eindruck nach schweren Schussverletzungen.

»Der hat mich angeschossen«, sagte sie. »Er hat auf mich geschossen.«

Die Kassenschublade stand offen. Etliche Flaschen waren aus den Regalen gefallen. Hier hatte es einen Kampf gegeben.

Ich hörte, wie Conklin mit der Zentrale sprach und die Verstärkung durch die Hintertür hereinkam. Ich sagte zu dem Opfer: »Halten Sie durch. Der Notarzt ist schon unterwegs. Wie heißen Sie?«

»Maya. Perez.«

Ich sagte: »Maya, der Krankenwagen muss jeden Augenblick hier sein. Sie werden bestimmt wieder gesund. Wissen Sie, wer auf Sie geschossen hat?«

»Ich bin schwanger. Sie müssen mein Baby retten.«

»Keine Sorge. Dem Baby wird nichts geschehen.«

Das waren meine Worte, aber Maya Perez hatte viel Blut verloren. Auf dem Fußboden hatte sich schon eine große Lache gebildet, und vor allem die Wunde in ihrem Oberschenkel blutete immer noch sehr heftig. Ich nahm meinen Gürtel ab und band ihr damit das Bein ab.

Aber es nützte nicht viel.

Dann fragte ich sie noch einmal: »Maya, wissen Sie, wer Ihnen das angetan hat?«

»Ein Polizist«, antwortete sie. »Zwei Polizisten.«

Sie hustete Blut, und Tränen strömten ihr über die Wangen. Sie stöhnte und legte die Hände auf den blutgetränkten Stoff über ihrem Bauch. »Bitte. Mein Baby darf nicht sterben.«

22

Ich nahm Maya Perez' Hände in meine und nuschelte ein paar beruhigende Worte, die ich selbst nicht glaubte.

Wo blieb der Notarztwagen? Wo steckten die bloß?

»Der Polizist, der auf Sie geschossen hat«, machte ich weiter. »Haben Sie ihn zuvor schon einmal gesehen? War er vielleicht Kunde in Ihrem Laden?«

Sie riss den Kopf von links nach rechts und wieder zurück. »Die haben. Polizeijacken. Angehabt. Masken. Handschuhe. Latex.«

»Kann ich vielleicht jemanden anrufen, Maya? Freunde oder Angehörige?«

Rot-blaues Licht fiel zur Schaufensterscheibe herein, als der Notarztwagen draußen zum Stehen kam.

Conklin rief: »Hier drüben liegt sie!«

Ich stand auf, um den Sanitätern Platz zu machen.

»Sie heißt Maya Perez. Sie ist schwanger«, sagte ich.

Die Sanitäter sprachen miteinander und mit ihrer Patientin, legten sie auf eine Rolltrage und brachten sie nach draußen. Ich ging ihnen hinterher.

Mayas Angst um ihr ungeborenes Kind konnte ich sehr gut nachempfinden, und in mir krampfte sich alles zusammen. Einen Augenblick lang stand ich nur da und sah den kleiner werdenden Rücklichtern des Notarztwagens hinterher, der sie ins Metropolitan Hospital bringen sollte.

Dann rief ich Brady an.

»Also schon wieder so ein Polizisten-Überfall?«, fragte er.

»Ich fürchte, ja«, erwiderte ich. »Windjacken. Masken. Handschuhe. Sie hat den Schützen nicht erkannt.«

Während ich mit Brady telefonierte, blickte ich mich im Inneren des Ladens um und suchte an allen möglichen Stellen nach einer Überwachungskamera. Vielleicht war ja ein Objektiv auf die Eingangstür oder die Kasse gerichtet. Als ich nichts entdecken konnte, ging ich nach draußen, immer noch mit dem Handy am Ohr. Möglicherweise hatte ein anderer Laden irgendwo eine Kamera so postiert, dass die Vorderfront des Mercado auf den Aufnahmen zu erkennen war.

Ich sagte: »Brady, ich kann hier keine Überwachungskameras entdecken. Nirgends.«

Er fluchte, und wir tauschten noch ein paar Ideen aus, bis ich ihn nicht mehr hören konnte, weil sich von allen Seiten Sirenen näherten. Conklin und ich machten die Ladentür zu und warteten auf die Spurensicherung. Da meldete sich Brady noch einmal.

»Maya Perez ist ihren Verletzungen erlegen«, sagte er.

»Verdammt!«, brüllte ich in mein Handy. »Und das nur für das bisschen Kleingeld in ihrer Kasse? Das ergibt doch keinen Sinn, Brady, oder?«

»Nein. Kommt zurück ins Präsidium. Ich warte auf euch.«

23

Um kurz vor Mitternacht landeten wir also wieder in der Bryant Street. Brady saß in seinem Büro, und obwohl wir während der vergangenen vier Stunden regelmäßig im Kontakt gestanden hatten, wollte er uns sprechen.

Die Leuchtstofflampen an der Decke warfen kaltes Licht auf die Kollegen der Nachtschicht an ihren Schreibtischen im Bereitschaftsraum, sodass sie aussahen wie blutleere Zombies. Auch Brady hatte große Ähnlichkeit mit einem Halbtoten, und ich würde behaupten, dass auch mein Partner und ich kein besseres Bild abgaben.

Wir setzten uns auf die beiden Stühle in Bradys Glaskasten. Mein Partner kippte seinen Stuhl nach hinten und legte die Schuhe auf die Schreibtischkante. Brady hasst das, aber dieses Mal sagte er nichts.

»Genau das gleiche Vorgehen wie bei den ersten beiden Malen«, sagte Conklin. »Bis auf die Kugeln in Maya Perez' Körper haben die Täter nichts zurückgelassen. Die Gerichtsmedizin leitet sie an die Kriminaltechnik weiter.«

»Wir müssen jeden Stein umdrehen«, sagte Brady. »Und die Erde unter jedem Stein auch.«

»Vorausgesetzt, es handelt sich immer um dieselben Täter, dann sind die ganz schön gerissen, Brady«, sagte ich.

Ich fügte hinzu, dass wir am nächsten Morgen noch einmal die Dienstpläne durchgehen und uns gleichzeitig nach möglichen Motiven umschauen würden: Kollegen, die Karriere machen wollten, aber nur mittelmäßig waren, solche, die unzufrieden, vom Dienst suspendiert oder vorzeitig in den Ruhestand versetzt worden waren. Ich sagte zu Brady: »Aber selbst, wenn wir einmal annehmen, dass es wirklich Polizisten waren, dann ist ja noch lange nicht gesagt, dass sie aus unserem Bezirk oder überhaupt aus unserer Stadt kommen.«

Brady nickte. Dann sagte er: »Ich ziehe ab sofort noch mehr Leute zu den Ermittlungen hinzu.«

Ich hatte mich voll und ganz auf die vor uns liegende Arbeit konzentriert, darum riss ich bei Bradys Bemerkung ruckartig den Kopf nach oben.

»Ein zweites Team?«

»Ich habe mir Inspektor Swanson und Inspektor Vasquez aus dem Raubdezernat ausgeliehen und dazu vier weitere Mitarbeiter.«

Ted Swanson und Oswaldo Vasquez genossen als Polizisten einen ausgezeichneten Ruf. Aber dass sie mit ihren Leuten hier zu diesem Fall hinzugezogen wurden, anstatt dafür zusätzliche Kräfte aus der Mordkommission zu aktivieren, brachte die ganze Befehlsstruktur durcheinander. Ich war nicht glücklich darüber, und Brady sah es mir an.

Er sagte: »Bis jetzt haben wir Folgendes: drei Raubüberfälle, zwei Tote innerhalb von sechs Tagen, keine Indizien, die zähnefletschende Pressemeute am Hals und jede Menge Druck von oben. Also kein Futterneid, Boxer. Swanson kennt sich mit Raubmorden aus wie kein Zweiter. Vasquez ist auf der Straße groß geworden. Ob die Täter Polizisten sind oder nur so tun, spielt keine Rolle. Wenn wir diese Gangster nicht schleunigst hinter Gitter bringen, dann stehen all unsere Jobs auf dem Spiel. Kapiert?«

Ich bewundere Brady. Manchmal mag ich ihn sogar. Aber manchmal ging er mir auch ganz schön auf die Nerven. Swanson und Vasquez hatten nichts, was Conklin und ich nicht hatten.

»Setzt euch mit Swanson und Vasquez in Verbindung«, fuhr Brady fort. »Ich will, dass ihr jeden Stein in der Umgebung dieses Ladens umdreht, so lange, bis ihr irgendwas oder irgendjemanden am Wickel habt. Wir müssen diese Raubserie stoppen, und es ist mir scheißegal, wer das erledigt.«

»Wir sind dran, Boss«, sagte Conklin.

»Ich habe verstanden, Lieutenant«, knirschte ich zwischen zusammengepressten Zähnen hervor. Ich hatte das Gefühl, als würde mir eine schlaflose Nacht bevorstehen.

24 Das kastenförmige Backstein-
wohnhaus lag am Ende einer
kleinen, mit langweiligen, zwei-
stöckigen Häusern gesäumten
Stichstraße unweit der Kreuzung von Taylor Street und
Eddy Street, im übelsten Teil des Tenderloin-Distrikts.

Yuki stieß die Tür des Windfangs auf und drückte auf den
mit KORDELL beschrifteten Klingelknopf.

Der Türöffner summte, und Yuki stieg durch das muffige,
mit Graffiti übersäte Treppenhaus hinauf in den zweiten
Stock. Dort klopfte sie an die hintere Tür im Flur. Sie wurde
einen Spalt weit geöffnet, und eine Frau spähte heraus.

»Ich bin Yuki Castellano. Mr. Jordan vom Prozesshilfeverein hat mir Ihre Adresse gegeben. Hat er Sie schon angerufen?«

»Ja, ja, bitte kommen Sie rein.«

Mrs. Kordell war Afroamerikanerin, sehr schlank und
ungefähr vierzig Jahre alt. Sie trug ein rotes Kopftuch, und
aus den Taschen ihrer Cargohose lugten gelbe Plastikhand-
schuhe hervor.

Yuki folgte ihr durch den langen, schmalen Flur in ein
Wohnzimmer voller Möbel aus den unterschiedlichsten
Generationen. Ein älterer Herr saß in einem Liegesessel und
schaukelte mit einer Hand sanft einen Kinderwagen.

Mrs. Kordell stellte Aaron-Reys Großvater als Neil Kordell vor und sagte, dass ihr Mann bei der Arbeit sei.

»Mein Mann ist völlig am Ende«, sagte sie. »Er kann nicht mehr schlafen. Er redet kaum noch. Aaron-Reys Tod hat ihn völlig aus der Bahn geworfen.«

Yuki setzte sich auf ein fadenscheiniges braunes Sofa, und Mrs. Kordell nahm in einem dazu passenden Sessel Platz. Auf dem Tisch in ihrer Mitte standen mehrere Fotos, die einen lächelnden Aaron-Rey Kordell zeigten.

»Möchten Sie mir vielleicht etwas über Ihren Sohn erzählen?«, sagte Yuki.

Die Mutter des Jungen nahm eines der Fotos in die Hand. »Aaron-Rey war fünfzehn. Er war sehr groß für sein Alter und hat älter ausgesehen, aber geistig war er noch ein Kind.«

Yuki nickte. Zac hatte ihr erzählt, dass Aaron-Rey geistig behindert gewesen war, dass er aber bis zu seiner letztlich tödlich verlaufenen Inhaftierung noch nie mit dem Gesetz in Konflikt geraten war.

»Er ist jeden Tag zur Schule gegangen. Zumindest haben wir das gedacht«, fuhr Aarons Mutter fort. »Ich habe erst jetzt mitbekommen, dass er sich auch mit ziemlich miesen Typen abgegeben hat.«

»Nach den Schüssen in diesem Crackhaus«, sagte Yuki.

Mrs. Kordell nickte, dann setzte ihr Schwiegervater den Bericht fort.

»Aaron-Rey hat gesehen, wie drei Dealer erschossen worden sind, und ist raus auf die Straße gerannt. Dann haben die Bullen ihn geschnappt und eingesperrt, weil er diese Männer ermordet haben soll. Das ist doch ein schlechter *Witz*. Aaron-Rey war auf dem geistigen Stand eines Fünfjährigen. Er hat ja nicht mal gewusst, wie man eine Pistole bedient.«

In diesem Moment schien Mr. Kordell zu merken, dass er

das Baby viel zu heftig schaukelte, und sagte zu dem Kinderwagen: »Entschuldige, Schätzchen.« Dann legte er die gefalteten Hände in den Schoß. Er war erregt und voller Trauer um seinen Enkelsohn.

Yuki sagte: »Soweit ich weiß, hatte Aaron-Rey bei seiner Festnahme eine Pistole bei sich.«

»Ja, das stimmt. Er hat sie *gefunden*. Er hat sich nichts dabei gedacht, außer: *Ooh, eine Pistole*. Und die Polizei hat ihn einfach mitgenommen und stundenlang verhört, ohne *ein Mal* mit uns Kontakt aufzunehmen.«

Mrs. Kordell nahm den Faden auf. »Wenn Aaron-Rey nicht zu Unrecht verhaftet worden wäre, wenn die Polizisten ihm nicht ständig eingeredet hätten, was für ein toller Kerl er ist, weil er diese Drogendealer umgebracht hat, dann hätte er nicht auf seine Rechte verzichtet. Dann hätte er kein Geständnis abgelegt. Und er wäre nicht ermordet worden, während er auf seine Gerichtsverhandlung gewartet hat. Mein Sohn wäre immer noch am Leben.«

Yuki konnte mit dem tiefen Schmerz der Menschen, die Aaron-Rey geliebt hatten, mitfühlen. Und mit einem Mal wurde ihr klar, dass jetzt, wo sie für den Prozesshilfeverein arbeitete, grässliche Geschichten wie diese ihren Alltag bestimmen würden.

Mrs. Kordell sagte: »Die Polizei müsste doch bezahlen für das, was sie ihm angetan haben, Ms. Castellano, oder nicht? Die müssten richtig *viel* bezahlen, damit sie nie wieder einem Kind so was antun.«

Yuki erwiderte: »Da bin ich ganz Ihrer Meinung. Wir haben bereits eine Klage gegen die Stadt und das San Francisco Police Department eingereicht. Die Stadt wird es auf einen Prozess ankommen lassen. Gut möglich, dass Sie als

Zeugin aussagen müssen. Da könnten auch sehr unangenehme Fragen auf Sie zukommen. Die Anwälte werden Aaron-Rey in ein möglichst schlechtes Licht rücken wollen.«

»Wir sind mit im Boot. Alle«, sagte Mrs. Kordell.

»Wir auch«, erwiderte Yuki.

Ehrlich gesagt kam ihr der Entschluss, für den Prozesshilfeverein zu arbeiten, wie eine sehr überstürzte und sehr verrückte Idee vor. Ob sie auch nur ansatzweise dafür qualifiziert war?

Yuki umarmte die Kordells und verabschiedete sich. Sie konnte nur hoffen, dass sie die richtige Entscheidung getroffen hatte. Denn wenn Parisi und die exklusive Anwaltskanzlei, die von der Stadtverwaltung engagiert worden war, sie so richtig durch die Mangel gedreht hatten, wollte sie womöglich nie wieder etwas mit der Juristerei zu tun haben.

25 Nach ihrem Abschied von den Kordells fuhr Yuki vier Häuserblocks weiter, bis sie an der Ecke Turk Street und Dodge Place direkt vor dem Crackhaus stand, wo Aaron-Reys Leben vor rund drei Monaten eine ausgesprochen negative Wendung erfahren hatte. Wie Aaron-Reys Mutter schon gesagt hatte: Der Tenderloin war kein guter Ort, um Kinder großzuziehen. In der Tat. Es war der schlimmste überhaupt.

Das ärmliche Viertel war eine Schattenwelt, in der Brutalität, Chaos und Verzweiflung regierten, bewohnt von aggressiven Säufern und Cracksüchtigen, Ausreißern, Pennern, Huren und gewalttätigen Räubern. Wer hier überlebte, der war im besten Fall zu bedauern, aber die meisten waren schlicht und einfach dem Untergang geweiht.

Yuki dachte nicht im Traum daran, aus ihrem Wagen zu steigen.

Sie war hierhergekommen, um sich anzusehen, wo Aaron-Reys Tod seinen Anfang genommen hatte, um sich ein Bild zu verschaffen, damit sie den Geschworenen eine bewegende und unangreifbare Schilderung der Ereignisse präsentieren konnte.

Sie betrachtete das heruntergekommene Gebäude mit dem abblätternden Putz und den verzogenen Holzbalken. Im Erdgeschoss befand sich ein chinesisches Restaurant. Der leer stehende erste Stock diente, soweit Yuki wusste, als provisorischer Unterschlupf für Cracksüchtige, während im zweiten Stock Geldscheinbündel und kleine, mit Kristallkörnern gefüllte Plastiktütchen den Besitzer wechselten.

Immer wieder wurde eine zerschrammte Metalltür geöffnet. Die Zahl der Männer und Jungen, die sich kurz nach allen Seiten umsahen, bevor sie durch diese Tür ins Innere des Gebäudes traten, machte klar, dass das Geschäft florierte.

Yuki konnte sich gut vorstellen, dass Aaron-Rey Kordell sich hier herumgetrieben hatte, einfach nur, weil es cool war. Dann waren die Schüsse gefallen und hatten ihn erschüttert und verwirrt. Sie sah es quasi vor sich, wie er die Pistole aufgehoben hatte – ein glitzerndes, wertvolles Ding – und weggerannt war.

Falls sich die Geschichte tatsächlich so abgespielt hatte – und Zac Jordan war davon überzeugt –, dann hätte Aaron-Rey niemals sterben dürfen. Dann hatte seine Familie ein Anrecht auf Gerechtigkeit in Gestalt einer millionenschweren Schadenersatzzahlung vonseiten des San Francisco Police Department und der Stadt.

Yuki dachte gerade an die viele Arbeit, die ihr noch bevorstand, da klopfte es an ihr Fenster. Sie zuckte zusammen und sah einen Streifenpolizisten neben ihrem Wagen stehen. Er ließ den Zeigefinger kreisen und bedeutete ihr, dass sie das Fenster herunterlassen sollte.

»Ja, bitte?«

»Haben Sie Probleme mit Ihrem Auto, Miss?«

»Nein, keineswegs.«

»Aber Sie wissen schon, dass das hier eine ziemlich unsichere Gegend ist, oder? Vor ein paar Stunden ist drüben in der Hyde Street eine Frau erschossen worden. Moment mal …«

Der Streifenbeamte beugte sich nach unten, um sie besser sehen zu können.

»Sind Sie nicht die Frau von Lieutenant Brady?«

»Ja, genau. Ich heiße Yuki Castellano.«

»Ich bin Clark. John. Das da drüben ist *mein* Büro.« Er zeigte mit dem Daumen auf seinen Streifenwagen und grinste sie an. »Sind Sie beruflich hier unterwegs, Ms. Castellano? Weil, ehrlich gesagt, wenn *meine* Frau hier in der Gegend alleine in ihrem Auto sitzen würde, also, das würde mir nicht gefallen.«

»Alles in Ordnung, Officer. Ich habe gerade mit einem Mehrfachmord zu tun, der sich hier abgespielt hat«, erwiderte sie und deutete auf das Crackhaus. »Ist schon ein paar Monate her.«

»Ach, richtig. Diese Drogendealer. Ich hab den armen Jungen, der es getan hat, damals festgenommen.«

»Aaron-Rey Kordell?«

Clark erwiderte: »Genau den. Er war ein Laufbursche. Hat den Typen, die sich dort rumtreiben, Kaffee, Zigaretten und so Zeug besorgt. Keine Ahnung, wieso er die Dealer da abgeknallt hat. Aber auf jeden Fall hat er der Gesellschaft damit einen Dienst erwiesen.«

»Was hat er gesagt, als Sie ihn festgenommen haben?«, wollte Yuki wissen.

»Dass er es nicht gewesen ist. Dann habe ich ihn gefragt, *was* er nicht gewesen ist, und er hat gesagt: ›Ich hab die Typen da oben nicht erschossen.‹ Dann erst bin ich reingegangen und habe die Toten entdeckt.«

Yuki bedankte sich bei Officer Clark und lenkte ihren

Wagen in den dichten Verkehr auf der dreispurigen Straße. Es würde keine leichte Aufgabe werden, den Geschworenen diese Geschichte zu verklickern. Ob sie überhaupt eine Chance hatte, diesen Prozess zu gewinnen?

26

Wieder zurück in ihrem Büro im Prozesshilfeverein trank Yuki eine halbe Flasche Wasser, streifte sich die Schuhe ab und legte ihre Handtasche in eine ihrer Schreibtischschubladen. Dann fuhr sie ihren Computer hoch und holte sich die Akte auf den Bildschirm, die Zac Jordan über Aaron-Rey Kordell zusammengestellt hatte.

Die Beamten, die Aaron-Rey nach seiner Festnahme verhört hatten, waren Inspektor Stan Whitney und Inspektor William Brand. Beide gehörten dem Rauschgift- und Sittendezernat des SFPD an.

Schnell hatte sie die Dokumente gefunden, aus denen hervorging, dass Aaron-Rey im Bezirksgefängnis Nummer drei im fünften Stock der Hall of Justice registriert und in eine Zelle gesteckt worden war, um dort auf seinen Prozess zu warten. Die Sterbeurkunde war eine Woche später ausgestellt worden. Als Todesursache war darauf eine »gewaltsam herbeigeführte Stichverletzung der Leber« angegeben. Dabei lag ein kurzer Bericht des wachhabenden Beamten über einen Tumult in den Duschräumen.

Acht Verdächtige waren im Zusammenhang mit Aaron-Reys Tod verhört worden, aber die Befragungen hatten weder Indizien noch Beweise noch ein Geständnis erbracht. Niemand konnte oder wollte sich dazu äußern. Irgendwann war Aaron-Reys Tod dann als Tat eines Unbekannten verbucht worden, ohne dass weitere Schritte unternommen worden waren.

Zwar lag der Akte keine Abschrift des Verhörs durch Whitney und Brand bei, aber Zac Jordan hatte das Video bereits besorgt.

Yuki schob eine CD in das Laufwerk. Von Anfang an standen die Härchen auf ihren Unterarmen senkrecht, während sie zusah, wie zwei erfahrene und in verschiedenen Verhörtechniken geschulte Polizisten einen geistig behinderten schwarzen Jungen in die Mangel nahmen.

Sie sah sich das Ganze ungefähr eine Stunde lang an. Dann rief sie ihre neue Sekretärin Gina an und bat sie, eine eidesstattliche Vernehmung der beiden Polizeibeamten Stan Whitney und William Brand zu beantragen.

27

Conklin und ich hatten uns mit Edward »Ted« Swanson und Oswaldo Vasquez an der Ecke Mission Street und Twenty-Third Street verabredet, einen Häuserblock von dem mittlerweile geschlossenen Mercado de Maya entfernt.

Swanson und Vasquez stiegen aus ihrem zivilen Chevy, und wir gaben einander die Hände. Swanson war untersetzt und hatte ein freundliches Gesicht, rotblonde Haare und hellgraue Augen. Mit seinen eins achtundsiebzig war er genauso groß wie ich und wahrscheinlich auch ungefähr in meinem Alter.

Vasquez war muskulöser, kleiner und jünger als sein Partner und besaß einen beeindruckenden Händedruck. Er sah aus wie ein ehemaliger Preisboxer.

Zusammen mit einem weiteren Team aus dem Raubdezernat arbeiteten wir uns durch die Straßen rings um den Mercado, durchsuchten Kneipen und Bordelle und alle möglichen Wohnungen.

Mayas Wohnung lag direkt über dem Laden. Ich nahm sie mir persönlich vor und suchte nach Hinweisen, ob ihr Tod möglicherweise etwas anderes gewesen sein könnte als eine mehr oder weniger beiläufige Tat der Windjacken-Räuber. Aber alles, was ich vorfand, war ein kleines, gemütliches Heim und ein winziges Zimmer, das Maya für ihr ungeborenes Baby hergerichtet hatte. Es brach mir das Herz.

Sie hatte die Wände des Zimmerchens, in das noch nie ein Sonnenstrahl gedrungen war, sonnengelb gestrichen. Die Wiege war handgemacht, genau wie das darüber hängende Regenbogen-Mobile. Der Anblick war zu viel für mich … und falls ich je wieder ein Regenbogen-Mobile zu Gesicht bekam, würde ich durchdrehen, ganz egal, wie viel Zeit inzwischen vergangen war.

Ich befragte Maya Perez' Nachbarn und erfuhr, dass sie eine durch und durch liebenswerte Person gewesen war. Manche brachen sogar in Tränen aus. Schweren Herzens und sehr aufgewühlt schloss ich mich wieder den anderen an, aber obwohl wir zu acht waren, hatte niemand von uns auch nur den Hauch einer Ahnung, wer diesen kleinen Mercado ausgeraubt und Maya Perez erschossen haben könnte.

Niemand wollte etwas gesehen haben, und in diesem Fall hatten wir noch nicht einmal eine grobkörnige Aufnahme aus einer Überwachungskamera.

Als unsere Schicht zu Ende war, tankten wir bei einem Imbiss in der Nähe ein bisschen Kraft, dann zogen wir noch einmal los, um die Leute zu befragen, die tagsüber gearbeitet hatten und jetzt so langsam nach Hause kamen.

Trotzdem erreichten wir genau gar nichts.

Bis ich einen Anruf von Charlie Clapper bekam, dem Leiter unserer kriminaltechnischen Abteilung.

»Wir haben die Kugeln aus Maya Perez' Leichnam analysiert.«

»Gut. Was habt ihr rausgekriegt?«

»Zwei Achtunddreißiger. Die Waffe ist nicht registriert. Ich wünschte, ich könnte dir mehr sagen. Einen Namen zum Beispiel, oder von mir aus auch ein anderes Opfer. Irgendwas eben.«

Es gibt Tage, wo der Polizistenberuf eine echte und lohnende Herausforderung ist, und es gibt andere Tage, wo sogar ein tropfender Wasserhahn mehr Abwechslung und Spannung bietet. Der heutige Tag gehörte in keine dieser beiden Kategorien. Die Mission, Informationen zu sammeln, war so oder so ein ziemlich stressiges und gefährliches Unterfangen, und wir hatten bei alldem absolut nichts erreicht. Der ganze Tag war ein kompletter Fehlschlag gewesen.

Conklin und ich fuhren zurück ins Präsidium und erstatteten Jacobi und Brady Bericht von unserer großen Null. Die ganze Besprechung dauerte ungefähr fünf Minuten, einschließlich aller Fragen und Antworten.

Richie und ich steuerten den Parkplatz an.

Er wollte mich aufmuntern und sagte: »Irgendwann macht irgendjemand einen Fehler. Das passiert den bösen Buben doch meistens.«

Genau den gleichen Satz habe ich auch schon zu Richie gesagt. Und Joe zu mir. Das ist die Polizistenversion von: »Alles wird gut.«

Ha!

Wer immer diese Windjacken-Räuber sein mochten, sie waren gut organisiert, sie waren diszipliniert, sie besaßen nicht registrierte Waffen, und sie handelten schnell. Wie lange würde es wohl dauern, bis der nächste Laden mit einem hohen Bargeldumsatz und niedrigen Sicherheitsstandards von Männern, die sich als Freunde und Helfer ausgaben, zu Brei geschossen wurde?

Wir verabschiedeten uns voneinander, setzten uns in unsere Autos und fuhren vom Hof.

Als ich auf die Bryant Street einbog, sah ich oben in

Jacobis Büro noch Licht brennen. Er tat mir leid. Das Leben meines Expartners bestand nur aus seiner Arbeit.

Wir mussten diese Raubmörder finden, und das aus verschiedenen Gründen. Einer dieser Gründe war zweifellos Jacobi. Wir mussten sie dingfest machen, bevor er seinen Posten als Leiter der Kriminalpolizei aufgab und sich in den Ruhestand verabschiedete.

28

Das Leben war schön im Hause Molinari. Martha, unsere treue Hündin, lag schlafend auf dem Sofa, gleich neben meinem lieben Ehemann, und obwohl er gerade telefonierte, verrieten mir die wundervollen Düfte aus der Küche, dass das Abendessen fertig war.

»Heeey, Blondie«, sagte Joe und legte die Hand über die Hörmuschel. Ich warf ihm ein Luftküsschen zu und ging ins Kinderzimmer.

Julie lag auf dem Rücken und schlief. Sie hatte sich bloßgestrampelt, also deckte ich sie wieder zu. Dann fuchtelte sie im Schlaf ein wenig mit ihrer zierlichen Faust, und ich drückte ihr ein Küsschen auf die Stirn. Sie schob mich weg. Ich nahm das als Zeichen, dass mein kleines Mädchen zur eigenständigen Persönlichkeit heranreifte, selbst im Schlaf. *Weiter so, Julie.*

Doch der Anblick meiner wunderschönen Tochter versetzte mich wieder zurück in Maya Perez' Wohnung. Ich hatte das kleine, fensterlose Zimmer vor Augen, aus dem sie ein kükengelbes Nest für ihr Baby gemacht hatte, ein Baby, das niemals das Licht der Welt erblicken würde.

Ich blieb mehr als nur ein paar Minuten lang stehen und sah Julie beim Atmen zu. Dann schlüpfte ich aus meinen Kleidern und stellte mich fünfzehn köstliche Minuten lang unter die Dusche. Als ich schließlich in meinem Mann-im-

Mond-Schlafanzug wieder ins Wohnzimmer kam, stellte Joe gerade den Bräter mit dem Hühnchen Cacciatore auf die Theke.

Ich ging zu ihm und holte mir eine kräftige Umarmung, einen dicken Kuss und ein paar verspätete Begrüßungshüpfer von Martha ab.

»Was habe ich für ein unfassbares Glück«, sagte ich und meinte es vollkommen ernst.

»Vino?«, erkundigte sich Joe.

»Bevor ich mich schlagen lasse«, erwiderte ich. »Und, was hat sich an der Heimatfront heute alles getan?«

»Ich habe ein bisschen gearbeitet.«

»Echt?«

»Unentgeltlich. Ich habe mich mal mit dem CGM-Fall beschäftigt.«

Joe schien in ausgesprochen aufgekratzter Stimmung zu sein. Er stellte mir einen Barhocker hin und holte sich ebenfalls einen. Dann setzten wir uns an unsere Küchentheke.

»Und was, wenn ich fragen darf, ist der CGM-Fall?«

Er schenkte mir und sich ein Glas Wein ein. »Claires Geburtstags-Morde.«

»Echt?« Das hatte ich schon einmal gesagt. »Und hast du schon irgendwas rausgefunden?«

»Ich glaube schon«, meinte er. »Zumindest den Anfang von irgendwas.«

Das hörte ich zwar gern, aber gleichzeitig fühlte ich mich ein kleines bisschen unwohl dabei. Er war ein hochrangiger, hoch bezahlter, ehemaliger stellvertretender Ministerialdirektor, der gerade auf die Ersatzbank verbannt worden war und jetzt unbezahlte Arbeit verrichtete – für mich. Aber er beklagte sich nicht.

»Erzähl«, forderte ich ihn auf.

»Gleich. Aber jetzt iss erst mal, bevor es kalt wird.«

Ich gehorchte.

Joe beugte sich zu mir und sagte: »Ich habe mir die letzten fünf Jahre vorgenommen und mir jedes Verbrechen angeschaut, das an einem zwölften Mai in San Francisco verübt worden ist. In dieser Stadt passiert eine Menge übles Zeug, Lindsay.«

»Fünfzig bis sechzig Morde pro Jahr, würde ich schätzen«, erwiderte ich.

»Letztes Jahr waren es genau achtundsechzig.«

Wir grinsten einander an. Ich arbeite wahnsinnig gerne mit Joe zusammen. Ich war sogar ein kleines bisschen neidisch, dass er sich jetzt ganz auf diese Geschichte konzentrieren konnte, und das auch noch von zu Hause aus.

»Also, ich habe zwar jede Menge Gewaltverbrechen gefunden, aber fast nichts, was irgendwelche Parallelen zu diesem Messermord in der Balmy Alley aufgewiesen hätte. Die drei tödlichen Stichverletzungen aus diesem, dem letzten und dem vorletzten Jahr kennen wir ja bereits. In den beiden vorangegangenen Jahren habe ich jeweils genau eine Tat gefunden, die meine eng definierten Suchkriterien erfüllt. Ansonsten war keine einzige vergleichbare Verletzung zu ermitteln.«

»Also dann, erzähl mir was über die Messerattacken Nummer eins und zwei.«

Joe grinste. »Sehr gerne.«

Er brachte unsere leeren Teller zur Spüle und stellte zwei Stücke Kuchen auf die Theke. Apfelkuchen mit einer Kugel Eiscreme. Ich sah ihn ungläubig staunend an.

»Nein, ist nicht selbst gebacken. Aber zu meiner Entschuldigung möchte ich vorbringen, dass ich mit einem sehr komplexen und außerordentlich interessanten Fall beschäftigt war.«

Ich lachte, schnappte mir einen Teller und spießte meine Gabel in den Kuchen.

»Erzähl mir mehr davon, ja?«

»Zu Befehl, Sergeant«, sagte Joe.

29

»Ich habe eine kleine Zeitreise gemacht«, erzählte Joe. »Das Opfer im Jahr eins von fünf war eine vornehme Dame namens Alicia Thompson. Sie hatte gerade bei Neiman Marcus eingekauft und war auf dem Weg zu ihrem Wagen.«

»Woher wissen wir das?«, wollte ich wissen.

»Sie hatte Einkaufstüten und den Autoschlüssel in der Hand. Und sie wurde einen halben Häuserblock von der Union Square Garage entfernt ermordet. Dort hatte sie ihr Auto abgestellt.«

»Hat irgendjemand irgendwas gesehen?«

»Nein. Obwohl Ms. Thompson das volle Programm bekommen hat. Chi hat die Ermittlungen geleitet.«

»Wie ist das Ganze ausgegangen?«

»Es gab nicht nur keine Zeugen, sondern auch keine kriminaltechnisch verwertbaren Spuren, keine Videoaufnahmen, kein gar nichts. Nicht einmal das Messer wurde gefunden. Bitte notieren, Sergeant Blondie: Der Täter nimmt die Tatwaffe mit. Das ist eine Gemeinsamkeit.«

»Hab ich notiert.«

»Also gut. Das nächste Opfer hatte nichts mit Ms. Thompson gemein.«

»Ich bin ganz Ohr«, sagte ich.

Dann stellte ich die leeren Dessertteller in die Spülmaschine, während Martha und Joe sich ins Wohnzimmer zurückzogen. Wir kuschelten uns alle gemeinsam auf das riesige Ledersofa. Martha legte den Kopf in meinen Schoß und stieß einen zufriedenen Seufzer aus.

»Das Opfer Nummer zwei, Krista Toomey, war obdachlos«, berichtete Joe. »Fünfundzwanzig Jahre alt und in sehr schlechter körperlicher Verfassung, selbst für eine Meth-Abhängige. Sie hat schlafend in einer Gasse im Tenderloin gelegen. In der Olive Street. Es gibt keine Zeugen für die Tat, aber viele Leute, die sie gekannt haben.«

»Und konnten die irgendetwas beisteuern, was uns weiterhelfen könnte?«

»Nichts. Ich habe mir den Obduktionsbericht rausgesucht. Genau wie die junge Frau, die vor dem Café ihres Vaters niedergestochen worden ist, ist auch Krista Toomey von hinten angegriffen worden. Schon der erste oder zweite Stich war tödlich, aber der Täter hat trotzdem weitergemacht. Insgesamt hat er fünfunddreißig Mal zugestochen, in Rücken, Arme und Po.

Form und Tiefe der Wunden lassen auf ein Gemüsemesser als Tatwaffe schließen, aber man hat es nirgendwo gefunden. Auch hier gibt es keine Zeugen und keine Indizien. Und weil es außerdem auch keine Freunde und keine Angehörigen gab, die die Ermittlungsbehörden unter Druck gesetzt hätten, aber gleichzeitig jede Menge anderer Fälle, ist diese Akte ziemlich schnell in der Versenkung verschwunden.«

Das konnte ich nachvollziehen. Vielleicht war mir die Akte auch einmal begegnet. Selbstverständlich *sollten* alle Mordfälle bearbeitet und aufgeklärt werden, aber wir haben nicht genügend Personal, nicht genügend Zeit, und deswegen werden manche Täter eben nie erwischt.

Ich sagte: »Wer immer die beiden Frauen auf dem Gewissen hat, er ist gerissen. Er achtet auf Überwachungskameras und Augenzeugen, und er weiß, wozu die Kriminaltechnik in der Lage ist. Die Opfer waren allesamt Frauen, und allem Anschein nach sind die fünf Opfer, die du identifiziert hast, mit einem ganz gewöhnlichen Küchenmesser ermordet worden. In keinem Fall wurde das Messer am Tatort zurückgelassen.«

»Richtig. Dazu kommt noch, dass die Taten an einem zwölften Mai stattgefunden haben. Deshalb habe ich den Verdacht, dass wir es in allen fünf Fällen mit ein und demselben Täter zu tun haben.«

»Und daraus schließt du was genau?«

»Wenn ich mit meiner Theorie richtigliege, dann hat der Kerl seine Opfer nicht gekannt«, fuhr Joe fort. »Er hat sich diese Frauen ausgesucht, weil die Umstände gerade günstig waren. Und was immer sein Motiv sein mag, er steht unter einem enormen Druck. Ich schätze, der Kerl trägt eine gewaltige Wut in sich. Er hat einen wahnsinnigen *Hass* auf diese Frauen gehabt, obwohl er sie noch nie gesehen hatte.«

»Kann ich nachvollziehen. Und weil er bei Tageslicht tötet, ohne dass ihn irgendjemand sieht, trägt er auch noch eine Tarnkappe.«

»Ich wollte dir auch noch ein bisschen Arbeit übrig lassen.«

»Ooch. Danke schön.«

Mein Mann tätschelte mir das Bein. »Ich finde, mein Werk ist getan. Gehen wir ins Bett.«

30

Um Viertel vor acht am nächsten Morgen traf ich mich mit meinem Partner im Pausenraum, um Kaffee zu kochen. Conklin hatte jede Menge Falten im Gesicht, weil er auf dem Bauch geschlafen hatte, und ich sah bestimmt so aus, als hätte ich überhaupt nicht geschlafen. Genau so war es auch.

Wenn Julie nicht gerade nach mir verlangt hatte, hatte Martha mich über die Bettkante geschubst.

Und dann waren da noch meine lebhaften, sehr verstörenden Träume von Maya Perez gewesen, in denen sie mich immer wieder angefleht hatte, sie nicht sterben zu lassen. Ich hatte genügend küchenpsychologische Erfahrung als Traumdeuterin, um zu wissen, dass Maya in diesen Träumen eine Stellvertreterrolle einnahm, dass es in Wirklichkeit um meine eigene Todesangst ging und darum, dass meinem Baby nichts Schlimmes zustoßen sollte.

Conklin und ich kippten Zucker in unseren Kaffee und setzten uns vor unsere Computer. Ich nahm mir A bis M vor und er N bis Z, dann gingen wir die Personalakten durch und begaben uns auf die Suche nach »Eiterbeulen«. So nannten wir enttäuschte Kollegen, die degradiert oder ganz entlassen oder auf irgendwelche aussichtslose Posten versetzt worden waren. Typen, die so unzufrieden waren, dass sie für ein paar schnelle Dollar auch eine lebenslange Haftstrafe in einem Bundesgefängnis riskieren würden.

Wir stießen auf jede Menge Eiterbeulen. Keine einzige hörte auf den Namen Hines, aber jede einzelne besaß eine Pistole und eine marineblaue Windjacke mit der Aufschrift SFPD auf Brust und Rücken.

Um halb neun rief Brady uns in sein Büro.

Ein Blick genügte, um zu wissen, dass wir schon wieder Murmeltiertag hatten. Wie an jedem Tag in dieser Woche war Brady auch heute richtig schlecht gelaunt.

Ich hätte beinahe gesagt: Was ist denn jetzt schon wieder los?, konnte mich aber gerade noch beherrschen.

Brady sagte: »Tut mir leid, dass ich euch so auf die Nerven gegangen bin.«

Was? Könntest du das noch mal wiederholen, bitte?

»Jacobi ist der Meinung, dass der ganze Bezirk verseucht ist. Aber das bleibt unter uns, okay?«

»Okay«, sagte Conklin. »Was ist denn passiert?«

Brady sagte: »Im Lauf des vergangenen Jahres sind ein halbes Dutzend Dealer in diversen Crackhäusern erschossen worden. Bargeld und die Drogen verschwinden und tauchen nie wieder auf. Und auf der Straße machen immer wieder Gerüchte die Runde, dass die Täter Polizisten sind.«

Kein Wunder, dass Brady sauer war. Das war ja fast schon eine Epidemie. Und wir waren anscheinend die Letzten, die es mitbekamen.

Ich sagte: »Glaubst du, dass die Kerle, die diese Drogendealer umlegen, die gleichen sein könnten wie die, die in letzter Zeit die Scheckpfandhäuser ausgenommen haben?«

»Kann sein, muss aber nicht. Es gibt natürlich keine Videoaufnahmen von den Todesschützen, und niemand will irgendwelche Namen nennen. Ich sage euch das nur, damit ihr es im Hinterkopf behalten könnt.«

Als ich wieder an meinen Schreibtisch zurückkehrte, lag ein Zettel auf meinem Stuhl. Er stammte von meinem persönlichen NACHRICHT-VON-LINDSAY-BOXER-Schreibblock. Darauf war mit handschriftlichen Großbuchstaben eine Notiz zu lesen.

PASS BLOSS AUF, DU MISTSTÜCK. VERGISS NIE, WER DEINE FREUNDE SIND. DIE MIT DER BLAUEN UNIFORM.

Ich ließ den Blick durch den Bereitschaftsraum schweifen.

Die Nachtschicht machte sich gerade auf den Heimweg, während die Tagschicht zur Arbeit kam. Ich sah ungefähr anderthalb Dutzend Polizeibeamte vor mir, die seit Jahren meine Kollegen waren. Zu manchen hatte ich ein sehr enges Verhältnis, viele von ihnen mochte ich gerne. Aber einer dieser Kollegen hatte mich gerade eben gewarnt, auf keinen Fall die schmale blaue Grenzlinie zu überschreiten.

Nicht einmal dann, wenn es um korrupte Kollegen und Mörder ging.

Nun ja, bedingungslose Loyalität war auf jeden Fall ein zentraler Bestandteil der Identität jedes Polizisten. Ob der Zettel von einem der Windjacken-Räuber stammte? War es möglich, dass einer oder mehrere von ihnen in meiner Einheit arbeiteten? Oder hatte einer der Kollegen die Notiz geschrieben, weil er die aufgeklappte Akte auf meinem Bildschirm gesehen hatte?

Ich zeigte Conklin, was ich gefunden hatte, und er warf mir einen ratlosen Blick zu. Dann zuckte ich mit den Schultern und steckte den Zettel in meine Handtasche.

Ich würde mich vorsehen. Und ich war erschüttert. Bei der nächsten Gelegenheit musste ich Brady Meldung machen.

31

Es war halb neun Uhr morgens. Richard Blau hatte bereits seinen Schlüsselbund in der Hand, um das Metallgitter seines Scheckpfandhauses an der Ecke Market Street und Sixteenth Street aufzuschließen. Blau war ein vorsichtiger Mann. Er und Donna betrieben das Geschäft seit über dreißig Jahren, und jetzt war es nicht mehr weit bis zum Ruhestand.

Er hatte gehört, dass in der letzten Woche etliche andere Scheckpfandhäuser ausgeraubt worden waren, und war froh, dass er eine Alarmanlage installiert hatte, die über eine Direktleitung zu einer großen Polizeiwache verfügte. Und dass hinter dem Tresen eine Schrotflinte lag.

Seine Frau stellte den Wagen in der Tiefgarage um die Ecke ab, und Blau schloss, wie jeden Tag, den Laden auf. Zuerst war das Vorhängeschloss an der Reihe, und als er dann das Metallgitter vor dem großen Schaufenster beiseiteschob, sah er drei Männer aus einer grauen Limousine steigen, die zwei Wagenlängen neben dem Laden am Straßenrand parkte.

Die drei Männer trugen SFPD-Windjacken und Schildmützen. Er stutzte kurz, dann wurde ihm klar, dass sie auch identische Latexmasken trugen.

Es waren Schweinemasken, das war nicht zu übersehen.

Voller Panik durchzuckte ihn der Gedanke, dass er sich

vielleicht irgendwie in den Laden retten und die Tür hinter sich abschließen konnte, und dass dieser Albtraum dann an ihm vorüberziehen würde. Er könnte die Polizei anrufen… aber diesen Gedanken verwarf er sofort wieder. Das Letzte, was er wollte, war, dass Donna zum Laden kam und erschossen wurde.

Die Männer mit den Schweinemasken kamen mit schnellen Schritten näher. Sie hatten einen guten Zeitpunkt gewählt. Es waren keine Fußgänger unterwegs, und die wenigen Autofahrer hatten nichts anderes im Sinn, als die nächste grüne Ampelphase zu erwischen. Blau sah, dass jeder der Männer eine Pistole in der Hand hielt. Er musste sie überlisten. Er musste sein Gehirn auf Touren bringen.

Blau riss beide Hände nach oben.

Als die Männer noch etwa zwei Meter entfernt waren, sagte er. »Ich bin unbewaffnet. Ich gebe Ihnen alles, was Sie wollen. Bitte, tun Sie mir nichts.«

»Okay. Wir wollen niemandem was antun«, sagte einer der Räuber. Anscheinend war er der Anführer. Er schien relativ jung zu sein. Seine Stimme jedenfalls hörte sich jung an.

Blau versuchte, sich jede Einzelheit einzuprägen, damit er die Täter später möglichst präzise beschreiben konnte. Der Kerl, der gesprochen hatte, war vielleicht eins achtundsiebzig groß. An seinen Händen erkannte Blau, dass es ein Weißer war. Die Figur des Mannes konnte er wegen der unförmigen Windjacke nicht genau erkennen, aber er war sich ziemlich sicher, dass er die Stimme des Mannes wiedererkennen würde.

Blau sagte: »Was wollen Sie? Mein Portemonnaie steckt in meiner Gesäßtasche. Nehmen Sie es. Da sind ein paar hundert Dollar drin. Und meine Armbanduhr auch. Die ist ziemlich neu.«

In seiner Hand baumelte immer noch der Schlüsselbund. Das ließ sich nicht ändern.

Ein anderer Mann sagte: »Gehen wir doch einfach in Ihren Laden, Mr. Blau, einverstanden?«

Sie kannten seinen Namen. Sie wussten, wer er war. Blau wurde schwindelig. Noch nie zuvor hatte ihn jemand mit einer Schusswaffe bedroht. Beinahe hätte er gesagt: Kennen wir uns?, doch dann konnte er sich gerade noch einmal beherrschen.

Wenn der Kerl auf die Idee kam, dass Blau ihn womöglich kannte… Er dachte an Donna und hoffte inständig, dass sie nicht ausgerechnet jetzt zum Laden kam. Das hätte sie niemals verkraftet.

Er sagte: »Also gut. Ich schließe jetzt die Tür auf. Bringen wir es schnell hinter uns, bevor die ersten Kunden auftauchen.«

»Gehen Sie voraus, Mr. Blau«, sagte einer der Maskierten. »Los geht's.«

32

Blau machte sich an den Gittern zu schaffen, fummelte mit den Schlüsseln herum und kämpfte mit den Schlössern. Seine Hände zitterten, und er konnte seinen eigenen Schweiß riechen. Gut möglich, dass er gerade die letzten Minuten seiner irdischen Existenz erlebte. Irgendwann hatte er dann auch das letzte Schloss geöffnet. Laut quietschend schwang die Eingangstür auf, und er schaltete sofort alle Lichter ein, damit seine Frau schon von Weitem sehen konnte, was hier los war. Dass hier gerade ein Raubüberfall stattfand.

Bitte, Donna, komm nicht in den Laden.

Einer der gottverdammten Bewaffneten beschwerte sich: »Hey! Wir brauchen keine beschissene Beleuchtung, Mann.«

»Ich muss aber was sehen, sonst kann ich den Safe nicht aufmachen«, erwiderte Blau. »Ich will, dass Sie so schnell wie möglich wieder verschwinden, das können Sie mir glauben. Ich gebe Ihnen das Geld, okay? Vertrauen Sie mir. Ich bin kooperativ.«

Blau wartete nicht auf eine Antwort. Mit schnellen, entschlossenen Schritten ging er an dem Stapel mit den Klappstühlen vorbei bis ans hintere Ende des Ladens, dort, wo die Linien auf dem Fußboden dafür sorgen sollten, dass vor den Kassenschaltern kein Gedränge entstand. Neben den Schaltern, ganz rechts hinten, lag die Sicherheitstür, die den öffentlichen Teil des Ladens von den Büros trennte.

Dahinter befand sich der Safe. Blau wandte den Räubern den Rücken zu und sagte zu diesen Scheißkerlen: »Sobald ich Ihnen das Geld gegeben habe, können Sie durch die Hintertür verschwinden. Zu Ihrer eigenen Sicherheit.«

Die Männer – vielleicht waren es auch Jungen, so aufgeregt wie sie hin und her trippelten – drängten sich hinter ihm in den Bürobereich. Das kleinste Schwein wurde immer nervöser, sah sich ständig um und sagte: »Los jetzt, los jetzt, los jetzt.«

Blau sah ganz bewusst nicht zu der Kommode hinüber, in der die Schrotflinte lag, und deutete auf das Holzschränkchen unter dem Tresen.

»Da ist der Safe drin.«

Der nervöse Kerl stieß jetzt hervor: »Mach schon, mach schon, mach schon.«

Blau hatte seine Hände nicht mehr im Griff. Er konnte kaum den Schlüssel festhalten, der, genau wie das Schrankschloss, sehr klein war. Nach unzähligen Versuchen hatte er endlich das Schlüsselloch gefunden, drehte den Schlüssel um und machte die Klappe auf, hinter der sich der alte gusseiserne Safe verbarg. Er wollte keinerlei Risiko eingehen, drehte sich ein Stück beiseite, sodass sie den Safe sehen konnten, und sagte zu einem der Männer: »Sie stehen mir im Licht.«

Er versuchte, den Burschen nicht anzuschauen, damit der gar nicht erst auf die Idee kam, er hätte ihn womöglich wiedererkannt, aber in Gedanken ging er die Gesichter all der jungen Männer durch – Weiße, Schwarze, Latinos –, die in seinen Laden kamen, um Schecks einzulösen. Normalerweise redeten nur die Leute am Schalter mit den Kunden, und auch dann nur wenige Worte. Er sprach nur mit den Kunden, wenn es Probleme gab.

»Beeilung, Opa«, sagte einer der Bewaffneten.

Blau entgegnete: »Ich *beeil* mich ja.«

Er griff mit beiden Händen nach dem Safe und drückte im letzten Moment noch auf die Taste für den stummen Alarm, der sich direkt unter dem Rand des Schränkchens befand. Dann drehte er den knotenförmigen Handgriff des Geldschranks um. Er kannte die Kombination genauso gut wie sein eigenes Geburtsdatum, doch dann vergaß er versehentlich die zweite Zahl und musste noch einmal von vorn anfangen.

Der Bursche, der direkt neben ihm stand, drückte ihm die Pistolenmündung an die Schläfe und sagte: »Ich zähle bis drei.

Eins...«

Und dann passierten mehrere Dinge gleichzeitig.

Das Kombinationsschloss klickte, und Blau öffnete den Safe. Die Typen mit den Polizeijacken starrten die Briefumschläge voller Geldscheine an, die im Safe lagen. Und die Vordertür des Ladens wurde eingetreten.

Polizisten stürmten herein und brüllten: »*Keine Bewegung! Hände hoch!*«

Blau kauerte sich hinter den Tresen und barg den Kopf in den Händen. Bei jedem einzelnen Schuss zuckte er zusammen. Und davon gab es eine ganze Menge.

»Bitte, lieber Gott«, betete er. »Bitte, lass es aufhören.«

33

Als Conklin und ich vor dem Cash'n'Go eintrafen, sah es auf der Market Street aus wie beim Räumungsverkauf eines Gebrauchtwagenhändlers. Ich zählte ein Dutzend Streifenwagen, dazu zwei Notarztwagen, die einen Häuserblock entfernt in der Sixteenth Street parkten, den Transporter der Gerichtsmedizin und den Kastenwagen der Spurensicherung, die den Blick auf den Laden versperrten.

Das musste für die vielen Schaulustigen, die auf beiden Seiten der schmalen Straße dicht gedrängt hinter dem Absperrband standen, eine große Enttäuschung gewesen sein. Bis dann ein Hubschrauber über ihren Köpfen auftauchte, der Livebilder für die Eyewitness News lieferte.

Erneuter Coup der Windjacken-Räuber.

Mein Partner und ich ließen unseren Wagen zwischen einem Fitnessstudio und einem Secondhandladen am Straßenrand stehen und gingen zu Swanson und Vasquez, unseren Superstar-Kollegen aus dem Raubdezernat, die mit uns zusammen diesen Fall bearbeiteten.

Sie standen direkt vor dem Cash'n'Go. Während der letzten Tage hatten wir gemeinsam die Gegend rund um den Mercado de Maya durchkämmt, und ich hatte Swanson als tüchtigen und netten Menschen kennengelernt. Vasquez war sehr umgänglich, und alle beide machten einen ausgesprochen professionellen Eindruck.

Ich musste zugeben, dass Brady alles richtig gemacht hatte, als er uns mit diesen beiden und ihren vier anderen Männern zusammengespannt hatte.

Vasquez blickte uns lächelnd und voller Erleichterung an. Er sagte: »Die Blaus sitzen schon in meinem Auto. Ich fahre gleich mit ihnen ins Präsidium und nehme ihre Aussage auf. Und dann gehe ich mit meiner Liebsten aus, und wir feiern das Ganze.«

Das Ausparken gestaltete sich ziemlich kompliziert, aber schließlich brauste Vasquez davon, und Swanson sagte: »Im Laden liegen drei nicht identifizierte Tote. Sie tragen SFPD-Windjacken.«

Conklin und ich duckten uns mit Swanson unter dem Absperrband hindurch und betraten den Laden. Die Wände waren mit Pressspanplatten getäfelt. An zwei Seiten waren auf Ellbogenhöhe Tresen an die Wand geschraubt worden, wo die Leute ihre Schecks unterzeichnen und die nötigen Papiere ausfüllen konnten. In der Mitte des Raums lagen ein Dutzend umgekippter Klappstühle, und die weißen Linien auf dem Fußboden führten zu drei Kassenschaltern. Ganz hinten sah ich eine offen stehende Sicherheitstür.

Auf dem Boden zwischen den Stühlen lagen zwei Tote, und auf dem Linoleum hatte sich bereits eine Blutlache gebildet. Der dritte Leichnam lag quer über der Schwelle der Sicherheitstür. Zahlreiche Pistolenkugeln hatten Löcher in die Wandvertäfelung geschlagen, und der Fußboden war übersät mit Patronenhülsen.

Conklin sagte zu Swanson: »Das sieht hier ja aus wie auf dem Schießstand. Was ist denn eigentlich passiert?«

Swanson rief einen der Männer aus seinem Team herbei. Tommy Calhoun war relativ jung, hatte jedoch am Hinterkopf nicht mehr allzu viele Haare und war außerdem Raucher. Woher sonst stammten wohl die Nikotinflecken an seinen Fingern?

In lebhaften Worten fasste Calhoun den Überfall auf das Scheckpfandhaus zusammen und vergaß nicht zu erwähnen, dass der Eigentümer den stummen Alarm aktiviert hatte.

Etwa zu der Zeit, als Blau auf die Alarmtaste gedrückt hatte, hatte seine Frau bei einem Blick durch das Schaufenster den Überfall bemerkt. Sie hatte sofort die Polizei angerufen und einen vorbeikommenden Streifenwagen herbeigewunken.

»Die Streifenbeamten sind reingestürmt«, berichtete Calhoun aufgeregt und formte seine Hände zu Pistolen, »und dann baff, baff, baff.«

»Die Räuber hatten bestimmt ihre Brieftaschen dabei, oder?«, fragte ich.

Swanson grinste. »Das wäre zu schön gewesen. Nein, das nicht, aber die Kriminaltechnik hat ja gerade erst angefangen. In einer Stunde wissen wir, wer die Typen waren.«

War es vorbei?

Ich hätte wirklich nur allzu gerne aufgeatmet, ganz ehrlich. Vorsichtig schlich ich um die Blutlache und die fotografierenden Kriminaltechniker herum, ging in die Hocke und sah mir einen der Toten ein wenig genauer an.

Er hatte mehrere Schüsse in die Brust bekommen und einen ins Gesicht. Die Kugel hatte seine Maske durchschlagen – eine Schweinemaske. Das war neu. Die Windjacken-Polizisten auf den Überwachungsvideos hatten neutrale Masken getragen.

Dann fiel mir auf, dass der Kerl keine Handschuhe trug.

Ich ließ den Blick zu dem zweiten Toten wandern, der die Hälfte der Klappstühle mit sich zu Boden gerissen hatte. Auch er trug eine Schweinemaske und keine Handschuhe.

Die Kerle waren doch bisher so umsichtig gewesen. Wieso hatten sie plötzlich ihr Vorgehen geändert? Wieso kamen sie jetzt nicht mehr nachts, sondern am Morgen, wo viel weniger Geld im Safe lag und das Risiko, dass andere Kunden den Laden betraten, viel größer war?

Warum waren sie plötzlich nachlässig geworden?

Swansons Telefon klingelte, und er meldete sich mit »Ja«, gefolgt von einem »Mm-hmm«.

»Amateure«, raunte Conklin mir zu.

»Genau«, erwiderte ich.

Swanson sagte gerade: »Ja, ich schätze, das war's, Chief. Sobald die Kriminaltechnik fertig ist, können Sie der Presse sagen, dass wir die Kerle geschnappt haben.«

Bis jetzt hatte ich Swanson nicht für einen Optimisten gehalten, und so sehr ich hoffte, dass er recht hatte… Ich wusste, dass er falschlag. Die Toten da in dem Cash'n'Go?

Das waren Nachahmer.

Darauf hätte ich meine Dienstmarke verwettet.

34

Yuki betrat das getäfelte, kostbar möblierte Sitzungszimmer der Rechtsanwaltskanzlei Moorehouse & Rogers.

An dem großen Mahagonitisch saßen sechs Anwälte der Kanzlei, zusammen mit einem der beiden Polizeibeamten aus dem Rauschgiftdezernat, von dem sie eine eidesstattliche Erklärung haben wollte.

Inspektor William Brand war untersetzt und kräftig gebaut und hatte sich seit zwei Tagen nicht mehr rasiert. Die Initialen *WB*, die seitlich auf seinen Hals tätowiert waren, hatte sie schon auf den Videoaufnahmen gesehen. Es sah aus wie ein Brandzeichen.

Als sie das Zimmer betrat, grinste er sie an. Als wollte er sagen: *Na, Puppe?*

Das war das Problem, wenn man ziemlich klein war. Und, na gut, ziemlich niedlich.

Die kostspieligen Anwälte, die die Stadt San Francisco engagiert hatte, stellten sich namentlich vor, und man gab sich die Hand. Irgendjemand bot ihr einen Kaffee an, während jemand anderes ihr einen Stuhl anbot.

Bis jetzt entsprach alles ganz genau ihren Erwartungen, bis hin zu den Ölgemälden der Kanzleigründer an der Wand.

Womit sie jedoch nicht gerechnet hatte, war, dass es jetzt an der Tür klopfte, dass einer der Anwälte öffnete und dass

Len Parisi hereinspaziert kam. Der Fußboden zitterte leicht unter seinen Schritten, und das nicht nur, weil er über hundertdreißig Kilo wog.

Len Parisi war eine Naturgewalt.

Sie war davon ausgegangen, dass er sich erst vor Gericht sehen lassen würde, dass er dort im wirkungsvollsten Moment seinen Auftritt haben würde, aber natürlich hing dieser Fall voll und ganz von dem Verhör ab, das Whitney und Brand mit Aaron-Rey Kordell geführt hatten.

Nach einer denkbar knappen Begrüßung bat Yuki darum, das Video abzuspielen.

Dann sagte sie zu Inspektor Brand: »Ich habe mir die Aufnahmen schon angesehen, aber ich hätte gerne noch ein paar Hintergrundinformationen. Was glauben Sie, was war sein Motiv? Warum hat er Ihrer Meinung nach diese drei Crackdealer erschossen?«

»Motiv?«, wiederholte Brand. Er hob die Augenbrauen und rutschte ein kleines Stückchen nach hinten. »Er hat sie überfallen. Er wollte ihr Geld haben. Oder die Drogen. Oder beides.«

»Und was hatte er bei seiner Festnahme bei sich?«

»Die Beamten, die ihn geschnappt haben, haben nur die Pistole bei ihm gefunden«, sagte Brand. »Entweder hat er seine Beute an jemand anderen weitergegeben, oder jemand hat sie ihm abgeknöpft.«

»Und Kordell hat das bestätigt?«, wollte Yuki wissen.

»Er hat alles abgestritten«, lautete Brands Antwort. »Und da seine Opfer tot waren, hatten wir keine Möglichkeit, das zu überprüfen.«

»Ich verstehe«, sagte Yuki. »Also hat Aaron-Rey gestanden, und damit war die Sache klar.«

»Wir haben getan, wofür wir bezahlt werden«, sagte Brand. »Er hat alles abgestritten, so lange, bis er zusammengebrochen ist. Dann ist es aus ihm rausgesprudelt. Dass er die Pistole gefunden hat. Dass er die Dealer erschossen hat. Und dass er anschließend abgehauen ist.«

»Und Sie haben ihm das abgenommen?«, hakte Yuki nach. »Er war fünfzehn. Er hatte einen unterdurchschnittlichen IQ. Und er war nicht vorbestraft.«

»Er hat aber behauptet, er sei achtzehn, und er war immerhin intelligent genug, um drei Schweinehunde mit Blei vollzupumpen«, entgegnete Brand. »Dafür müsste man ihn eigentlich loben. Es ist wirklich jammerschade, dass er dann umgebracht worden ist. Er hat der Allgemeinheit einen dreifachen Riesendienst erwiesen.«

»Haben Sie Mr. Kordells Hände und seine Kleidung auf Schmauchspuren untersuchen lassen?«

»Nein. Wir haben ihn unmittelbar nach seiner Festnahme wegen unerlaubten Waffenbesitzes in ein Verhörzimmer gesetzt. Wir dachten, dass er sofort gestehen würde. Aber dann hat es sich immer mehr hingezogen, und wir haben das mit den Schmauchspuren einfach vergessen.«

»Aber Sie haben bis heute keinerlei Zweifel daran, dass Aaron-Rey Kordell die tödlichen Schüsse abgegeben hat?«

»Nein«, lautete Brands Antwort. »Ich habe nicht den geringsten Zweifel daran.«

35

Inspektor Stan Whitney wirkte ein wenig kultivierter als sein Partner. Er besaß ein fein geschnittenes Gesicht und trug einen gestutzten Vollbart, dazu eine Nickelbrille, ein blaues Jeanshemd und ein blaues Gabardine-Jackett.

Yuki stellte ihm dieselben Fragen wie Brand und bekam dieselben Antworten. Aaron-Rey Kordell war festgenommen worden, weil er eine Waffe bei sich gehabt hatte, mit der unmittelbar zuvor geschossen worden war. Er behauptete zwar, dass er niemanden erschossen hatte, aber seine Erklärung, wie er an die Waffe gekommen war, hatte unglaubwürdig geklungen. Darum war er zum Hauptverdächtigen erklärt worden. Und dann hatte er einen Dreifachmord gestanden.

Sie fragte Whitney, weshalb Aaron-Rey keinen Rechtsanwalt bekommen hatte, und der Detective sagte, dass der Verdächtige auf das Recht verzichtet hatte, einen Anwalt hinzuzuziehen. Und weil er keine Vorstrafen gehabt, in Bezug auf sein Alter falsche Angaben gemacht und außerdem nicht nach seinen Eltern gefragt hatte, waren seine Eltern auch nicht verständigt worden.

Im Verlauf der ganzen Befragung sagte Parisi kein Wort, machte sich keinerlei Notizen, sondern fixierte Yuki lediglich mit starrem, nachdenklichem Blick, der seiner sonst so gutmütigen Miene in nichts ähnelte. Das war sehr verstörend. Als Yuki mit der Befragung von Stan Whitney fertig war, erkundigte sich Parisis Beistand von Moorehouse & Rogers: »Können wir sonst noch etwas für Sie tun, Ms. Castellano?«

»Das reicht mir«, meinte Yuki. »Vielen Dank, dass Sie mir Ihre Zeit geopfert haben.«

Sie konnte das Sitzungszimmer gar nicht schnell genug hinter sich lassen. Brand hatte ausgesprochen einschüchternd gewirkt, und Whitney konnte mit seiner offenen, rechtschaffenen Art vermutlich jeden davon überzeugen, dass er nur die allerbesten Absichten hegte – und ihn damit in die Falle locken. Wenn die Geschworenen die Aussagen der beiden gehört und Ausschnitte aus dem Verhör gesehen hatten, dann würden sie, wenn sie unvoreingenommen waren, mit Sicherheit erkennen, dass diese beiden Polizeibeamten einen minderjährigen Jungen, der ihnen keinen ernsthaften Widerstand entgegensetzen konnte, gezielt manipuliert hatten.

Doch innerhalb der wenigen Minuten, die zwischen dem Verlassen der Kanzlei und der Ankunft bei ihrem Wagen lagen, schlichen sich Zweifel in Yukis Bewusstsein ein.

Parisi.

Sie würde sich vor einem Richter und einer voll besetzten Geschworenenbank mit Parisi auseinandersetzen müssen. Parisi hatte bereits fünfzehn Jahre Prozesserfahrung auf dem Buckel gehabt, als er vor acht Jahren zur Bezirksstaatsanwaltschaft gewechselt hatte.

Und er würde alles in seiner Macht Stehende tun, um Whitney und Brand zu stützen und darzulegen, dass ihr Verhör und die anschließende Inhaftierung Aaron-Reys vollkommen vom Gesetz gedeckt gewesen waren. Mehr war ja gar nicht notwendig. Er musste nur zeigen, dass das Verhör auf legalem Weg zu Aaron-Reys Geständnis geführt hatte.

Wenn er die Geschworenen davon überzeugen konnte, dann würden die Kordells diesen Prozess verlieren. Und sie würde eine Demütigung erster Klasse erleiden. Das durfte sie unter keinen Umständen zulassen.

Ausgeschlossen.

36

Cindy trat vor das Redaktionsgebäude des *Chronicle* und hatte kaum die Hand ausgestreckt, als bereits ein Taxi anhielt – alles andere als eine Selbstverständlichkeit mitten im Berufsverkehr. Sie nannte dem Fahrer die Adresse des Quince, eines hervorragenden Restaurants in der Nähe des Jackson Square, machte es sich auf der Rückbank bequem und ließ sich Richies Anruf noch einmal durch den Kopf gehen. Er hatte sie zum Abendessen eingeladen und dabei furchtbar geheimnisvoll getan. Nicht einmal die kleinste Kleinigkeit hatte er sich entlocken lassen – er war an einem Tatort und konnte nicht frei sprechen.

Worum mochte es gehen? Was genau hatte er ihr nicht sagen können?

Sie dachte an die jüngere Vergangenheit zurück, an ihre wundervolle, himmelhoch jauchzende Verlobungszeit, in der sie irgendwann von ihren unterschiedlichen Bedürfnissen eingeholt worden waren, bis vom Zauber des Zusammenwohnens und der Liebe nichts mehr übrig gewesen war.

Sie hatten sich getrennt und hatten schlechte Zeiten durchgemacht, beide auf ihre Art und Weise. Bis die Umstände sie schließlich wieder zusammengebracht hatten und sie eine noch tiefere, noch intensivere Verbindung eingegangen waren.

Jetzt wohnten sie wieder zusammen, und Cindy hatte Angst.

Nicht vor der Nähe und dem Zauber, aber davor, dass Rich sie und ihr Zusammensein so sehr liebte, dass er den Wunsch verspürte, die Verbindung durch einen feierlichen Schwur zu besiegeln. Dass er sie noch einmal bitten würde, ihn zu heiraten. Was sie, so traurig das auch war, wieder an den Ausgangspunkt ihres Konflikts zurückgeworfen hätte. Richie wollte Kinder haben, und zwar möglichst schnell möglichst viele. Während Cindy das Gefühl hatte, dass dafür noch genügend Zeit war – irgendwann.

Da waren beispielsweise die letzten drei Wochen.

Sie hatte an einer grässlichen Geschichte über einen Mann gesessen, der seine Frau, seine Schwiegermutter und seine beiden kleinen Söhne ermordet hatte. Sie hatte ihren fünftausend Wörter langen Artikel recherchiert, geschrieben, überarbeitet und ihn heute, genau drei Minuten vor Ablauf der Abgabefrist, in Tylers Posteingang hinterlassen. Morgen begann sie eine zehntägige Lesereise mit ihrem Buch.

Und dieses Buch bereitete ihr eine unglaubliche Freude. Nicht nur, dass sie einen wichtigen Beitrag zur Aufklärung eines scheußlichen Verbrechens geleistet hatte, sondern auch, dass sie ein solch langes Werk verfasst hatte, das vielleicht nicht gleich an die Spitze der Bestsellerlisten gestürmt war, sich aber doch ganz achtbar schlug. Ihr Lektor hatte sie jedenfalls um ein paar neue Ideen gebeten, die er dann dem Verlagsleiter präsentieren wollte. Und das allein war doch unfassbar! Zurzeit wurden ein paar Träume Wirklichkeit, auf die sie jahrelang hingearbeitet hatte. Jahrelang!

Aber gleichzeitig wollte sie Richie nicht verlieren. Sie

liebte ihn so sehr, hatte ihn so schrecklich vermisst, kam so wahnsinnig gerne nach Hause, um sich auf seinen Schoß zu setzen, ihn festzuhalten und die Anspannung des Tages gemeinsam mit ihm wegzuatmen.

Oh, bitte, bitte, Richie, mach mir keinen Druck. Bitte versuch nicht, irgendwas festzuklopfen.

»Hier wollten Sie hin, Miss?«, erkundigte sich der Fahrer.

»Ja. Genau. Vielen Dank.«

Cindy bezahlte und betrat das Restaurant. Der Oberkellner brachte sie in ein etwas ruhigeres Hinterzimmer. Die nackten Backsteinwände und die Kronleuchter aus venezianischem Glas schufen eine wundervolle Atmosphäre, die durch den Duft nach den Spezialitäten des Hauses, der überall in der Luft hing, noch verstärkt wurde.

Sie setzte sich, bestellte einen doppelten Scotch und hatte das Glas schon fast leer getrunken, als Richie kam. Ihr Geliebter beugte sich zu ihr herab, um ihr einen Kuss zu geben, und ließ sich dann auf seinen Stuhl plumpsen. Er roch nach kalter Luft von draußen, nach Seife und Shampoo. Und er sah toll aus.

»Mmm«, sagte er und zeigte auf den Scotch. »Gibt's einen Anlass?«

Sie zuckte mit den Schultern. »Ich war den ganzen Tag ziemlich in Hektik. Hab meinen Artikel gerade noch rechtzeitig abgegeben. Und jetzt denke ich an morgen…«

»Ich weiß. Du bist fast zwei Wochen lang unterwegs. Deswegen wollte ich dich gerne zum Essen einladen, und zwar in unserem Lieblingsrestaurant. Ein bisschen Zweisamkeit genießen.«

»Echt?«

»Na klar. Weil, ach, Cindy, du fehlst mir ja jetzt schon.«

Cindy schob ihr Glas beiseite und griff nach Richies Händen.

»Du bist der beste Mann, den ich kenne. Der beste, den ich jemals kennengelernt habe.«

Er zog sie an sich und küsste sie, lang und innig.

»Mein Gott, Richie«, sagte sie, nachdem der Kuss zu Ende war. »Du wirst mir auch fehlen.«

37

Yuki und ich trafen uns zum Mittagessen im Grouchy Lynn's, einem gemütlichen kleinen Imbiss im Dogpatch, der sich in den letzten zwanzig Jahren zu einem begehrten Wohngebiet östlich von Potrero Hill entwickelt hat. Im Grouchy Lynn's mit seinen gestreiften Tapeten und den kleinen Zwei-Personen-Nischen werden die besten Pommes frites östlich des Freeways serviert. Ich bestellte mir ein Club Sandwich mit allem und schlug meine Zähne hinein, während Yuki lustlos in ihrem Salat herumstocherte.

Sie war schon immer launisch gewesen – und zwar im positivsten Sinn, das heißt, sie kann absolut sachlich und voll konzentriert sein, aber im nächsten Augenblick schon in ein ansteckendes Lachen ausbrechen, das auch dem schlechtesten Tag noch ein versöhnliches Ende bereiten kann. Aber seit einer Nahtoderfahrung auf ihrer Hochzeitsreise vor wenigen Monaten – tatsächlich waren Hunderte von Menschen nur um Haaresbreite dem Tod entronnen – hatte ich sie nur sehr selten überhaupt lachen hören.

Und auch jetzt, während sie mir berichtete, dass sie eine schwerwiegende Entscheidung getroffen hatte, sah sie alles andere als fröhlich aus.

Ich ließ immer wieder Ketchup auf meine Pommes klecksen und sagte: »Was denn für eine Entscheidung?«

»Ich habe den Job angenommen.«

Sie legte das Besteck beiseite, ließ ihren Salat stehen und erzählte mir von dieser Non-Profit-Organisation, dem Prozesshilfeverein, und dass sie als Erstes einen toten Mandanten betreute.

»Wer ist dieser tote Mandant, und wie lautet dein Auftrag?«, wollte ich wissen.

»Sein Name war Aaron-Rey Kordell, und es ist gut möglich, dass er von der Polizei genötigt worden ist, einen Dreifachmord zu gestehen, den er nicht begangen hat. Und als er im Untersuchungsgefängnis auf seinen Prozess gewartet hat, wurde er in der Dusche von einem oder mehreren Unbekannten ermordet.«

Ich stöhnte. Geständnisse zu erwirken war ein wichtiger Teil meines Berufs. Man durfte im Verhör auch lügen, und es war durchaus denkbar, dass Verdächtige so fertiggemacht oder ausgetrickst wurden, dass sie Dinge gestanden, die sie gar nicht getan hatten – wenn auch nicht oft. Nicht, soweit ich wusste.

Yuki sagte: »Lindsay, wenn diese Geschichte wirklich stimmt, wenn Kordell zu einem Geständnis genötigt und anschließend in der Untersuchungshaft ermordet worden ist, dann kommt es zum Prozess gegen die Stadt, gegen das SFPD und höchstwahrscheinlich auch gegen die Beamten, die ihn verhört haben. Dann geht es um was weiß ich wie viele Millionen.«

Ich hörte auf zu kauen.

Ein Prozess gegen das Police Department, das wäre eine Katastrophe für jeden einzelnen Polizisten gewesen, ganz ohne Zweifel. Eine Katastrophe. Als Yukis Freundin musste ich einigermaßen unparteiisch sein, aber um mich ging es hier gar nicht.

»Dein Mann ist Lieutenant beim San Francisco Police Department«, sagte ich.

»Das weiß ich auch, Linds.«

»Was sagt er denn dazu?«

»Er ist total genervt. Wir reden kaum noch miteinander.«

»Oh, Mann. Bist du dir denn sicher, dass Kordell unschuldig war?«

»Man hat ihn mit der Tatwaffe erwischt. Er war fünfzehn Jahre alt. Niedriger IQ. Es war bestimmt nicht weiter schwierig, ihm ein Geständnis zu entlocken. Ich habe den Videomitschnitt des Verhörs gesehen. Die Beamten haben gelogen, dass sich die Balken gebogen haben, Linds. ›Sag uns doch einfach, was du gemacht hast, dann kannst du nach Hause gehen‹, zum Beispiel. Und dann haben *sie ihm* gesagt, was er getan hat, und zwar in ihrer Version. – Ich wäre schon ein ganzes Stück weiter, wenn ich wüsste, weshalb Aaron-Rey eigentlich ermordet worden ist. Ist er im Knast jemandem auf die Zehen getreten? Oder war das die Rache für den Tod dieser Drogendealer? Weil das nämlich bedeuten könnte, dass er schuldig war.«

»Ich kann nur hoffen, dass ich das nicht eines Tages bereuen werde, Yuki«, sagte ich, »aber ich sehe mal nach, wer zur gleichen Zeit wie Kordell in U-Haft gesessen hat. Mal sehen, ob ich was rauskriege. Aber ich kann nichts versprechen.«

»Versprich mir einfach, dass wir Freundinnen bleiben, ganz egal, was passiert.«

»*Das* kann ich dir versprechen«, sagte ich.

38 Am selben Tag um kurz vor 17.00 Uhr wurde Yuki von Officer Creed Mahoney durch mehrere Stahltüren und Schranken in die Haftanstalt im fünften Stock der Hall of Justice begleitet. Dort brachte er sie in eines der klaustrophobisch engen Besprechungszimmer mit ihren vergitterten Fenstern, die für Treffen zwischen Häftlingen und ihren Anwälten vorgesehen waren.

Sie musste ungefähr zehn Minuten warten, dann ging die Tür auf, und Li'l Tony Willis schlurfte herein, in voller Größe – er maß vom Scheitel bis zur Sohle genau einen Meter zweiundfünfzig –, Hände und Füße in Ketten gelegt, die Arme von oben bis unten tätowiert. Er trug einen orangefarbenen Overall, Rastalocken und hatte ein arrogantes Grinsen im Gesicht.

»Wer bist du eigentlich?«, wollte Li'l Tony wissen, während Mahoney seine Ketten durch die Öse im Tisch führte.

»Fünfzehn Minuten, Ms. Castellano, okay?«, sagte Mahoney. »Dann komme ich wieder.«

Die Tür fiel ins Schloss und wurde verriegelt.

Yuki blickte das Bürschchen an, das wegen häuslicher Gewalt, Drogenhandels und Mordverdachts hier im Gefängnis saß. »Ich bin Rechtsanwältin. Mein Name ist Yuki Castellano. Ich beschäftige mich zurzeit mit dem Mord an Aaron-Rey Kordell. Was genau ist da eigentlich vorgefallen?«

»Willst du mich verarschen? Willst du etwa behaupten, dass ich das war? Weil, nämlich, überhaupt nicht. Hast du Kippen dabei?«

»Ich habe gehofft, dass Sie mir sagen können, wer Kordell ermordet hat. Das könnte sehr hilfreich sein.«

»Für wen? Ich hab dir nix zu sagen, weil ich dem Spasti nämlich nix getan hab. War's das? Weil, dann war's das nämlich, Ms. Cassielandro.«

»Ich sage Ihnen mal, was ich weiß. Sie haben gegen einen gewissen Jorge Sierra ausgesagt«, fuhr Yuki fort und spielte damit auf einen brutalen Drogenbaron aus Süd-Kalifornien an, der allgemein unter dem Decknamen Kingfisher bekannt war. Niemand wusste, wo er sich aufhielt, und auch seine wahre Identität war ein streng gehütetes Geheimnis.

»Sie haben zu seinem Führungszirkel gehört, stimmt's, Tony? Sie brauchen es nicht abzustreiten. Ich kenne eine Menge Polizisten, und ich weiß, dass Sie ausgesagt haben. Wenn Sierra dahinterkommt, dann dürfte Ihr Leben ziemlich abrupt zu Ende gehen.«

Zum ersten Mal schlich sich so etwas wie Furcht in die Augen des Kleinen. Er blickte sich hastig um, sah nach, ob irgendwo eine Kamera hing.

»Wer hat das gesagt?«, schoss er zurück. »Wer behauptet, dass ich den King verraten hab, lügt. Ich bin keine Petze.«

Yuki ließ nicht locker. »Nur damit es keine Missverständnisse gibt: Ich will Ihnen den Mord an Kordell keineswegs anhängen. Aber ich will wissen, wieso dieser Junge umgebracht worden ist.«

»Das ist doch das Gleiche«, erwiderte Tony Willis. »Also gut, hör zu. Ich war das nicht. Könnten aber ein paar Jungs gewesen sein, die für den King arbeiten. Jedenfalls ist sein

Name ein paar Mal gefallen. Aber ehrlich gesagt, ich glaub nicht, dass er damit was zu tun hat. Reine Spekulation, Ms. Cassielandro. Ich hab keine Ahnung, wer A-Rey abgemurkst hat. Das war's. Kostet dich gar nix.«

»Ich lasse in der Kantine eine Schachtel Zigaretten für Sie zurücklegen.«

»Mehr nicht?«

»Hier, meine Karte. Falls Ihnen doch noch einfällt, wer A-Rey getötet haben könnte, dann rufen Sie mich bitte an. Sie würden mir damit einen sehr großen Gefallen tun.«

Nachdem Tony Willis wieder in seine Zelle gebracht worden war, fuhr Yuki mit dem Fahrstuhl nach unten in die Tiefgarage und setzte sich in ihr Auto. Während der Fahrt ins Büro ließ sie sich alles, was Li'l Tony ihr erzählt hatte, noch einmal durch den Kopf gehen. Es war absolut gar nichts.

Scheiße. Sie dachte an Aaron-Rey, den Jungen mit dem liebevollen Gesichtsausdruck, dessen Foto seine Mutter in den Händen gehalten hatte. Sie konnte sich einfach nicht vorstellen, dass dieser Junge drei Drogendealer umgebracht hatte, die ihn freundschaftlich behandelt hatten.

Ganz egal, von welcher Seite sie das Ganze auch betrachtete, es ergab einfach keinen Sinn. Warum hätte Aaron-Rey diese Typen ermorden sollen?

39 Nach außen hin war das Wicker House ein Großhandel für importierte Korb- und Rattanmöbel. Der Betrieb lag in der Cortland Avenue, am Rand von Bernal Heights, einem mittelpreisigen Mischgebiet bestehend aus kleinen Gewerbebetrieben und Wohnhäusern. Je weiter die zweispurige Straße in die Hügel hinaufführte, desto geringer wurde der Anteil der Industriebetriebe.

Das Wicker-House-Gebäude befand sich in der Mitte eines Straßenzugs, der aus vielen klobigen, zwei- oder dreigeschossigen grauen Schlackensteinbauten bestand. Manche hatten unterhalb des Dachtraufs noch eine Holzverkleidung, etliche besaßen auch eine Feuertreppe, aber keines dieser Häuser wirkte in irgendeiner Weise einladend.

Auf der Rückseite des Geschäfts befand sich ein Parkplatz mit einer schmalen Zufahrt. Die Hintertür bestand aus extra verstärktem Stahl und war mit zwei Schildern versehen: ZUTRITT FÜR UNBEFUGTE VERBOTEN und NUR MIT ANMELDUNG. Nirgendwo war der Name des Geschäfts zu lesen, und eine Telefonnummer war auch nicht angegeben.

Es war kurz vor 3.00 Uhr. Auf dem Parkplatz vor der Hintertür des Wicker House standen sieben Autos. Einer davon war der Mercedes SL von Nathan Royce, dem Inhaber des Wicker House. Die anderen Fahrzeuge gehörten den Angestellten.

Gar nicht weit von der Hintertür entfernt, aber so, dass die Überwachungskameras ihn nicht im Blick hatten, stand ein unbeschrifteter weißer Lieferwagen. Am Steuer saß der Mann, der Eins genannt wurde.

Durch einen Informanten wusste Eins über die Aufteilung im Inneren des Wicker House Bescheid. Der vordere Teil des Erdgeschosses bestand aus einem fantasielosen Ausstellungsraum. Der hintere Teil war ein Labor, das über die Hintertür zugänglich war, sodass Chemikalien und fertige Produkte schnell und bequem transportiert werden konnten.

In diesem Labor wurden synthetische Drogen hergestellt, hauptsächlich Cathinone, die auf der Straße als »Badesalz« gehandelt wurden, und Cannabinoide, also synthetisches Marihuana. Der erste Stock des Gebäudes diente als Zwischenlager für die fertigen Produkte, unter anderem auch größere Mengen Heroin, und gelegentlich sogar stattliche Bargeldsummen.

Der Informant hatte Eins verraten, wann der Abtransport aus dem Wicker House zum zentralen Umschlagplatz der Organisation stattfinden sollte. Von dort würde die Ware dann mit unbekanntem Ziel weitergeschickt werden. Der Gesamtwert der Fracht belief sich auf über fünfeinhalb Millionen Dollar.

Die Männer im Inneren des Gebäudes waren bewaffnet und in Alarmbereitschaft, und das bedeutete sehr viel mehr Risiko als ein Überfall auf ein paar zugedröhnte Junkies in einem Crackhaus.

Eins sagte zu seinen beiden Männern: »Zehn Minuten, okay? Zeit ist kostbar, diese Typen da nicht.«

Die Spannung im Inneren des Lieferwagens war mit Händen zu greifen. Die Männer schlüpften in ihre Kevlarwesten und ihre Windjacken, setzten Gasmasken und SFPD-Mützen auf. Sie schraubten Schalldämpfer auf ihre dreißigschüssigen M-16-Schnellfeuergewehre. Als Eins so weit war, sprang er aus dem Wagen und erledigte mit einem Schuss die Kamera über der Hintertür. Der Schalldämpfer erstickte das Schussgeräusch.

Zwei und Drei gingen zu der verstärkten Stahltür und befestigten kleine Sprengladungen über dem Schloss und den Türangeln. Dann traten sie ein paar Schritte zurück, und Zwei zündete die Ladungen per Fernsteuerung. Da die ganze Umgebung um diese Zeit menschenleer war, fielen die vergleichsweise leisen Explosionen kaum auf.

Eins und Zwei hoben die Tür aus dem Rahmen. Drei betrat den kurzen Flur, der zum Labor führte, und fing sofort an zu schießen. Glas splitterte. Blut spritzte. Sobald die Männer im Labor sich nicht mehr rührten, stürmten die drei Männer mit den Windjacken auf die verriegelte Tür zu, die in den ersten Stock führte.

Sie schossen das Schloss auf und stürmten die Treppe hinauf.

Wo sie von einem wütenden Kugelhagel empfangen wurden.

40 Zwei bildete die Vorhut, als das Sperrfeuer die Gipskartonplatten des Treppenhauses in Stücke riss. Gipsbröckchen und leere Patronenhülsen regneten auf ihn und seine Kollegen herab.

Das war zu erwarten gewesen.

Die drei Männer drückten sich mit dem Rücken an die Treppenhauswand. Eins brüllte: »*Polizei! Waffen fallen lassen!*«

Zwei richtete die Mündung seines CapStun-Granatwerfers nach oben und schoss eine Tränengasgranate in den ersten Stock.

Ein lauter Knall ertönte. Die Granate fiel auf den Fußboden und entließ unter lautem Zischen feinen Nebel in die Räume über ihnen. Einen Augenblick später kamen zwei Männer zum oberen Treppenabsatz getaumelt. Sie hatten die Hände auf die tränenden Augen gedrückt, husteten heftig und riefen: »Wir sind unbewaffnet. Nicht schießen!«

Eins sagte: »Tut mir leid, aber versetzt euch mal in meine Lage.«

Er gab zwei kurze Salven aus seinem M-16 ab und machte dann einen Schritt zur Seite, als die beiden Toten die Treppe herabstürzten.

Die Angreifer stürmten weiter nach oben, und Eins blickte sich in dem riesigen Lagerraum um. Er sah genauso aus, wie der Spitzel ihn beschrieben hatte, und nahm das gesamte erste Stockwerk ein.

Im vorderen, der Straße zugewandten Teil standen große Stapel mit Korbmöbeln. Weiter hinten, dort wo Eins und seine Männer sich jetzt befanden, war auf diversen Tischen und Regalen ein komplettes Büro eingerichtet worden. Da gab es mehrere Kopierer, große Rollen Plastikfolie und Klebeband, Waagen und Geldzählautomaten, große Kartons und auch einen Laptop, auf dem vier Fenster mit den Bildern aus vier verschiedenen Überwachungskameras inner- und außerhalb des Labors zu sehen waren, darunter auch das schwarze Rechteck aus der Kamera über der Hintertür, die er zerschossen hatte.

In der Ecke befand sich ein gepanzerter Waffenschrank, eins fünfzig mal einen Meter mal fünfzig groß. Er stand offen, sodass sie ihn nicht erst aufsprengen mussten. Der Panzerschrank war voller Heroinpäckchen. Daneben standen ein ganzer Stapel mit kleinen Kartons sowie ein halbes Dutzend oliv-grüner Sporttaschen. Drei machte die Taschen auf und rief: »Jede Menge Bares, Eins.«

In diesem Augenblick hörte Eins ein lautes Husten. Es kam aus einem Schrank. Mit vorgehaltener Waffe machte er die Tür auf. Im Inneren kauerte ein Mann. Er hatte den Kopf in die Arme gelegt. Jetzt blickte er auf, sodass sein vom Tränengas völlig zugeschwollenes Gesicht zu sehen war. Er rief: »Ich kann nichts sehen!«

Eins sagte: »Wo ist Donnie? Und Rascal?«

Der Mann im Schrank hustete und keuchte laut. »Weggegangen.«

Eins erwiderte: »Okay. Tut mir leid, Kumpel, aber es geht leider nicht anders.«

Er richtete seine Waffe auf den Mann im Schrank und drückte ab. Der Kerl schrie auf und brach zusammen.

Eins rief den anderen zu: »Alles in Ordnung?«

Nachdem Zwei und Drei bejaht hatten, trat Eins vor die Kartons. Er klappte sie auf und überschlug den Inhalt der zehn mal fünfzehn mal zwanzig Zentimeter großen Päckchen, die fein säuberlich in Glitzerpapier verpackt waren und Beschriftungen wie BLUE WAVE, MAD FANTASY oder SUNNY DRAGON trugen.

Das waren Hunderte Pfund synthetisches Gras, dazu noch das Heroin aus dem Safe. Die Bargeldtaschen waren bereits gepackt, sodass sie sich an den Abtransport machen konnten.

Die drei Männer gingen mehrfach die Treppe hinunter und wieder hinauf, mussten dabei den Toten und den unzähligen Patronenhülsen ausweichen. Sie schleppten die Geldtaschen, die Kartons mit den Drogen und den Laptop zu ihrem Lieferwagen.

Als sie ihre Beute komplett verstaut hatten, ging Eins noch einmal zurück ins Haus und sah nach, ob die Männer wirklich alle tot waren. Dann schaltete er das Licht aus und schloss die Tür ab.

Das Wicker House hatte den Betrieb eingestellt, aber Eins und sein Team waren dem vorgezogenen Ruhestand gerade eben einen Riesenschritt näher gekommen.

Sehr gut.

41

Das Telefon klingelte viel zu früh.

Joe sagte schlaftrunken: »Ich kümmere mich.«

»Bleib liegen, Kollege«, nuschelte ich. »Ist für mich.«

Ich nahm mein Handy vom Nachttisch, stellte fest, dass es genau 5.51 Uhr war und dass Brady mich sprechen wollte. Soweit ich wusste, hatte ich dienstfrei. Ich nahm das Handy mit ins Badezimmer. »Was gibt's, Brady. Ist das dienstlich oder privat?«

»Dienstlich.«

Gott sei Dank. Hauptsache, er oder Yuki steckten nicht irgendwie in der Klemme. Aber jetzt, wo das geklärt war, musste ich erfahren, wieso Brady mich um diese nachtschlafende Zeit aus dem Bett geklingelt hatte.

»Was ist los?«

Martha kam ins Badezimmer und strich unentwegt um meine Beine, so lange, bis sie mich erfolgreich in die Küche getrieben hatte. Ihr Futternapf war leer.

»Ich bin gerade in der Nähe«, sagte Brady.

»Soll das heißen, du willst mal kurz vorbeischauen? Es ist noch nicht mal sechs!«

»Ich komme gerade von einem Massaker«, sagte er.

»Ich setze Kaffee auf«, sagte ich.

Als ich geduscht hatte und in irgendwelche Sachen vom Schlafzimmerstuhl geschlüpft war, stand Brady vor unserer

Haustür. Er sah leichenblass aus, und das lag nicht an unserem Licht.

»Setz dich«, sagte ich und deutete auf einen Hocker vor dem Küchentresen. Dann sah ich noch einmal nach, ob die Schlafzimmertüren wirklich geschlossen waren. Ich schenkte Kaffee ein, stellte Milch und Zucker auf den Tisch, lehnte mich mit verschränkten Armen an den Herd und wartete.

Er sagte: »Wann hast du diesen Lieutenant-Job an den Nagel gehängt? Du hast ihn ja gehabt, und dann hast du ihn wieder abgegeben. Als Jacobi befördert worden ist, hättest du ihn wiederhaben können. Aber du hast noch mal abgelehnt.«

»Ich habe den Papierkram nicht ertragen, diese ständigen Besprechungen, diesen ganzen Mittleres-Management-Mist. Ich wollte konkrete Fälle bearbeiten, und zwar einen nach dem anderen.«

Er meinte: »Wem sagst du das? Ich komme mir in neunzig Prozent der Zeit vor wie ein Sandsack.«

Er nippte an seinem Kaffee. Die Anspannung brachte mich fast um.

»Was ist passiert, Jackson?«

»Das Rauschgiftdezernat hat seit einigen Monaten ein bestimmtes Gebäude in Bernal Heights im Blick gehabt, ein als Möbelhaus getarntes Drogenlabor. Sie haben das Gebäude beobachtet, aber sie haben nicht mitbekommen, was da abgeht. Erst, als alles vorbei war. Das hat da ausgesehen …« Er schüttelte den Kopf. »Wie im Krieg.«

»Tote?«, wollte ich wissen.

»Jede Menge. Sieben Stück, glaube ich.«

»Und was war das? Ein Raubüberfall?«

»Es sieht ganz danach aus. Die Toten sind vermutlich die Angestellten. Wir glauben, dass die Angreifer alle davongekommen sind«, erwiderte Brady. »Auf dem Video des Beschatterteams sieht man für einen Sekundenbruchteil einen weißen Lieferwagen mit drei Mann vom Parkplatz fahren. Mindestens einer von ihnen hat eine SFPD-Windjacke getragen.«

»Gibt's doch nicht!«

»Wenn das tatsächlich unsere Windjacken-Räuber waren, dann haben sie noch mal eine Schippe draufgelegt. Dann beklauen sie jetzt nicht mehr nur einfache Dealer oder kleine Läden, sondern drehen das ganz große Rad. Vielleicht ist das unsere Chance.«

Brady brach ab und starrte gedankenverloren vor sich hin.

»Was denn, Brady? Was ist unsere Chance?«

Er blinzelte kurz und sagte dann: »Wir haben zwei miese Typen aus dem Haus kommen sehen, in derselben Nacht, etliche Zeit vor dem Überfall. Sie sehen nicht aus, als hätten sie zu den Angreifern gehört, aber irgendwas müssen sie wissen. Und wir haben sie identifiziert. Miese Typen eben, genau, wie ich gesagt habe. – Du rufst Conklin an, ich übernehme Swanson und Vasquez. Clapper ist schon vor Ort.«

Clapper ist der Leiter unseres kriminaltechnischen Labors und außerdem ein guter Freund von mir.

Brady starrte in seine Kaffeetasse. »Hör zu, Lindsay. Ich weiß, dass ich in letzter Zeit ziemlich unausstehlich war. Diese ganze Rächer-in-Uniform-Scheiße geht mir echt an die Nieren. Ich will das wirklich nicht an dir auslassen. Tut mir leid.«

Er räusperte sich. Das war seine Art, sich zu entschuldigen.

»Ist schon okay. Ich habe volles Verständnis.«

»Ich bin auf deiner Seite. Immer.«

Ich lächelte ihn an. Er erwiderte mein Lächeln. Manchmal kann ich Brady nicht ausstehen, und manchmal liebe ich ihn geradezu. Im Moment liebte ich ihn. Bevor noch jemand in Tränen ausbrechen konnte, gab er mir die Adresse des Tatorts und bat mich, mir die ganze Sache anzuschauen. Ich sollte mich stündlich telefonisch bei ihm melden.

Als er weg war, schrieb ich Conklin eine Textnachricht.

Er schrieb zurück.

Wir trafen fast gleichzeitig vor dem Wicker House ein. Nachdem wir uns den Schauplatz des Blutbads angesehen hatten, sagte mein Partner: »Eigentlich kann ich mir nicht vorstellen, dass das tatsächlich Polizisten gewesen sein sollen.«

Vier der sieben Toten waren unbewaffnet. Der Fußboden und das Treppenhaus waren von leeren Patronenhülsen übersät.

Swanson, Vasquez, Conklin und ich schauten gerade den Kriminaltechnikern über die Schultern, als Clapper zu mir kam. »Hier gibt es mehr Fingerabdrücke als in einem Kindergarten. Und was die Patronenhülsen angeht, da ist praktisch jede Sorte vertreten. So, wie die Opfer verteilt sind, gehe ich davon aus, dass die Eindringlinge das Überraschungsmoment auf ihrer Seite hatten. Und sie haben Schalldämpfer benützt.«

Dann machte er uns freundlich darauf aufmerksam, dass wir im Weg waren.

»Ich melde mich, sobald ich etwas Konkretes habe«, sagte er.

42

Es war kurz nach 5.00 Uhr. Donnie Wolfe hatte den Wagen in einer Wohnstraße im Inner Sunset abgestellt, einem Viertel, wo man noch ohne Anwohnerschein parken durfte.

Er lehnte an der Motorhaube seines roten 2003er Camaro. Die Twelfth Avenue war beidseitig durchgehend bebaut. Kurze Treppen führten hinauf zu den Hauseingängen, steile Abfahrten zu den tiefer liegenden Garageneinfahrten. Er kam sich fast vor wie in einer netten kleinen Vorstadtsiedlung.

Er war die ganze Nacht unterwegs gewesen, aber jetzt telefonierte er mit seinem Mädchen. »Ich hab lange gearbeitet, Tamra. Pack einfach deine Sachen, alles, was du für ein paar Tage brauchst. Und kein Wort zu deinen Freundinnen. Erst recht nicht zu deiner Mutter oder diesem Vollidioten, der unter uns wohnt. Ich hab noch was zu besprechen, dann komme ich nach Hause, leg mich ins Bett, und wenn ich ausgeschlafen hab, verschwinden wir.«

Tamra war schwanger. Zwanzigste Woche. Donnie hatte ihr nicht verraten, was er für eine Arbeit hatte, aber das war für sie kein Problem. Weitaus schwerer schien es ihr zu fallen, still und heimlich aus der Stadt zu verschwinden, ohne zu wissen, wohin sie fuhren, und ohne ihrer Mutter etwas davon zu sagen.

»Das wird wunderschön werden, Tam«, sagte er. »Vertrau mir. Sag es niemandem. Pack deine Sachen und warte ab.«

Der graue Ford kam näher, bremste und blieb direkt hinter ihm stehen. Donnie zog sein Hemd noch einmal nach unten, damit die Pistole in seinem Hosenbund nicht zu sehen war. Dann ging er dem Wagen mit dem Mann entgegen, den er nur als »Eins« kannte.

»Wie ist es gelaufen? Hat alles geklappt?«, erkundigte sich Donnie bei dem etwas untersetzten Kerl mit der großen Sonnenbrille und der tief ins Gesicht gezogenen Baseballmütze.

»Nicht so dicht«, sagte Eins zu dem Mann, der ihn mit Informationen aus dem Wicker House versorgt hatte. Donnie blieb stehen und ließ seine leeren Hände sehen.

»Wo ist dein Kumpel?«, wollte Eins wissen.

»Rascal hält sich im Hintergrund.«

Eins nickte. »Hier ist dein Fluchtgepäck.« Er griff nach einer schwarzen Nylontasche auf dem Beifahrersitz und warf sie Donnie durch das geöffnete Seitenfenster zu.

Donnie fing die Tasche auf, stellte sie auf den Bürgersteig und machte den Reißverschluss auf. Seitlich neben den gebündelten, gebrauchten Geldscheinen steckten zwei Kennzeichen aus Colorado.

Der junge Mann sah sich das Geld ein wenig genauer an. Es hatte den Anschein, als könnten es die vereinbarten Hunderttausend sein. Das war der Anteil, den Rascal und er bekommen sollten.

Er sagte zu Eins: »Das war's dann wohl, schätze ich.«

»Solange du die Klappe hältst. Zwing mich nicht, dich zu suchen.«

»Der Boss ...«

»Als ich den Boss das letzte Mal gesehen habe, da hat er die Nase in einen Teppich gebohrt.«

»Doch nicht Mr. Royce«, erwiderte Donnie. »Ich rede von *seinem* Boss, Mann. Dem King. Er hat eine Ahnung, wer du bist. Also gib nicht mir die Schuld, wenn er es rauskriegt.«

»Ich weiß aber auch, wer *er* ist«, erwiderte Eins. »Und ich weiß, wo er wohnt.«

»Nicht *mein* Boss und nicht *mein* Problem«, meinte Donnie. »Alles klar. Ich haue ab. Hab auch schon einen Plan.«

»Als Erstes solltest du mal die protzige Karre da abstoßen«, sagte Eins. »Pass gut auf dich auf, Donnie.«

»Du aber auch, Mister Eins. Adiós. Mach's gut.«

Donnie setzte sich in sein Auto und beobachtete im Rückspiegel, wie Eins wegfuhr. Dann nahm er die Tasche, überquerte die Straße und ging weiter bis zu der Autowerkstatt in der Judah Street, die erst in drei Stunden wieder ihre Tore öffnen würde.

Auf dem Hinterhof stand ein blauer Honda Civic, weder neu noch alt, sondern genau richtig und dazu noch nicht mal abgeschlossen. Donnie hatte zwar keinen Zündschlüssel, aber dafür hatte er schon Autos kurzgeschlossen, seit er laufen konnte. Das war ein Kinderspiel.

Er startete den Motor. Dann stieg er aus und tauschte die Kennzeichen gegen die Colorado-Schilder aus, die er von Eins bekommen hatte. Als er an seinem Camaro vorbeikam, winkte er seiner protzigen Karre zum Abschied noch einmal zu und lenkte den Honda nach Osten in Richtung Bay Bridge.

43

Nachdem Charlie Clapper uns von seinem Tatort verscheucht hatte, kehrten Conklin und ich an unsere Schreibtische in der Mordkommission zurück und verbrachten den Vormittag damit, uns die Videoaufnahmen anzusehen, die das Rauschgiftdezernat von der Straße vor dem Wicker House gemacht hatte.

Um exakt 2.34 Uhr, also deutlich vor der Schießerei, hatten zwei Männer das Haus durch die Vordertür verlassen. Sie trugen normale Straßenkleidung: Jeans, einer eine dunkle, der andere eine helle Jacke. Einer der beiden war groß und breitschultrig, der andere eher klein und schmächtig.

Sie blieben auf eine schnelle Zigarette vor dem Haus stehen, dann stießen sie die Fäuste zusammen und gingen zu ihren Autos.

Der Schmächtige setzte sich in einen roten Chevrolet Camaro, Baujahr 2003, der auf einen gewissen Donald Francis Wolfe zugelassen war. Der kräftigere Kerl bestieg einen Buick Kombi, der einem Ralph Valdeen gehörte. Beide Männer waren Mitte zwanzig. Wolfes Vorstrafenregister reichte von versuchtem Einbruchsdiebstahl über Drogenbesitz bis hin zu Körperverletzung. Als Jugendlicher hatte er bereits einmal eine Haftstrafe wegen Autodiebstahls abgesessen.

Um 3.12 Uhr, das hatten wir ja schon gewusst, hatten die Beschatter für einen Sekundenbruchteil einen weißen Lieferwagen mit drei nicht identifizierbaren Insassen aufgenommen. Einer der Männer saß auf dem der Kamera zugewandten Beifahrersitz und hatte möglicherweise eine SFPD-Windjacke getragen. Der Lieferwagen raste jedenfalls am Wicker House vorbei. Anscheinend waren die Kennzeichen mit Dreck verschmiert.

Wir sahen uns den kleinen Ausschnitt immer wieder an, vorwärts, rückwärts, vergrößert, pausiert, heller, mit besserem Kontrast, aber es war schlicht und einfach unmöglich, einen dieser Männer zu identifizieren, schon gar nicht bei diesen Lichtverhältnissen. SFPD-Windjacken? Schon möglich. Ich hatte jedenfalls ein paar weiße Buchstaben auf dunkelblauem oder grauem oder schwarzem Stoff gesehen.

Clapper hatte berichtet, dass die Überwachungskamera auf der Rückseite des Wicker House kaputt geschossen worden war und dass sie im Inneren des Geschäfts keine Festplatte, keinen Computer, nichts Vergleichbares gefunden hatten.

Gegen halb zehn bekamen wir eine Meldung, dass Donald Wolfes Camaro eine Einfahrt in einer Wohnstraße blockierte, und zwar anderthalb Häuserblocks von einer Autowerkstatt entfernt. Dann meldete sich auch noch der Besitzer der Werkstatt und zeigte den Diebstahl eines blauen Honda Civic an. Die Kennzeichen hatte er im Hof gefunden, der nicht von einer Kamera überwacht wurde.

Das bedeutete, dass Wolfe den Camaro abgestoßen hatte und jetzt höchstwahrscheinlich einen blauen Honda Civic mit gestohlenen Kennzeichen fuhr.

Wir leiteten eine Fahndung nach dem Honda und dem

Buick ein, und tatsächlich… kurz nach 15.00 Uhr wurden beide Fahrzeuge auf dem Freeway 101 gesichtet.

Eine halbe Stunde später hatten wir unter Mithilfe der SFPD-Verkehrsüberwachung die beiden Fahrzeuge auf dem Parkplatz des AT&T-Parks lokalisiert. Die Giants spielten gegen die St. Louis Cardinals, und es war ein herrlicher, sonniger Tag. Der Parkplatz war voll besetzt.

Conklin und ich zeigten unsere Dienstmarken und Dienstausweise vor und betraten das Stadion durch das Willie Mays Gate. Selbst die Zuschauer auf den schlechtesten Plätzen hatten freie Sicht auf die Bay Bridge, und von dort, wo wir jetzt standen – direkt hinter dem Schlagmal –, konnten wir das gesamte Stadion überblicken.

Im Moment stand mit Matt Holliday der beste Schlagmann der Cardinals auf dem Schlagmal. Es stand 1:1, und das neunte Inning hatte gerade begonnen. Alle Augen waren auf den Werfer, Tim Lincecum, gerichtet. Alle bis auf meine und Conklins. Wir hatten Fotos von Wolfe und Valdeen in unseren Brusttaschen stecken. Wir brauchten nichts weiter zu tun, als die beiden aus den anderen vierzigtausend Zuschauern herauszupicken.

Lincecum verpasste Holliday einen unglaublich harten Wurf, den dieser über die dritte Base hinweg die Linie entlang bis in die linke Ecke des Spielfelds schlug. Ekstatisches Gebrüll schallte durch das Stadion, und alle Fans sprangen wie auf Kommando auf. Aber das war das Letzte, was mein Partner und ich vom Spiel zu sehen bekamen.

Conklin deutete nach rechts, wo etwa sechs Reihen über uns mehrere Männer vor einem mexikanischen Imbiss standen.

»Da ist Donald Wolfe. Dunkle Jacke, Giants-Mütze.«

»Du hast ein gutes Auge, Kumpel.«

Ich war mir nicht ganz so sicher wie Conklin, aber nachdem wir ein Stückchen näher gekommen waren, sah ich, dass er recht hatte, ganz ohne Zweifel.

Ich trat von hinten an Wolfe heran und tippte ihm auf die Schulter. Kaum hatte er sich umgedreht, sagte ich: »Donald Wolfe? Ich bin Sergeant Boxer, SFPD. Wir würden uns gerne mit Ihnen über Ihren jüngsten Autodiebstahl unterhalten.«

Ich stellte ihn an die Wand und durchsuchte ihn. Während ich mit Wolfe beschäftigt war, holte Valdeen aus und versuchte, Conklin mit einem wilden Schwinger plattzumachen. Dieser blockte den Schlag jedoch ab, und Valdeen versuchte es noch einmal, legte sein ganzes Gewicht hinein. Dieses Mal duckte sich Conklin und traf mit einem Aufwärtshaken das Kinn des Schwergewichts, sodass er gegen einen Hotdog-Stand taumelte.

Metall schepperte. Der Verkäufer stieß einen heiseren Schrei aus. Conklin drehte Valdeen den Arm auf den Rücken und ließ die Handschellen zuschnappen. Dann sagte er: »Ralph Valdeen, ich nehme Sie hiermit wegen tätlichen Angriffs auf einen Polizeibeamten fest.«

Niemand hielt Wolfe oder Valdeen für die Typen, die das Wicker House in Stücke geschossen hatten, aber die Chancen standen gut, dass sie wussten, wer für die Hinrichtung der sieben anderen verantwortlich war. Und falls das die Windjacken-Räuber gewesen waren, dann bekamen wir von Wolfe oder Valdeen vielleicht einen Hinweis, der uns helfen konnte, die bewaffneten Raubüberfälle auf diverse Scheckpfandhäuser und Mercados sowie die Ermordung zahlreicher Drogendealer in unserer Stadt aufzuklären.

Ich konnte es kaum erwarten, die beiden einzubuchten.

»Hände auf den Rücken«, sagte ich zu Wolfe.

Und das war der Moment, in dem er beschloss abzuhauen.

44

Ralph Valdeen war außer Atem, in Handschellen und benahm sich mit einem Mal ausgesprochen fügsam.

Donald Wolfe hingegen hatte die eine Gelegenheit beim Schopf gepackt, sich seine Tasche unter den Arm geklemmt und rannte um sein Leben. Er stürmte an dem Hotdog-Stand, der Pizzabude und dem Café auf Rädern vorbei und anschließend mitten durch eine Gruppe von Fans, wie eine Bowlingkugel durch die Kegel.

Wolfe war klein und flink. Während ich bei Valdeen blieb und Verstärkung anforderte, sprang Wolfe über diverse Sitzreihen hinweg, schubste andere Zuschauer beiseite, suchte nach dem nächsten Ausgang und brachte damit auch Conklins Kreislauf auf Touren.

Als Wolfe bei den unteren Stadionrängen angelangt war, warf Conklin sich auf ihn. Unter dem spontanen Jubel des ganzen Blocks zerrte er Wolfe auf die Beine und schubste ihn die Treppe hinauf, bis sie wieder neben dem Hotdog-Stand angelangt waren, wo ich mit Valdeen auf sie gewartet hatte.

»Sie haben das Recht zu schweigen«, sagte Conklin zu Wolfe. »Alles, was Sie sagen, kann gegen Sie verwendet werden, Sie Arschloch…«

Wolfe sagte: »Ich muss meine Freundin anrufen. Wollen Sie das vor Gericht etwa gegen mich verwenden?«

Für Typen wie Wolfe ist der Begriff »Klugscheißer« erfunden worden. Auf seiner Miene war nicht einmal eine Andeutung von Angst zu erkennen. Das konnte ich mir nicht erklären. Er steckte doch bis zum Hals in Schwierigkeiten. Ich nahm ihm seine Tasche ab und machte den Reißverschluss auf. Darin lag eine verblüffende Menge gebrauchter Geldscheine, fein säuberlich gebündelt, ungefähr fünfzigtausend Dollar alles in allem.

»Ich passe darauf auf«, sagte ich zu Wolfe, »so lange, bis Sie mir Ihre Eintrittskarte zeigen können.«

In der Zwischenzeit waren die Kunden rund um den Hotdog-Stand auf uns aufmerksam geworden. Die Fans waren aufgekratzt und voller Adrenalin, und jetzt drehten sich etliche davon zu mir und meinem Partner um. Oh, wie ich das Geschrei betrunkener Arschlöcher liebe: »Hey! Die haben doch gar nichts gemacht. Wir leben schließlich in einem freien Land, oder etwa nicht? Wir wollen doch bloß das Spiel sehen! Was ist denn eigentlich los?«

Die Verstärkung war bereits unterwegs, und die Stadionordner kamen direkt auf uns zu.

Ich sagte zu den Schreihälsen: »Will vielleicht noch jemand mitkommen? Wir haben jede Menge Platz im Knast.«

»Das ist rechtswidrige Polizeigewalt und nichts anderes«, sagte ein stämmiger Fleischklops, der vor den Augen seiner Freundin den Angeber spielen wollte. »Ich hab's genau gesehen. Das wird gemeldet. Geben Sie mir Ihre Dienstnummer.«

Seine Freundin und die anderen zielten mit ihren Handys auf mich und meine Dienstmarke. Und dann? Dann bin ich aus der Haut gefahren.

Ich schrie die Ordner an: »Diesen Leuten da Handschellen anlegen. Dem da. Und den beiden da auch. Und ihr. Ich nehme Sie alle wegen Widerstands und Behinderung der Polizeiarbeit in Haft. Wegen Trunkenheit und ungebührlichen Benehmens in der Öffentlichkeit.«

Die Schreihälse wichen zurück, aber erst, nachdem wir vier von ihnen Plastikhandschellen angelegt und sie zu unseren Streifenwagen gebracht hatten.

Zwei Stunden später, kurz nach der Abendessenszeit, saß die Nachtschicht an ihren Schreibtischen im Bereitschaftsraum. Ralph »Rascal« Valdeen hockte in seiner Zelle, und Conklin und ich wollten uns gleich Donald Francis Wolfe im Verhörzimmer 1 vornehmen.

45

Seit Bradys Überraschungsbesuch um sechs heute Morgen hatte ich nur einen Burger und ein paar dünne Gewürzgurkenscheibchen gegessen. Ich war gereizt und frustriert, und jetzt saßen Conklin und ich Donald Wolfe gegenüber, der sich vollkommen anders verhielt, als man es von jemandem in seiner Situation erwarten würde.

»Ist Ihnen eigentlich klar, dass Sie im Verdacht stehen, ein Kapitalverbrechen begangen zu haben?«, fragte Conklin ihn.

»Ich hab gar nix gemacht. *Ihr* habt *mich* angegriffen. Das war ganz klar Körperverletzung. Mit einer Wumme. Ich hab Zeugen. Ich hab gar nicht *gewusst*, dass Sie ein Bulle sind, deswegen bin ich weggerannt.«

Conklin gähnte und sagte dann: »Nur damit das klar ist: Sergeant Boxer hat Ihnen gesagt, dass Sie Polizeibeamtin ist, Sie hat Ihnen sogar ihre Dienstmarke gezeigt. Das kann ich bezeugen. Sergeant, ich bin gleich wieder da.«

Conklin stand auf und verließ das Verhörzimmer.

Normalerweise spielte er den »guten Bullen«, aber jetzt wollte er sich Valdeen widmen. Darum würde ich Wolfe alleine verhören.

»Donald«, fing ich an. »Darf ich Sie Donnie nennen?«

»Na, klar, Donnie ist okay.« Er war fünfundzwanzig Jahre alt und hatte nach der sechsten Klasse die Schule geschmissen, hatte schon etliche kleinere Gefängnisstrafen abgesessen und viel Erfahrung in Räumen wie diesem hier gesammelt.

»Hören Sie zu, Donnie. Sie haben den Honda geklaut, das steht ohne Zweifel fest. Und ich wette, dass Sie die Tasche mit dem Geld nicht unter einer Bank an irgendeiner Straßenbahnhaltestelle gefunden haben.«

»Komisch, dass Sie das sagen, Sergeant. Weil's nämlich genau so war. Eine Bank vor dem Ferry Terminal. Hat sich bei Ihnen schon jemand gemeldet, der das Geld verloren hat? Nein? Na, dann gehört's mir.«

Ich tat so, als hätte er gar nichts gesagt.

»Für den Autodiebstahl kriegen Sie zwölf bis fünfzehn Jahre.«

»Für die Schrottkarre? Der ist Baujahr null sieben, und ich hab ihn sowieso nicht gestohlen.«

»Sondern beim Ferry Terminal gefunden?«

»Ganz genau. Der Typ hat gesagt: ›Hier, Mann, nimm mir diese Karre ab, bitte. Ich kann mir keine Reparatur leisten.‹ Ich hab ihm einen Riesen dafür gegeben, und er hat sich höflich bedankt.«

Ich griff nach der ziemlich umfangreichen Akte, in der Donald Wolfes Jugendstrafen und seine zahlreichen Bagatell- verbrechen aufgelistet waren, und ließ sie mit voller Wucht auf den Tisch fallen. Es gab einen schönen, lauten Knall.

»Hören Sie endlich auf mit dem Quatsch. Ich gebe Ihnen genau eine Minute. Wenn Sie wollen, dass ich wegen die- ses Autodiebstahls ein Auge zudrücke, dann helfen Sie mir. Wenn nicht, dann besorgt sich mein Partner alles, was wir brauchen, von Valdeen. Er scheint mir ziemlich weich zu sein, Donnie. Ich wette, er ziert sich längst nicht so wie Sie.«

Wolfe starrte auf die Tischplatte und fing an, den Kopf zu schütteln. Dabei murmelte er immer wieder vor sich hin: »Nee-nee-nee. Hm-mmm. Nee-nee.«

»Nein was, Donnie?«

»Was wollen Sie denn eigentlich wissen?«

»Was wissen Sie über den bewaffneten Raubüberfall auf das Wicker House in der vergangenen Nacht?«

»Nix. Gar nix! Als ich weggegangen bin, war alles in bester Ordnung. Haben Sie das kapiert? Rascal und ich, wir sind Lagerarbeiter. Wir packen Kartons aus. Wir machen andere Kartons versandfertig. Wir schreiben Adressaufkleber und zählen den Lagerbestand, und manchmal bringen wir irgendeiner Dekorateurin auch eine Tasse Kaffee. Aber sonst weiß ich von nix.«

»Haben Sie gewusst, dass ein Überfall auf das Wicker House geplant war?«

»Woher hätte ich denn so was wissen sollen?«

»Da sind insgesamt sieben Männer erschossen worden. Und Sie haben alle sieben gekannt, Donnie. Sie waren Kollegen. Wollen Sie wirklich, dass die, die das getan haben, damit durchkommen?«

»Ich hoffe, dass Sie die Typen kriegen, die das gemacht haben. Das hoffe ich wirklich.«

Er sah mich an, als sollte ich ihm das ernsthaft abnehmen.

Ich sagte: »Was wissen Sie über gewisse Typen in Polizei-Windjacken, die kleine spanische Supermärkte überfallen? Oder Drogendealer umbringen?«

»Was? Bullen, die Dealern Geld und Stoff abnehmen und das Zeug dann für sich behalten? Das hab ich ja noch nie gehört.«

Er lachte, aber dann beugte er sich mit ernsthafter Miene vor. »Hören Sie gut zu, Sergeant. Das, was da im Wicker House passiert ist? Da werden sich andere drum kümmern, okay? Und die können das viel besser als Sie.«

Ich stutzte. »Was soll das denn heißen? Wer wird sich darum kümmern? Und wie?«

Wolfe zuckte mit den Schultern und setzte wieder seine andere, großkotzige Klugscheißermiene auf. »Die Spur des Geldes, Sergeant.«

»Bitte klären Sie mich auf: Was genau meinen Sie damit?«

Er sagte: »Kann ich jetzt endlich telefonieren? Meine Freundin macht sich bestimmt schon Sorgen, weil ich immer noch nicht zu Hause bin. Habe ich das eigentlich schon erwähnt? Wir bekommen ein Baby.«

»Das seinem Daddy in zwölf bis fünfzehn Jahren den ersten Kuss gibt?«

Ich stand auf und ging nach nebenan. Dann warf ich einen Blick durch die Glasscheibe in das Verhörzimmer 2, wo Conklin gerade vergeblich Ralph Valdeen bearbeitete. Noch ein Lagerarbeiter. Noch einer, der absolut gar nichts wusste.

Sieben Männer hatten ihr Leben verloren, und sollte es bei diesem Massaker tatsächlich um Korbstühle gegangen sein, dann wäre das ein absolutes Novum in der Geschichte der Menschheit gewesen. Aus meiner Sicht sprach viel mehr dafür, dass eine Menge Geld und eine Menge Stoff aus dieser Drogenküche gestohlen worden waren.

Ich dachte an die einzige halbwegs ehrliche Bemerkung, die Wolfe gemacht hatte: dass sich jemand um die Verantwortlichen kümmern würde. Jemand, der das besser konnte als wir. »Die Spur des Geldes.«

Ich schauderte, als mir klar wurde, welche Vergeltungs-maßnahmen das Massaker im Wicker House womöglich nach sich ziehen würde. Die Iren haben ein Sprichwort für das Gefühl, das mich da gerade beschlich: »Da geht jemand über mein Grab.«

46

Der Buchladen mit dem Namen Book Revue befand sich auf Long Island, New York, und Cindy wurde wie eine prominente Persönlichkeit behandelt.

An diesen Teil – die Lesungen, die Autogramme, die applaudierenden Menschen – hatte sie während all der Jahre, in denen sie sich überlegt hatte, ein Buch zu schreiben, nie gedacht.

Sie hatte psychopathische Mörder in zwielichtigen Gegenden beschattet, hatte Nächte in schäbigen Motels oder in ihrem Auto verbracht, hatte nachts und an Wochenenden gearbeitet, hatte Polizisten gepiesackt – auch die, die sie liebte –, um ihnen irgendwelche Informationen zu entlocken, die vielleicht irgendwann einmal eine gute Geschichte, möglichst sogar eine exklusive Geschichte ergeben konnten. Sie hatte als Polizeireporterin gearbeitet, weil es sie reizte, einen Ansatz zu finden, den die Polizei womöglich übersehen hatte, und weil es ein aufregendes Gefühl war, ihre mühsam zusammengetragenen Fakten in einen spannenden Text zu gießen.

Das alles war schon ein ständiges Abenteuer gewesen, und jetzt auch noch das!

In einer Zeit, wo mehr und mehr Buchläden in die virtuelle Realität flüchteten, sah dieser hier immer noch genauso aus wie der Buchladen ihrer Träume: ein blau-weiß karierter Fußboden, Hunderte Meter mit Bücherregalen, gemütliche Nischen zum Sitzen und Lesen sowie eine einladende Bühne, auf der Autorinnen und Autoren vortragen und ihre Bücher signieren konnten.

Jetzt kam der Inhaber von Book Revue, Bob Klein, zu ihr. Er war Mitte fünfzig, sah gut aus und trug eine Brille, ein gestärktes Hemd und einen schicken braunen Anzug.

»Cindy, unter Ihrem Tisch stehen ein paar geöffnete Kartons. Wenn Sie so weit sind, können wir einen Mikrotest machen.«

Ein dickes Seil führte bis zu einem Tisch, hinter dem zwei große Staffeleien standen. An der einen hing ein riesiges Poster von ihr, an der anderen eines von ihrem Buch. Auf dem Tisch befand sich ein Bücherstapel, und gleich daneben lagen mehrere Kugelschreiber. Und tatsächlich waren auch Besucher gekommen, oder besser: Besucherinnen. Mindestens zwanzig Frauen hatten auf den bereitgestellten Stühlen Platz genommen und strahlten über das ganze Gesicht, als sie Cindy erkannten.

Während sie sich noch mit Bob unterhielt, klingelte ihr Handy.

Cindy nahm das Gespräch an und sagte: »Richie, ich bin bei Book Revue.«

»Hey, Süße, Moment mal.«

Dann hörte sie ihn sagen: »Ich bin gleich wieder da, Mr. Valdeen. Sie warten hier.«

Eine Tür fiel ins Schloss, dann war Richie wieder am Apparat.

»Tut mir leid. Ich verhöre gerade ein paar Ganoven, die vielleicht was über ein Blutbad in einer Drogenküche wissen.«

»Sollen wir später noch mal telefonieren?«

»Nein, nein, alles gut. Wie ist es gelaufen? Deine Lesung?«

»Geht gleich los.«

Richie sagte: »Du machst das bestimmt großartig. Das weiß ich.«

Cindy schickte Küsse nach San Francisco, dann sagte Bob: »Ihre Fans warten.«

Cindy stellte sich, begleitet von freundlichem Applaus, hinter das Rednerpult. Zweiundzwanzig Zuhörerinnen waren gekommen. Das war ihr persönlicher Weltrekord. Sie legte den Mund an das Mikrofon.

»Hallo, alle miteinander. Ich freue mich sehr, dass Sie gekommen sind. Mein Name ist Cindy Thomas, und ich will Ihnen etwas über mein Buch *Fish und sein Mädchen* erzählen. Was immer Sie über die Liebe zwischen Mann und Frau denken mögen, Sie würden es bestimmt nicht für möglich halten, dass zwei Menschen von ihrer Leidenschaft für Serienmorde zusammengeschweißt werden. – Darum möchte ich Ihnen heute Randy Fish und Mackie Morales näherbringen, zwei skrupellose Killer, die ein gemeinsames Kind hatten und deren eheliches Band nicht fester hätte sein können.«

47

Es war ungefähr Mitternacht, als Eins mit einem weißen Lieferwagen voller synthetischer Drogen und kiloweise Heroin unterwegs war, um sich mit einem Mann namens Spat zu treffen.

Eins hatte früher schon einmal mit Spat zu tun gehabt. Er war im mittleren Alter, ein ganz alter Hase im Geschäft und als Mittelsmann für einen Zwischenhändler im Mittleren Westen tätig.

Eins hatte heute Abend nur ein einziges Ziel: Er wollte ein paar hundert Pfund Betäubungsmittel loswerden und dafür jede Menge grüner Scheine einkassieren. Je früher das erledigt war, desto besser.

Der Treffpunkt war ein Wohngebiet im Westen von Oakland, eine ziemlich zwielichtige Gegend, in der Verbrechen und Armut regierten.

Jetzt überquerte Eins die Bay Bridge Richtung Oakland, folgte dann der Beschilderung Richtung I-980 und Innenstadt, hielt sich strikt an die Geschwindigkeitsbegrenzung und blinkte jedes Mal, wenn er abbiegen wollte. Eine Verkehrskontrolle war wirklich das Letzte, was er jetzt gebrauchen konnte. Er hatte heute schon genügend Leute umgebracht. Seine Hände zitterten immer noch, so sehr hatte ihn das ganze Herumgeballere mitgenommen.

Das Navigationsgerät führte ihn ohne Probleme in die von zahlreichen baufälligen Häusern gesäumte Sycamore

Street. Zum Teil hing die Dachpappe in Fetzen über die Fassaden, auf dem Asphalt lag Abfall, und an einer Ecke standen ein paar Schlägertypen herum, die ununterbrochen frotzelten und sich provozierten.

Eins stellte den Lieferwagen am Straßenrand ab, holte die M-16 aus dem Fußraum und legte sie auf den Beifahrersitz. Dann schob er den Finger unter den Kragen und kratzte sich die juckende Stelle, dort, wo das Pfefferspray unter die Gasmaske gekrochen war.

Die Zeit schleppte sich ätzend langsam dahin. Spat hatte Verspätung. Eins überlegte schon, ob er wieder abhauen und ein neues Treffen, eine neue Zeit vereinbaren sollte, da sah er auf der Gegenfahrbahn einen schwarzen Minivan näher kommen. Der Minivan hielt an, dann flammten die Scheinwerfer zweimal auf.

Eins' Handy klingelte. Er drückte auf die grüne Taste und sagte: »Du bist spät dran.«

»Kann schon sein, aber du wirst mir trotzdem dankbar sein«, erwiderte Spat. »Ich komm jetzt rüber.«

Eins legte auf und sah, wie Spat aus seinem Minivan stieg. Er hatte eine große Sporttasche in der Hand.

Dann sprach er ihn durch das offene Seitenfenster an.

»Was sagst du dazu? Ich hab zwei Jungs mitgebracht, die den Lieferwagen ausladen. Dann sind wir ruck, zuck fertig. Sieh nach.«

Eins holte die Geldtasche ins Fahrerhaus und sagte: »Nicht dass ich dir nicht traue.«

»Kein Problem, Bruder. Ich bin dann wieder drüben«, sagte Spat.

Als Spat wieder in seinem Wagen saß, machte Eins die Tasche auf und wühlte sich durch die vielen Geldscheinbündel. Heutzutage war jede Menge Falschgeld unterwegs, und gerade bei solchen Geschäften war es nicht unüblich, dass auch gefälschte Scheine unter die echten gemischt wurden.

Er öffnete also die Banderolen an mehreren Bündeln, fächerte die Scheine auf und kontrollierte sie mit einem UV-Strahler, suchte nach Anzeichen für eine Fälschung. Gleichzeitig zählte er zumindest ungefähr nach und landete bei den vereinbarten 1,2 Millionen.

Er zählte noch ein zweites Mal, machte die Tasche wieder zu und rief Spat auf dessen Handy an. Sie wechselten ein paar Worte, dann wurde der Minivan gestartet, wendete und stellte sich direkt hinter den Lieferwagen.

Eins entriegelte die Heckklappe, und Spat machte sie auf und untersuchte die Drogen genauso gründlich wie Eins zuvor das Geld.

Als Spat zufrieden war, luden seine beiden Handlanger die Kartons in den Minivan und setzten sich anschließend ebenfalls wieder in den Wagen.

Schnell war der Tausch vollzogen. Spat kam auf die Fahrerseite des Lieferwagens und sagte zu Eins: »Ich hab Gerüchte über eine wilde Schießerei in einem Möbelladen gehört.«

»Echt?«, erwiderte Eins. »Ich nicht.«

»Also gut, mein Freund. *Vaya con dios.*«

»Wir bleiben in Kontakt«, erwiderte Eins.

Es war eine kühle Nacht, aber Eins schwitzte. Die Drogen aus dem Wicker House waren angeblich bereits bezahlt gewesen. Das bedeutete, dass der Kingfisher jetzt vergeblich auf seine Ware wartete. Eins hatte damit gerechnet, dass darüber geredet wurde. Solange niemand wusste, wer er war…

Die Möchtegern-Gangster an der Ecke riefen ihm im Vorbeifahren etwas zu.

Er zeigte ihnen den Mittelfinger, bis ihm schlagartig klar wurde, dass sie lediglich »Licht!« gerufen hatten. Er schaltete die Scheinwerfer ein, bog auf den Freeway ab und machte sich auf den Weg nach Hause.

Er hatte sich seinen Schlaf redlich verdient.

Er hoffte bloß, dass er auch schlafen *konnte*.

48

In einem unbeleuchteten Auto in der Texas Street, zwei Hauseingänge von der Kreuzung mit der Eighteenth Street und eine Querstraße von einer kleinen Ladenzeile entfernt, saßen zwei Männer. Potrero Hill war eine hübsche Wohngegend. Von weiter oben hatte man freie Sicht auf die Bay, aber hier unten waren lediglich die irgendwie schäbig wirkenden Fassaden der umstehenden viktorianischen Häuser, vereinzelte Bäume und darüber das Gewirr der Telefondrähte zu sehen.

Die Männer im Wagen waren hier, um ein bestimmtes Gebäude zu beobachten, ein pittoreskes, hellgrün gestrichenes Mittelschicht-Häuschen mit dunkelgrünen Kanten hinter einer kleinen Backsteinmauer. Ein Zementplattenpfad führte zu einer unlackierten holzgetäfelten Eingangstür.

Gegen Mitternacht schob sich ein silberner Toyota Camry rückwärts in eine Parklücke zwischen zwei zerzausten Bäumen. Der Mann, der aus dem Wagen stieg, hatte weiße Haut und dunkles Haar, das am Hinterkopf bereits schütter wurde. Er trug eine dunkelblaue SFPD-Windjacke. Als er sein Auto abschloss, klingelte sein Handy. Er lehnte sich gegen den Wagen, meldete sich und hörte zu.

Dann steckte er das Telefon wieder ein, ging zur Haustür und schloss auf. Im Erdgeschossflur ging das Licht an, anschließend auch in der Küche. Dann erloschen die beiden Lampen wieder, dafür wurde es in einem der vorderen

Zimmer im ersten Stock hell – vermutlich ein Schlafzimmer. Während der anschließenden halben Stunde war nichts anderes zu sehen als das bläuliche Licht eines Fernsehers.

Schließlich wurde auch er ausgeschaltet.

Einer der Männer im Wagen sagte zu dem anderen: »Ich mag diese alten Häuser einfach nicht. Ein Blick, und ich sehe nichts als Reparaturen.«

»Aber mit Familie willst du eben gern eine Terrasse nach hinten haben. Einen Garten. Einen Grill und so weiter. Mein Gott. Wie lange stehen wir eigentlich schon hier?«

»Immer mit der Ruhe«, sagte der erste. »Sobald wir Inspektor Calhoun und seiner Familie Guten Tag gesagt haben, besorgen wir uns was zu essen.«

»Ich bin schon lange bereit«, sagte der zweite Mann.

»Bist du sicher, dass du nicht lieber hier sitzen bleiben und Sterne zählen willst?«

Der zweite Mann schnaubte. Einer von ihnen würde die vordere, der andere die Hintertür übernehmen.

»Wir sehen uns drin wieder«, sagte der erste Mann.

»Mach dich nicht schmutzig«, erwiderte der zweite.

Sie entsicherten ihre Pistolen und stiegen aus.

49

Mein Ehemann weckte mich aus dem Tiefschlaf. »Lindsay, Liebling, wach auf.«

Aber wieso? Ich hörte weder Schreie noch Sirenen noch Gebell, kein Weinen und keine anderen Geräusche, die irgendwie auf einen Notfall hingedeutet hätten. Ich lag in meinem Bett, und nach dem Licht im Schlafzimmer zu urteilen dämmerte es draußen gerade, also warum weckte Joe mich auf?

Dann wurden meine Augen riesig.

»Wo ist Julie?«

»Julie geht es gut. Alles in Ordnung, Liebling.«

Ich wälzte mich auf die Seite und blickte Joe forschend an, wollte wissen, was dahintersteckte. Er wusste doch, dass ich meinen Schlaf brauchte. Er lächelte.

»Wie viel Uhr ist es?«

»Sieben«, sagte er.

»Ist heute Samstag?«, wollte ich wissen.

»Ja. Und wir machen einen Ausflug: Du, ich und die Kleine, das macht drei. Und mit Martha sind wir sogar vier.«

»Ich kann nicht«, erwiderte ich.

»Der Wagen ist aufgetankt. Ich gebe Julie was zu essen. Kaffee ist schon aufgesetzt. Du musst bloß aufstehen und mir die Überraschung überlassen.«

Ich blinzelte Joe an und dachte, dass praktisch alle Mitarbeiter des südlichen Bezirks am Wochenende Dienst schoben, um diesen irren SFPD-Windjacken-Mördern auf die Spur zu kommen. Aber er hatte recht. Ich hatte ein bisschen Erholung bitter nötig, um meinen Akku wieder aufzuladen.

Ich schrieb Brady eine SMS, dass ich wegen geistiger Erschöpfung einen Tag frei brauchte.

Im Ernst?, schrieb er sofort zurück.

Bloß diesen einen Tag.

Okay. Ich tue mich mit Conklin zusammen.

Eine halbe Stunde später saßen die vier Molinaris in Joes wunderschönem altem Mercedes und fuhren auf dem Highway 1 immer an der Küste entlang. Dabei wurde mir wieder einmal die ganze Schönheit Kaliforniens bewusst. Ich behaupte nicht, dass ich keinen Gedanken an die Windjacken-Räuber verschwendet hätte, aber immerhin hatte ich genügend geistige Kapazitäten frei, um meine Schwester Cat anzurufen.

Sie wohnt mit ihren beiden Töchtern in Half Moon Bay, und wir schauten kurz bei ihr vorbei. Es dauerte nicht lange, bis die beiden Mädchen sich zusammen mit Martha am Strand vergnügten, während wir Erwachsenen umherschlenderten, uns das Neueste aus unserem Leben erzählten und die herrliche, im Sonnenlicht schimmernde Küste bewunderten.

»Alles in Ordnung bei dir, Linds?«, erkundigte sich Cat.

»Ja, klar. Vielleicht bin ich mit den Gedanken ein bisschen zu viel bei der Arbeit. Wie sieht's bei dir aus?«

»Wenn jetzt noch der Froschkönig vorbeikommt, ist alles perfekt.«

Wir grinsten beide. Ich dachte dabei an meine Hochzeit mit Joe hier in Half Moon Bay. Das war noch gar nicht so lange her.

Meine Schwester und ich fassten uns an den Händen, die Mädchen fielen mir um den Hals und küssten mich, und danach setzten die Molinaris sich wieder in ihr Auto und fuhren weiter Richtung Süden. Martha saß auf meinem Schoß und streckte den Kopf zum Fenster raus. Julie schlief in ihrem Kindersitz auf der Rückbank. Joe sang die Songs aus dem Radio mit.

Es war ziemlich zauberhaft.

Zum Mittagessen kehrten wir im Shadowbrook Restaurant ein. Es liegt an einer Hügelflanke und bietet einen schönen Blick über den Soquel Creek. Aber das Beste war die kleine Standseilbahn, die vom Parkplatz hinunter zum Restaurant führte. Draußen vor dem Fenster zogen tropische Pflanzen und Wasserfälle vorbei, und unser kleines Mädchen quietschte vor Vergnügen.

Während des Essens erzählte Joe mir sehr engagiert von dem Fall, den er CGM getauft hatte, »Claires Geburtstags-Morde«. Er hatte diverse Datenbanken durchforstet und nach Verbindungen zwischen den Frauen gesucht, die jeweils an einem zwölften Mai in San Francisco erstochen worden waren. Dabei war er auf viele weitere Morde, Banküberfälle oder prügelnde Ehemänner gestoßen, und die Zahl der Verkehrsunfälle hätte ich beim besten Willen nicht für möglich gehalten. Doch trotz seines gewaltigen Wissens und obwohl er ein wirklich genialer Ermittler ist, trotz freien Zugangs zu den Datenbanken der verschiedenen Strafverfolgungsbehörden hatte er keinen einzigen belastbaren Hinweis auf einen möglichen Täter gefunden.

Aber soll ich Ihnen mal was verraten?

Wir waren ausgeruht, und wir waren konzentriert. Wir hatten Zeit und Raum, um Ideen auszutauschen, um alles abzugleichen, was wir über diese fünf in fünf aufeinander-folgenden Jahren an einem zwölften Mai erstochenen Frauen wussten.

Dabei kam Folgendes heraus: Die Opfer hatten einander nicht gekannt. Für keine dieser Taten gab es Zeugen, und keine war bis jetzt aufgeklärt worden, ja, nicht einmal ein ernst zu nehmender Verdächtiger war befragt worden.

Joe und ich hatten jetzt etliche Möglichkeiten ausge-schlossen und waren fester als je zuvor davon überzeugt, dass die fünf CGM auf unserer Liste von ein und demselben Täter begangen worden waren.

Aus irgendeinem Grund hatte er vor fünf Jahren mit einer Jahrestags-Mordserie begonnen. Falls seine unbändige Wut nicht inzwischen verraucht war, bestand die große Wahr-scheinlichkeit, dass er wieder zuschlagen würde.

50

Auf dem Weg nach Hause setzte Joe mich vor Susie's Café ab. Das Susie's ist das »Vereinsheim« unseres Clubs der Ermittlerinnen. Hier trafen Cindy, Claire, Yuki und ich uns praktisch jede Woche, um bei warmen karibischen Speisen und kaltem Bier über unsere aktuellen Fälle zu sprechen, uns über die faulen Äpfel zu beklagen, die das Leben uns permanent in die Hand drückte, und natürlich auch, um große und kleine Freuden zu teilen.

Ich warf Joe ein paar Luftküsschen zu und näherte mich dann dem hellen Lichtschein und dem leisen Klang der Steeldrums, der deutlich lauter wurde, als ich die Eingangstür aufmachte.

Die Hausband mit dem schönen Namen Hot Tea spielte sich gerade warm, und die Stammgäste am Tresen winkten mir zu, während ich durch den Gastraum und den schmalen Gang an der Küche vorbei ins Hinterzimmer ging, wo Claire und Yuki mich bereits auf den gemütlichen roten Lederbänken unserer Nische erwarteten.

Claire erzählte Yuki gerade etwas, das viele Gesten und großräumiges Armeschwenken erforderlich machte, und Yuki hörte gebannt zu, als ich neben sie glitt. Nach ein paar herzlichen Umarmungen sagte Claire: »Ich habe Yuki gerade von diesem schrecklichen Fall erzählt, den ich bis eben noch an der Backe hatte.«

»Ich bin ganz Ohr«, sagte ich.

Ich bestellte per Handzeichen bei Lorraine ein Bier, und Claire sagte: »Gestern Morgen haben die Sanitäter mir ein achtjähriges Mädchen gebracht. Vom Einsatzleiter habe ich erfahren, dass die Mutter die Kleine angeblich morgens um vier gebadet hat. Dann hat sie ein frisches Handtuch geholt, und als sie wieder ins Bad gekommen ist, war die Kleine ertrunken.«

»Um vier Uhr morgens? Gebadet?«, fragte ich.

»Ganz genau«, erwiderte Claire. »Die Mutter hat dem Sanitäter erklärt, dass die Kleine hyperaktiv war und dass sie bei einem Bad gelegentlich ruhiger geworden ist. Also untersuche ich die Kleine und finde verdammt noch mal keinen Schaum in ihrem Mund. Die Haut an ihren Fingern ist nicht runzelig, und die Lungenflügel überlappen sich nicht. Nur ihre Haare waren nass. Keine Prellungen, keine anderen Verletzungen.«

Lorraine brachte mir ein Glas, stellte einen Krug frisch gezapftes Bier auf den Tisch und sagte: »Lindsay, falls du was essen willst: Die Kokosnuss-Shrimps mit Reis sind sehr zu empfehlen.«

Ich bestellte mir eine Portion, und Yuki und Claire sagten wie aus einem Mund: »Ich auch.«

Dann fuhr Claire fort: »Ich habe sie also von Kopf bis Fuß geröntgt, aber auch da war alles in Ordnung. Keine Knochenbrüche. Ich habe ihr Blut ins Labor geschickt und auf Betäubungsmittel und Gift untersuchen lassen, aber auch da: negativ.«

Yuki sagte: »Gibt's doch nicht! Was kann es denn noch sein? Ein Virus? Was Bakterielles?«

»Nein«, beschied Claire ihr knapp. »Ich hab nachgesehen.

Aber als ich dann ihre Eingeweide untersucht habe, da habe ich Pizza in ihrem Magen gefunden.«

Wir dachten lange und gründlich über diese Information nach. Dann brachte Lorraine unser Essen. Wir ließen uns an unsere Rückenlehnen sinken, und Yuki sagte: »Nicht aufhören, Claire. Erzähl weiter.«

»Okay, einen Moment.« Claire nahm einen großen Bissen Reis mit Shrimps, gefolgt von einem Schluck Bier, tupfte sich die Lippen ab und sagte: »Also habe ich Wayne Euvrard angerufen. Du kennst ihn, Lindsay. Arbeitet im nördlichen Bezirk bei der Sitte. Er hat rausgekriegt, dass die Mom der Kleinen schon öfter wegen Prostitution aufgefallen ist. Das hat diese ganze Geschichte mit dem Vier-Uhr-Bad und der Pizza natürlich in ein ganz anderes Licht gerückt. Aber immer noch habe ich keinen Schimmer, woran dieses Mädchen eigentlich gestorben ist. – Also habe ich Euvrard gebeten, die Mom zu einer kleinen Plauderstunde einzuladen. Danach hat er mich angerufen und berichtet, dass sie mit einem nagelneuen Outfit, frisch geschminkt und frisiert bei ihm aufgelaufen ist. Er fragt sie also: ›Was ist denn Ihrer Tochter zugestoßen?‹ und rechnet fest damit, dass sie sagt: ›Ertrunken.‹ – Aber stattdessen hat die Mom einmal tief Luft geholt, bevor sie dann mit der Wahrheit rausgekommen ist. Sie hat gesagt: ›Ich hatte einen Anruf von einem Stammkunden, und ich habe das Geld dringend nötig. Anita hat Epilepsie, aber eigentlich hat sie in letzter Zeit kaum mehr Anfälle gehabt, und wenn, dann legen wir sie einfach auf den Fußboden, bis es vorbei ist.‹ – Sie hat Euvrard erzählt, dass Anita wahrscheinlich in der Nacht aufgestanden ist, um was zu essen, und dass sie dann einen Anfall gehabt hat, weil sie nämlich tot auf dem Fußboden gelegen hat, als die

Mom wieder von ihrem Kunden zurückgekommen ist. Da hat sie Angst bekommen, dass die Behörden ihr die Kinder wegnehmen, wenn sie Anita einfach so auf dem Boden liegen lässt. Also hat sie die Kleine in die Wanne gelegt und die 911 angerufen. Ich habe sofort gedacht: *Mein Gott, was für eine Verantwortungslosigkeit. Man muss ihr die Kinder sofort wegnehmen. Das ist ja schon fahrlässige Tötung.* Also sage ich zu Euvrard: ›Hat sie wenigstens so was gesagt wie: Oh Gott, wäre ich doch bloß zu Hause geblieben. Dann wäre meine Tochter jetzt noch am Leben?‹ Aber Euvrard sagt: ›Nein. Nichts dergleichen. Nicht das geringste Bedauern.‹ – Also habe ich als wahrscheinliche Todesursache epileptischer Anfall notiert.«

Ich erwiderte: »Du willst sie also davonkommen lassen?«

Claire erwiderte: »Das ist Sache des Staatsanwalts, aber Inspektor Euvrard hat sie wegen Kindeswohlgefährdung mit Todesfolge in Haft genommen.«

Claire spießte eine Garnele auf ihre Gabel, reckte sie in die Höhe und sagte: »Und *so* klären wir bei der Gerichtsmedizin unsere Todesfälle auf!«

Claires Tonfall und ihre Mimik waren absolut unbezahlbar, sodass Yuki in hohem Bogen Bier über den Tisch prustete. Und, ja, natürlich war das eine schlimme Geschichte, aber andererseits freute ich mich über das glockenhelle Lachen aus Yukis Mund, das ich schon längere Zeit nicht mehr gehört hatte. Und natürlich klingelte genau in diesem Moment mein Handy.

»Tut mir leid, dass ich dich an deinem freien Tag stören muss«, sagte Conklin.

»Was gibt's?«

»Tom Calhoun …«

»Calhoun? Aus Swansons Team? Den wir bei dem Überfall auf dieses Scheckpfandhaus kennengelernt haben?«

»Genau der.« Conklins Stimme klang grauenvoll. »Calhoun und seine ganze Familie. Sie sind ermordet worden.«

51

Ich entschuldigte mich wortreich bei meinen Freundinnen und wollte wenigstens die Rechnung bezahlen, aber sie protestierten lauthals, umarmten mich und sahen mir hinterher.

Conklin stand mit seinem Bronco schon am Straßenrand und wartete auf mich. Ich setzte mich auf den Beifahrersitz und schnallte mich an. Er schaltete die Sirene ein, und dann rasten wir nach Potrero Hill, jagten mit heulendem Motor über die Hügel und scheuerten mit dem Unterboden über die Kanten der steilen Abhänge.

Es waren zwar nur noch einige wenige helle Streifen am Himmel zu erkennen, aber ich kannte mich in Potrero auch im Dunkeln aus. Schließlich hatte ich bis vor wenigen Jahren gar nicht weit entfernt vom Schauplatz dieser Morde gewohnt, so lange, bis mein Haus abgebrannt war.

Wir bogen von der Eighteenth Street in die Texas Street ab. Dort sah es aus wie bei einem Lichterfest. Sämtliche Fenster in der Straße waren hell erleuchtet, während Dutzende von Polizeifahrzeugen mit blinkenden Lichtern die Straße verstopften. Nachdem Conklin seinen Wagen zwischen zwei Fahrzeugen der Kriminaltechnik abgestellt hatte, zeigten wir den Wachen an der Absperrung unsere Dienstmarken, duckten uns unter dem Band hindurch und machten uns auf den kurzen Weg zur Haustür des hell- und dunkelgrün gestrichenen viktorianischen Hauses.

Als wir vor der Eingangstreppe standen, bemerkte ich das Erbrochene auf den Pflanzen im Vorgarten. Die Türklinke war mitsamt dem Schloss einfach weggeschossen worden.

Charlie Clapper kam uns entgegen. Selbst am Wochenende war er absolut makellos gekleidet und frisiert. Die Bügelfalten in seiner Hose waren kein bisschen zerknittert, und sein Jackett sah aus wie frisch aus der Reinigung.

Aber auf seiner Miene war eine abgrundtiefe Erschütterung abzulesen.

»Schlimmer geht es eigentlich nicht«, sagte er.

Clapper ist der Leiter unserer kriminaltechnischen Abteilung in Hunters Point, aber vorher war er Detective bei der Mordkommission gewesen, und zwar ein sehr guter. Und auch jetzt erledigt er seine Arbeit am Tatort immer vorbildlich, ohne sich irgendwie aufzuspielen oder uns im Weg herumzustehen.

Ich wollte ihn gerade fragen, was er herausgefunden hatte, da kam Ted Swanson aus der Küche. Er schüttelte den Kopf und sah kreidebleich und so entsetzt aus, als hätte ihm gerade jemand einen Arm abgerissen.

»Was für eine gottverdammte Scheiße«, sagte er und stöhnte auf.

Conklin und ich streiften Handschuhe über, schlüpften in Schuh-Überzieher und betraten die Küche. Dort sahen wir dann unseren einst so lebhaften Kollegen und Mitarbeiter des Raubdezernats, Tom Calhoun.

Er war nackt und mit Paketband an einen Küchenstuhl gefesselt worden. Man hatte ihn so übel zugerichtet, dass ich ihn eigentlich nur an seiner kahlen Stelle am Hinterkopf erkannte. Dieser Mann war ganz ohne Zweifel über lange Zeit hinweg gefoltert worden, und zwar von Profis.

Sie hatten ihm sämtliche Finger gebrochen, seinen weichen weißen Unterleib mit Zigaretten verbrannt, ihm die Augenlider abgeschnitten und ihm schließlich – gnädigerweise höchstwahrscheinlich – einen Schuss in die Schläfe verpasst.

»Das war kein schneller Tod«, sagte Swanson hinter uns. »Diese Dreckschweine haben auch Marie erst mit dem Messer bearbeitet, bevor sie sie erschossen haben.«

Clapper sagte: »Marie haben wir dort vor dem Herd gefunden. Sie ist schon auf dem Weg in die Gerichtsmedizin.«

Conklin erkundigte sich nach den Kindern, und Swanson sagte: »So, wie es aussieht, sind Butch und Davey im Schlaf erschossen worden. Ich glaube nicht, dass sie was davon mitgekriegt haben. Was meinst du, Charlie?«

»Sehe ich genauso«, erwiderte Clapper. »Sie sind nicht einmal aufgewacht.«

»Ich habe die ganze Familie gekannt«, sagte Swanson. »Letzte Woche war ich noch zum Abendessen hier. Was, verdammt noch mal, hat das zu bedeuten?«

Er brach in Tränen aus, und ich legte ihm eine Hand auf den Arm und sprach ihm mein Beileid aus. Dann betrat Swansons Partner, Vasquez, die Küche. »Sergeant, den ersten Stock bitte nicht betreten. Die Spurensicherung sichert da gerade Fingerabdrücke. Am besten gehen wir alle raus und lassen sie erst mal ihre Arbeit machen.«

52

Ich sagte zu Vasquez und Swanson, dass wir uns später mit ihnen zusammensetzen würden, aber zuerst wollte ich mit Clapper sprechen.

Die Haustür ging auf und wieder zu, dann standen Conklin und ich in einem hell erleuchteten Wohnzimmer, umgeben von Kriminaltechnikern, die fotografierten, Fingerabdrücke nahmen und mit Wattebäuschen über die Oberflächen wischten, um Chemikalienspuren zu identifizieren.

Conklin und ich mussten für alles das eine schlüssige Theorie finden, mussten Zusammenhänge erkennen, die das Unerklärliche irgendwie erklären konnten.

Conklin fragte: »Charlie, was glaubst du, was hier passiert ist?«

»Meine persönliche Meinung? Das waren ein paar Typen, die unbedingt etwas ganz Bestimmtes haben wollten und die bereit waren, dafür vier Menschen zu foltern und zu ermorden. Aber was sie gewollt haben, das kann ich beim besten Willen nicht sagen, und genauso wenig, ob sie es bekommen haben. Es war jedenfalls kein Raubüberfall. Sie haben keine Schränke oder Schubladen aufgerissen. Auf der Kommode im Schlafzimmer liegen ein bisschen Geld und Schmuck.«

Er musste uns nicht sagen, dass wir vorsichtig sein sollten. Wir gingen ihm hinterher, und er zeigte uns die Hintertür. Auch hier war, wie bei der Haustür, das Schloss einfach weggeschossen worden. Damit wussten wir, dass mindestens zwei Täter beteiligt gewesen sein mussten.

Dr. Germaniuk, der diensthabende Gerichtsmediziner, betrat das Haus und sagte, dass er jetzt Tom Calhoun in die Gerichtsmedizin bringen wollte, falls nichts dagegen sprach.

Clapper meinte: »Kein Problem. Wir haben alles, was wir brauchen.« Dann wandte er sich wieder an meinen Partner und mich: »Die Frau hatte Klebebandrückstände an den Hand- und Fußgelenken sowie rings um den Mund. Sie ist also vermutlich auch an einen Stuhl gefesselt worden. Ich schätze, dass die Täter sie losgebunden und misshandelt haben, während ihr Mann zusehen musste.«

»Oh, mein Gott«, stieß ich mehrfach hervor, und Conklin sah so aus, als hätte er am liebsten die Wand mit Faustschlägen bearbeitet. Ich bat Clapper weiterzusprechen.

»Ich nehme an, dass es sich ungefähr folgendermaßen abgespielt hat: Die ganze Familie war im ersten Stock und hat geschlafen. Die Täter haben die Türschlösser aufgeschossen und sind ins Haus eingedrungen. Wahrscheinlich ist Calhoun dann nach unten gekommen.«

»Mit Sicherheit bewaffnet«, sagte ich.

»Wir haben seine Dienstwaffe im Wohnzimmer gefunden. Voll geladen. Sie ist schon auf dem Weg ins Labor.«

»Calhoun kommt also nach unten. Er hat seine Pistole dabei, aber er hat nicht geschossen?«, spann ich den Faden weiter.

»Er war ihnen unterlegen. Sie waren mehr als er. Ich nehme an, dass er verhandeln wollte. ›Verschwindet einfach. Bis jetzt ist noch gar nichts passiert‹, so was in die

Richtung. Die Täter haben das möglicherweise ausgenützt.«

Conklin sagte: »Also zum Beispiel: ›Komm mit in die Küche, dort können wir uns in Ruhe unterhalten. Wir lassen deine Familie in Ruhe.‹«

»Ja, genau«, erwiderte Clapper. »So was Ähnliches. Und dann ist vielleicht die Frau runtergekommen.«

Conklin sagte: »Gut möglich. Sie nehmen Calhoun die Waffe ab und bringen ihn und seine Frau in die Küche.«

»Oh, Mann.« Ich stellte mir die ganze Szene vor, das unsagbare Entsetzen. Ich sah es vor mir, wie die Täter die Calhouns zwingen, sich nackt auszuziehen. Wie die Frau ihren Mann an einen Stuhl fesseln muss, um anschließend von einem der Täter ebenfalls gefesselt zu werden.

Und dann? Wahrscheinlich hatten sie Mrs. Calhoun gefoltert, damit ihr Mann den Tätern gab, was sie wollten. Aber was war das gewesen? Und hatte Calhoun es überhaupt gehabt?

Wir folgten Clapper nach oben und sahen uns die blutverschmierten Laken des Doppelstockbetts an, wo die beiden Jungen im Schlaf erschossen worden waren. Jetzt steckten sie jeweils in einem Leichensack und waren zusammen mit ihren Eltern auf dem Weg in die Gerichtsmedizin.

Mein Partner und ich standen in der geöffneten Haustür. In unserem Rücken blitzten die rot-blauen Blinklichter der Streifenwagen, und wir bedankten uns bei Charlie.

Er musste nicht sagen: »Seht zu, dass ihr diese Dreckschweine fasst«, und ich nicht: »Ruf an, wenn du irgendwas rausgekriegt hast.« Wir wussten alle, was wir zu tun hatten. Der Mord an Calhoun hatte absolute Priorität. Jeder einzelne Beamte in der Hall of Justice würde nicht eher ruhen, bis wir seine Mörder gefunden hatten. Die ganze Nacht, den kommenden Tag, die kommende Nacht, so lange, wie es notwendig war.

Aber hier, in diesem Haus, gab es für meinen Partner und mich nichts mehr zu tun. Zumindest nicht heute Abend.

53

Als ich nach Hause kam und meine Schuhe in eine Ecke pfefferte, lief Jimmy Fallon im Fernseher, und ich kam mir vor, als hätte ich nichts mehr mit der Frau gemeinsam, die den Tag mit schlackernden Hundeohren im Gesicht verbracht, mit ihrer Schwester und ihren Nichten geplaudert, mit ihrem Mann und ihrem Baby gekuschelt, über die Nouvelle Cuisine gelästert und mit zwei ihrer besten Freundinnen Bier getrunken hatte.

Ich erzählte meinem Mann, was ich in dem Haus, in dem ein Polizeibeamter und seine Familie gequält und ermordet worden waren, erlebt hatte, und war dankbar für das Glas Wein und die Nackenmassage, die er mir im Gegenzug dafür anbot.

Dann hängte ich mich ans Telefon. Zuerst rief ich Dr. Germaniuk an, dann folgte eine Telefonkonferenz mit Brady und Conklin. Anschließend sprach ich mit Ted Swanson, der nicht nur emotional in die ganze Angelegenheit verstrickt war, sondern als Mitarbeiter des Raubdezernats gemeinsam mit Vasquez und Calhoun gegen die Windjacken-Räuber ermittelt hatte.

Als ich sämtliche verfügbaren Informationen beisammenhatte, rief ich Jacobi an, unseren obersten Vorgesetzten, meinen lieben Freund und ehemaligen Partner, und brachte ihn auf den neuesten Stand. Das eine oder andere hatte er schon gehört, aber ich konnte ihm noch ein paar neue Details liefern.

»Auf dem Küchentresen lag eine Rolle Müllsäcke«, berichtete ich Jacobi. »Ich glaube, die Täter haben sich umgezogen und die blutigen Sachen mitgenommen, genau wie ihre Zigarettenstummel, die Patronenhülsen und die Messer.«

Jacobi erwiderte: »Dann lass mich raten: keine Fingerabdrücke, keine DNA.«

»Bis jetzt gar nichts.«

Jacobi stieß eine Reihe von Schimpfwörtern aus, wie ich sie in dieser Kombination noch nie gehört hatte. Was er mit seiner Tirade ausdrücken wollte, war, dass diese ganzen beschissenen, überspannten Krimiserien den ganzen beschissenen Kriminellen genau beigebracht hatten, welche beschissenen Fehler sie auf gar keinen Fall machen durften.

»Ein bisschen eigene Erfahrung war aber auch dabei«, erwiderte ich. »Das war eine präzise geplante Aktion.«

Ich ließ ihn noch eine Weile wüten und wünschte ihm dann irgendwann eine gute Nacht, aber als ich mich schließlich selbst ins Bett legte, konnte ich nicht einschlafen. Pausenlos gingen mir die unterschiedlichen Aspekte dieses Falls durch den Kopf, und ich versuchte, sie sinnvoll zu ordnen, bereitete mich auf die Einsatzbesprechung morgen früh vor, dachte unentwegt nach, während mein Kopf auf der Brust meines Mannes lag und ich ihm beim Schlafen zuhörte. Meine Gedanken wanderten immer wieder zurück in das Haus der Calhouns. Auch dort hatten die Bewohner geschlafen.

Dann wurde ich von der grauenhaften Fantasie gequält, dass diese Typen auch in unser Nest in der Lake Street einbrechen würden. Ich hörte, wie Türschlösser in Stücke geschossen wurden. Ich hatte meine Pistole zwar in der Hand, aber aus irgendeinem Grund ließ sie sich nicht abfeuern. An diesem Punkt ging meine Fantasie jedoch Gott sei Dank nicht weiter.

An Schlaf war jetzt natürlich überhaupt nicht mehr zu denken.

Als Julie morgens um drei wach wurde, ging ich mit ihr im Wohnzimmer hin und her und warf immer wieder Blicke nach unten auf die Straße. Ob dort irgendjemand in einem parkenden Auto lauerte? Um sechs nahm ich Martha mit auf eine schnelle Runde, und um 7.15 Uhr saß ich an meinem Schreibtisch im Bereitschaftsraum der Mordkommission.

Wenige Minuten später war auch Conklin da. Er hängte sein Jackett über die Stuhllehne und sagte: »Ich hab was geträumt.«

Ich sah ihn an. Er meinte es ernst.

»Und als ich aufgewacht bin, da war ich mir sicher, dass es zwischen dem Mord an Calhoun und dem Überfall auf das Wicker House einen Zusammenhang gibt.«

»Welchen Zusammenhang?«, wollte ich wissen.

»Darüber denke ich immer noch nach.«

»Alles klar«, sagte ich. »Dein Unterbewusstsein will eine Verbindung zwischen den beiden Ereignissen herstellen. Hängt wahrscheinlich mit den vielen Toten und all dem Blut zusammen.«

»Wahrscheinlich hast du recht«, entgegnete mein Partner. »Aber trotzdem … irgendwas kommt mir da komisch vor.«

In diesem Augenblick rief Cindy bei ihm an, und dann schleppte sich ein erschöpft wirkender Brady an unsere

Schreibtische. Er sagte zu mir: »Um acht. Du kannst die ganze Mannschaft auf den neuesten Stand bringen, oder?«

»Kein Problem.«

Der Bereitschaftsraum füllte sich. Manche Kollegen setzten sich an ihre Schreibtische, andere schnappten sich einen leeren Stuhl oder stellten sich in das dichte Gedränge hinten an die Wand. Die Tagschichten der Mordkommission, der Sitte und des Raubdezernats hatten sich eingefunden.

Swanson und Vasquez stellten sich zu mir nach vorn, und ich begrüßte alle. Dann schilderte ich meinen ungefähr sechzig Kollegen, was wir bis jetzt über die Vorgänge in dem grünen Haus in der Texas Street wussten.

Brady verteilte Arbeitsaufträge. Und dann legten wir los.

54

Conklin und ich setzten uns mit Swanson und Vasquez in Verhörzimmer 2. Nachdem wir alle einen Becher mit Kaffee vor der Nase stehen hatten, fing ich an. »Ich kann nur ahnen, wie mies ihr euch gerade fühlt. Wir müssen jetzt jedes Fitzelchen an Information zusammenklauben, was uns bei der Aufklärung irgendwie weiterbringen könnte. Alles, was ihr jemals über Feinde, Meinungsverschiedenheiten, Informanten, zweifelhafte Geschäfte oder Streitereien um eine Parklücke gehört oder gesehen habt, ganz egal, wie unwahrscheinlich oder unwichtig euch das erscheinen mag.«

Swanson hob die Hand und sagte: »Wir haben's kapiert, Boxer. Sie stellen die Fragen, wir geben die Antworten. Sie wollen die Sache klären, und wir zählen auf Sie.«

Conklin sah nach, ob die Kamera eingeschaltet war, dann setzte er sich neben mich und sagte: »Wir zeichnen das Gespräch auf, nur zur Sicherheit.«

Vasquez ballte die Hände zu Fäusten. »Calhoun hat keine krummen Dinger gedreht. Er war ein guter Mensch. Und er war ein guter Polizist.«

Ich nickte, und Conklin sagte: »Sagen Sie uns alles, was Sie über ihn wissen. Wenn uns etwas unklar ist, fragen wir nach.«

Swanson seufzte. »Calhoun ist vor ungefähr zwei Jahren zu uns gestoßen, aus Los Angeles. Dort hat er bei der Sitte gearbeitet. Er hat ein gutes Zeugnis mitgebracht. Wir haben ihn mit Kyle Robertson zusammengespannt. Wann Robertson ins Raubdezernat gekommen ist, weiß ich gar nicht mehr, aber davor ist er eine ganze Ewigkeit lang Streife gefahren. Mit ihm sollten Sie mal reden. Die beiden waren gut befreundet.«

Ich nickte. Robertson stand ohnehin auf unserer Liste.

»Calhoun war ein guter Junge«, machte Vasquez weiter. »Er wollte immer alles richtig machen. Wenn mir überhaupt etwas Negatives über ihn einfällt, dann höchstens, dass er vielleicht ein bisschen übereifrig war.«

»Was heißt das konkret?«, wollte ich wissen.

»Man könnte vielleicht sagen, dass er manche Dinge optimistischer gesehen hat als die älteren Kollegen, die schon mehr Dienstjahre auf dem Buckel hatten. Oder aber er war noch nicht ganz so verhärtet… wie sagt man noch mal? Abgestumpft. Er war nicht abgestumpft. Jedenfalls hatte Calhoun eine echte Zukunft als Polizist.«

Conklin wollte wissen: »Wie war seine Stimmung in letzter Zeit? Hat ihn vielleicht irgendwas bedrückt?«

»Mir ist nichts aufgefallen«, sagte Swanson.

»Hat ihn vielleicht jemand auf dem Kieker gehabt?«, machte ich weiter. »Irgendjemand, den er eingebuchtet hat?«

Swanson erwiderte: »Als ich letzte Woche bei ihm zum Abendessen war, da war er gut drauf. Er hat über das Softballtraining seiner Jungs geredet und dass er und Marie einen Sparplan eingerichtet haben, um die Collegeausbildung der beiden zu finanzieren. Was man eben so redet bei einem Abendessen. Und Fotos haben wir uns angeschaut.«

Die Befragung ging noch eine halbe Stunde lang weiter.

Als die leeren Kaffeebecher im Mülleimer lagen, hatte ich ein paar Hinweise bekommen, denen ich nachgehen konnte, aber keinerlei Erklärungsansatz, weshalb Calhoun gefoltert worden war oder was die Täter von ihm gewollt haben könnten.

Anschließend setzten Conklin und ich uns mit Calhouns altgedientem Partner Kyle Robertson zusammen. Er war, genau wie Calhoun, auch bei der Erstürmung des Scheckpfandhauses dabei gewesen, bei der die drei Angreifer ums Leben gekommen waren.

Robertson war vielleicht fünfzig Jahre alt, aber mit den vielen Falten im Gesicht und den grauen, schütteren Haaren sah er älter aus. Er wollte uns sehr gerne helfen, aber er konnte nicht mehr sagen, als dass die Morde ihn völlig aus der Bahn geworfen hatten. Dass Calhoun nie auch nur ansatzweise angedeutet hatte, dass er etwas besaß, was seine Ermordung wert sein könnte.

»Das ist mir ein völliges Rätsel«, sagte Robertson. »Ich kann mir absolut keinen Reim darauf machen.«

Conklin sagte: »Das Rauschgiftdezernat beschäftigt sich ja gerade mit der Frage, ob womöglich mehrere Polizeibeamte in einen Privatkrieg mit ein paar Dealern verstrickt waren und dabei auch Geld und Drogen entwendet haben. Könnte Calhoun womöglich bei so was mitgemacht haben?«

Robertson schüttelte heftig den Kopf.

»Er war ein ganz normaler Kerl. Wenn er nicht Polizist geworden wäre, dann vielleicht Feuerwehrmann oder Lehrer. Ich habe ihn nie über Geld sprechen hören. Er hat geraucht, aber das war sein einziges Laster. Wenn Sie mich fragen, dann war dieses Blutbad eine vollkommen sinnlose

Tat. Vielleicht hatten die Täter ja eine falsche Adresse und haben schlichtweg die falschen Leute umgebracht. Es sind schon verrücktere Sachen passiert.«

55

Mit dicken Notizblöcken und dünnen Theorien bewaffnet, gingen Conklin und ich zu Brady.

Wir hatten die Nachbarn befragt, die letzte Nacht, während die Calhouns gefoltert und getötet worden waren, geschlafen hatten. Sie hatten nichts gehört und nichts gesehen und waren vollkommen erschüttert und verängstigt.

Wir hatten auch viele von Calhouns Kollegen bei der Polizei befragt, und auch sie konnten es allesamt nicht glauben. Calhoun war ein guter Polizist gewesen. Er hatte seinen Job sehr gerne gemacht, vielleicht sogar ein bisschen zu gerne, aber das führten die meisten auf seine Jugend und seine romantische Ader zurück. Wir berichteten Brady, dass die drei Beamten, die ihn am besten gekannt hatten – nämlich Swanson, Vasquez und Robertson –, sich absolut nicht erklären konnten, weshalb ihm und seiner Familie so grausam mitgespielt worden war.

Brady hörte aufmerksam zu und sagte dann: »Ich fasse das Ganze mal aus meiner Sicht zusammen: Im Lauf der vergangenen zwei Wochen haben wir mehr tödlich verlaufene Raubüberfälle und Morde im Drogenmilieu erlebt als im ganzen letzten Jahr.« Er legte ein Blatt Papier auf den Tisch und drehte es um, sodass Conklin und ich die handschriftlich angefertigte Liste mit den Gewaltverbrechen der letzten zwei Wochen in unserem Bezirk lesen konnten. Brady zeigte auf jeden einzelnen Punkt und las ihn laut vor: »Die ersten Überfälle auf zwei Scheckpfandhäuser, ein Toter. – Raubüberfall auf einen Mercado, eine Tote. – Noch ein Scheckpfandhaus, und dieses Mal drei Tote, nämlich die Räuber in SFPD-Windjacken. Die, wie wir wissen, keine Polizisten waren, sondern dämliche Nachahmer, die zwar von den Windjacken-Räubern gehört haben, aber keinen blassen Schimmer hatten, wie man einen vernünftigen Raubüberfall organisiert. – Dann hier ein verwüstetes Drogenlabor mit sieben Toten. Dazu eine Videoaufnahme vom Tatort, auf der möglicherweise ein Windjacken-Räuber zu erkennen ist. – Der nächste Punkt kommt aus dem Rauschgiftdezernat. Insgesamt sechs Drogendealer wurden in diversen Crackhäusern oder auf der Straße erschossen und ausgeraubt. Angeblich von Polizisten, das jedenfalls munkelt man in der Gerüchteküche. Ist zwar nur ein uneindeutiges Muster, aber nichtsdestotrotz ein Muster.«

Conklin und ich nickten wie zwei Wackeldackel.

Brady machte weiter: »Aus dem Wicker House ist höchstwahrscheinlich eine riesige Menge Drogen gestohlen worden. Vielleicht viele Millionen Dollar wert. Gut möglich, dass da jemand einen gewaltigen Hass schiebt deswegen. Ich kann mir durchaus vorstellen, dass sich ein paar Typen aus dem organisierten Verbrechen die Sache mit den SFPD-Windjacken ausgedacht haben. Dass die das irgendwie witzig finden. Zumal es ja sogar funktioniert. Die verkleiden sich als Polizeibeamte. Und dann überfallen sie Drogenküchen und andere Läden, wo viel Bargeld zu erwarten ist, fast so, als wäre das ein Krieg: Bullen gegen Drogenmafia. Ich frage mich, ob der Kingfisher irgendwie in der ganzen Sache drinhängt. Er hat seine Finger ja eigentlich überall mit im Spiel. Und der Kerl kann ganz schön brutal werden. Lest mal nach, was wir an Material über ihn haben. Da wird einem schnell übel. Folterungen nur zum Spaß. Sadismus. Behaltet den Kingfisher im Auge.«

Der Kingfisher war ein berüchtigter Drogenbaron. Angeblich war er irgendwo in Süd-Kalifornien ansässig, aber das wusste niemand so genau. Dafür gab es zahlreiche Beweise für sein weitverzweigtes Netzwerk, sowohl was die Herstellung als auch was die Verteilung des Zeugs anging. Hatte dieser dicke Fisch sich tatsächlich in unsere eher unbedeutenden Ermittlungen in San Francisco eingemischt?

Brady war immer noch nicht fertig. Er fuhr sich mit den Fingern durch die Haare, starrte auf seinen Bildschirm und drückte ein paar Tasten.

Hatte er uns vergessen? Aber dann sagte er: »Vielleicht konstruiere ich mit meinen ganzen Listen ja bloß irgendwelche Zusammenhänge, die es in Wirklichkeit gar nicht gibt. Vielleicht können die Puzzlesteine gar nicht zueinander passen, ganz egal, wie oft ich sie hin und her drehe. Oder aber da ist irgendwas im Gang, was wir einfach nicht erkennen können. – Wir machen jedenfalls so lange weiter, bis wir es genau wissen.«

ZWEITER TEIL

56

Der Gerichtssaal 5A war klein, mit Kirschholz getäfelt und mit dazu passenden Bänken, Tischen und Stühlen, ebenfalls aus Kirschholz, ausgestattet. Der Richter besprach sich gerade mit dem Justizbeamten. In seinem Rücken war das goldene Wappen des Bundesstaates Kalifornien zu sehen, flankiert von zwei Fahnen: den Stars and Stripes der Vereinigten Staaten sowie der kalifornischen Flagge.

Der Saal war gut gefüllt, aber die Verhandlung hatte noch nicht begonnen. Yuki und ihre Assistentin Natalie Futterman saßen am Tisch der Kläger. Yuki ging noch einmal ihre Notizen durch, spulte die ersten Sätze immer wieder wie ein Mantra ab.

Natalie flüsterte ihr zu: »Ich kann es kaum mehr erwarten.«

»Ich schon«, entgegnete Yuki. »Wenn ich ein Pitbull bin, dann ist Parisi ein Löwe, Nat. Und zwar ein wütender.«

Natalie sagte: »Das wird mein Spruch des Tages.«

»Aber bitte auf keinen Fall twittern«, erwiderte Yuki.

Sie hätte gerne die gleiche Aufregung gespürt wie Natalie. Ihre eifrige Assistentin war sechsundvierzig Jahre alt und hatte gerade ihr Jura-Examen gemacht. Die Kinder waren aus dem Haus. Ihr Mann hatte sie verlassen. Und sie hatte endlich den Abschluss in der Tasche, auf den sie vor fünfundzwanzig Jahren verzichtet hatte. Sie war motiviert, belesen, organisiert und hatte die Prüfung im ersten Anlauf geschafft. Sie wollte endlich die Zuschauerrolle hinter sich lassen. Oder, wie sie es selbst einmal formuliert hatte: »An der Uni kannst du eben nicht alles lernen.«

Natalie hatte nichts zu verlieren, außer ihrem Anfängerstatus.

Yuki hingegen setzte einen ziemlich guten Ruf aufs Spiel. Denn wenn sie diesen Prozess verlor, dann würde es in Zukunft heißen: Kordell gegen die Stadt San Francisco. *Yuki Castellano. Sie hat das San Francisco Police Department verklagt und ist krachend gescheitert.*

Die Anwälte der Gegenseite jenseits des Mittelgangs schienen dagegen ruhig wie ein stiller See zu sein. Len Parisi, Red Dog persönlich, hatte sich den Stuhl gleich am Gang gesichert. Neben ihm saßen zwei Anwälte von Moorehouse & Rogers. Einer davon war der legendäre Collins Rappaport, aber er war in diesem Fall nur Parisis Beisitzer. Yuki würde es also ganz direkt mit Red Dog zu tun bekommen.

Heute war sie ganz in Rot gekleidet, und das war eine bewusste Entscheidung gewesen. Rot war eine eindeutige Farbe, die eindeutiges Handeln erforderte. In Rot gab es kein Ausweichen. In Rot stürzte man sich auf die Halsschlagader, nichts anderes, und genau das hatte sie vor.

Als Erste zubeißen, und zwar kraftvoll.

Natalie trug ein schwarzes Jackett und eine fast dazu passende schwarze Hose. Beides hatte sie vermutlich vor zwanzig Jahren bei einem Versandhandel bestellt, aber das war kein Problem. Schließlich vertraten sie die Seite der Opfer. Sie kämpften für die Armen und zu Unrecht Angeklagten, und Natalie wirkte sehr glaubwürdig.

Parisi trug einen moosgrünen Anzug, der ihn aussehen ließ, als würde er gleich einen Herzinfarkt erleiden.

Yuki musste lächeln.

Sie würde zu jedem Mittel greifen.

Sie und Natalie hatten sehr viel in die Vorbereitung dieses Prozesses investiert. Allein das Eröffnungsplädoyer hatte sie zwei Tage Arbeit gekostet. Sie wusste genau, was sie zu tun und was sie zu sagen hatte, aber wenn sie noch mehr geübt hätte, dann hätte ihr leidenschaftliches Mitgefühl für die Kordells zu einstudiert geklungen.

Das wollte sie auf keinen Fall.

Tief in Gedanken versunken saß sie da, als sie plötzlich eine Berührung an der Schulter spürte. Sie drehte sich um und hatte Mrs. Kordells tränenüberströmtes Lächeln vor sich. Yuki drückte ihr die Hand und lächelte den anderen Kordells zu, die hinter ihr saßen. Es waren insgesamt elf Personen. Auch für sie alle saß Yuki heute hier: für Bea und Mickey Kordell und für Aaron-Reys Großvater, seine Cousins und Cousinen und seine Freunde. Sie alle setzten ihre ganze Hoffnung in sie, sie alle zählten darauf, dass sie Gerechtigkeit für Aaron-Rey erstritt.

Als Richter John G. Quirk seine Unterredung mit dem Justizbeamten beendet hatte, wandte Yuki den Blick nach vorn zur Richterbank.

Sie mochte Richter Quirk. Obwohl er im Lauf seiner zwanzig Dienstjahre eine Menge übler Gestalten vor sich gehabt hatte, war er ein freundlicher, mitfühlender Mensch geblieben. Und bei den Gesprächen in seinem Amtszimmer hatte sich schon mehr als einmal sein großes Verständnis für die Widersprüchlichkeit und die Schwäche des menschlichen Charakters offenbart.

War diese Großherzigkeit für sie eher ein Vorteil oder ein Nachteil?

Der Gerichtsdiener eröffnete jedenfalls die Verhandlung. Sie sah, wie die Geschworenen durch eine Seitentür den Saal betraten und ihre Plätze einnahmen. Es wäre ihr zwar lieber gewesen, wenn mehr als nur eine farbige Person dabei gewesen wäre, aber daran ließ sich nicht das Geringste ändern. Richter Quirk hieß die Geschworenen willkommen, gefolgt von einigen Anweisungen, Fragen und Antworten. Schließlich sah er sie durch seine Brille hindurch an.

»Ms. Castellano. Sind Sie bereit?«

»Jawohl, Euer Ehren.«

»Fass, Yuki«, sagte Natalie, und zwar so, dass es der ganze Saal hören konnte.

Vereinzeltes Gelächter ertönte. Yuki schob ihren Stuhl zurück und trat, von einem mächtigen Adrenalinschub angetrieben, an das Rednerpult in der Mitte des Gerichtssaals.

57 Als Yuki hinter dem Pult stand, war ihr plötzlich ziemlich warm. Ihr Herz und ihre Nebennieren, die für die Adrenalinausschüttung zuständig waren, hatten ihr ein bisschen mehr Schub als nötig verliehen. Doch dann sammelte sie sich, hob den Blick und wandte sich an die Geschworenen: »Guten Morgen, meine Damen und Herren.

Ich vertrete die Familie von Aaron-Rey Kordell, einem fünfzehnjährigen Jungen mit einem unterdurchschnittlichen Intelligenzquotienten. Dieser Junge wurde festgenommen und anschließend von zwei erfahrenen Polizeibeamten massiv unter Druck gesetzt. So haben sie ihn beispielsweise sechzehn Stunden am Stück verhört, ohne ihm auch nur eine Minute Schlaf zu gönnen, haben ihn in Bezug auf sein Recht, einen Anwalt hinzuzuziehen, belogen und ihn schließlich zu einem Geständnis für eine Tat genötigt, die er gar nicht begangen hat. Aaron-Rey wurde eingesperrt und dann in der Untersuchungshaft ermordet. – Warum wurde Aaron-Rey alles das angetan? Warum musste er sterben? – Weil die Polizei keine Zeugen hatte, aber einen Verdächtigen. Und weil sie entschlossen war, ihn mit allen Mitteln festzuhalten. Was ja auch gut funktioniert hat.«

Yuki unterbrach sich kurz, um sich zu versichern, dass sie die Aufmerksamkeit der gesamten Geschworenenbank hatte. Dann fuhr sie fort.

»Ich schildere Ihnen nun, was sich im Februar dieses Jahres ereignet hat: Aaron-Rey hat sich nach der Schule in einem Crackhaus in seinem Wohnviertel herumgetrieben. Hätte er in einem anderen Viertel gelebt, vielleicht hätte er sich die Zeit nach der Schule im Fitnessstudio oder bei irgendwelchen Freunden vertrieben. Aber dieses Crackhaus lag nur eine Querstraße von seinem Elternhaus entfernt, und dort hielt er sich eben für gewöhnlich auf, bis seine Mom und sein Dad von der Arbeit nach Hause gekommen sind. – Sie werden mehrere Zeugen hören, die bestätigen, dass Aaron-Rey keine Drogen konsumiert hat. Er war nur gerne mit den großen Jungs in diesem Haus zusammen, die mit ihm gescherzt, ihn zum Zigarettenholen geschickt und ihn als eine Art Maskottchen betrachtet haben. – An dem Tag, um den es hier geht, hielt Aaron-Rey sich im obersten Stockwerk des Crackhauses im Dodge Place 463 auf, als mehrere Unbekannte ein Stockwerk tiefer drei Drogendealer überfallen, ausgeraubt und ermordet haben. Anschließend flüchtete Aaron-Rey ins Freie, zusammen mit all den anderen, die zu diesem Zeitpunkt im Haus gewesen waren. – Aaron-Rey hatte einen IQ von siebzig, das sind dreißig Prozentpunkte unter dem Bevölkerungsdurchschnitt. Er konnte seinen Alltag gut alleine bewältigen, und darüber hinaus war er ein außergewöhnlich neugieriger, gutgläubiger und kindlicher Mensch. – Nach den Schüssen, als alle anderen nach draußen gerannt sind, ist Aaron-Rey ebenfalls losgelaufen. Das hat er der Polizei und allen anderen auch erzählt. Auf der Treppe hat er eine Pistole gefunden und sie in seinen Hosenbund gesteckt, so, wie er es bei den großen Jungs gesehen hatte. Diese Waffe hatte er dabei, als er in östlicher Richtung die Turk Street entlangrannte, ein verängstigter und zu Tode entsetzter fünfzehnjähriger Junge. – Zwei Polizeibeamte in einem Streifenwagen haben Aaron-Rey die Straße entlanglaufen sehen. Sie haben Blaulicht und Sirene eingeschaltet, sind mit ihrem Streifenwagen auf den Bürgersteig gefahren und haben Aaron-Rey zu Boden geworfen. – Und was hat Aaron-Rey da gesagt, meine Damen und Herren? – Er hat gesagt: ›Ich war's nicht.‹ Sie werden die Aussagen dieser Polizeibeamten hören. Sie werden hören, was Aaron-Rey auf die Frage, *was* er nicht getan hatte, geantwortet hat. Dass er nämlich die drei Männer in dem Crackhaus nicht erschossen hat. – Man hat Aaron-Rey auf die Polizeiwache gebracht und ihn verhört. Das geschah durch zwei erfahrene Beamte des Rauschgiftdezernats, denen schnell klar war, dass sie hier eine Möglichkeit hatten, drei Morde auf die einfachste Art und Weise aufzuklären. Aaron-Rey konnte nicht so schnell denken wie andere, und er war leichtgläubig. Außerdem befand er sich in Polizeigewahrsam. – Einen halben Tag und fast eine ganze Nacht lang hat Aaron-Rey Kordell wiederholt darauf beharrt, dass er niemanden erschossen hat. Aber wie Sie im Video der Vernehmung sehen werden, haben die Inspektoren Whitney und Brand Aaron-Rey überredet, auf einen Anwalt ebenso zu verzichten wie auf den Beistand seiner Eltern. Sie haben diesen Jungen genötigt, bedrängt und belogen, so lange, bis er schließlich vollkommen durcheinander war und die Tat zugegeben hat. – Unmittelbar nach diesem falschen Geständnis hat man ihn ins Untersuchungsgefängnis gebracht, wo er dann unter der Dusche ermordet wurde. Wir können nur hoffen, dass es schnell gegangen ist und dass er nicht allzu viele Schmerzen erleiden musste. – Das hier ist Aaron-Rey.«

Yuki zeigte den Geschworenen ein Foto ihres toten Mandanten, auf dem er seine neugeborene Schwester im Arm hielt. Er war ein hübscher junger Mann gewesen, und die Zuneigung, die er für seine Schwester empfand, war ihm deutlich anzusehen.

Yuki sagte: »Aaron-Rey war ein liebenswerter Junge. Er war unschuldig. Und er wäre gar nicht in der Lage gewesen, drei knallharte Crack-Dealer zu erschießen. Er hat es nicht getan. Er wusste ja nicht einmal, wie man mit einer Pistole umgeht, und das wird auch die Gegenseite nicht bestreiten. Darüber hinaus ist die Polizei während all der langen Stunden des Verhörs nicht *einmal* auf die Idee gekommen, seine Hände oder seine Kleidung auf Schmauchspuren zu untersuchen. Sie hat auch sonst keine der Personen, die in diesem Haus aus- und eingegangen sind, befragt oder mögliche andere Verdächtige ins Visier gefasst. Sie hatten ja Aaron-Rey. Mehr brauchten sie nicht. – Am Ende dieses Prozesses wird man Ihnen die Frage stellen, ob Aaron-Rey Kordells Geständnis erzwungen worden ist. Und falls es erzwungen war, dann war es kein *Geständnis*. Dann müssen Sie zu dem Ergebnis kommen, dass das San Francisco Police Department und die Stadt San Francisco die Verantwortung für den grausamen, ungerechtfertigten und viel zu frühen Tod dieses unschuldigen Jungen zu tragen haben.«

58

Parisi erhob sich schwerfällig von seinem Stuhl, ließ das Rednerpult links liegen und baute sich direkt vor der Geschworenenbank auf. Lächelnd begrüßte er die Jury und betonte mit wenigen Worten, wie bedeutsam die Aufgabe der Geschworenen war und dass seine Arbeit als leitender Bezirksstaatsanwalt von San Francisco ohne die Beteiligung engagierter Bürger bei Prozessen wie diesem gar nicht möglich wäre. Dabei hob er vor allem darauf ab, wie wichtig es war, für Gerechtigkeit zu sorgen.

Yuki beobachtete ihn und spürte, wie gespalten sie war. Einerseits hegte sie sehr wohlwollende Gefühle für Len Parisi – sie hatte schließlich fünf Jahre lang für ihn gearbeitet, hatte von ihm gelernt und ihn als Staatsanwältin nach Kräften unterstützt –, und andererseits musste sie sich so schnell wie möglich daran gewöhnen, dass Len ihr Gegner war. Daran konnte es keinen Zweifel geben.

Außerdem sorgte Lens ruhiger und umgänglicher Auftritt dafür, dass ihre eigene Prozesseröffnung ihr mit einem Mal fast hysterisch vorkam.

Red Dog schien sogar Natalie in seinen Bann gezogen zu haben.

Jetzt legte er die Hand auf das Geländer und ging vor der Geschworenenbank entlang, fasste jede und jeden dort ins Auge und sagte: »Ich danke der Vertreterin der Gegenseite ausdrücklich dafür, dass sie ein solch positives Bild von Aaron-Rey Kordell gezeichnet hat, aber, so leid es mir tut … dieses Bild entspricht nicht der Wahrheit. – Aaron-Rey hat sich aus demselben Grund wie alle anderen in diesem Crackhaus herumgetrieben. Er hat Drogen genommen. Und er war auch nicht nur *nach* der Schule dort, sondern *statt* der Schule. In der Regel zumindest. – Darüber hinaus muss ich feststellen, dass Ms. Castellano keine Ahnung hat, ob Aaron-Rey die Mordwaffe erst beim Verlassen des Crackhauses oder doch schon vorher an sich genommen hatte. Vielleicht hat ihm auch irgendjemand ein paar Dollar in die Hand gedrückt und gesagt: ›Da hast du eine Pistole, Aaron-Rey. Erschieß die Typen da.‹ Und er hat es dann gemacht. Die Überwachungskameras waren vermutlich an diesem Tag gerade außer Betrieb.«

Die Geschworenen lachten. Ja, er zog sie auf seine Seite.

Len fuhr fort. »Bis jetzt hat sich kein Augenzeuge gemeldet, der gesehen hat, was sich im Inneren dieses Crackhauses abgespielt hat, und es wird auch niemand mehr kommen. In einem Punkt muss ich Ms. Castellano dennoch recht geben: Man hat Aaron-Rey nicht auf Schmauchspuren untersucht. Das war ein Fehler. Aber was sie Ihnen verschwiegen hat, ist die Tatsache, dass die Kugeln, die diese drei Männer getötet haben, aus der Waffe in Aaron-Reys Hosenbund stammten. – Wir werden zeigen, dass es nicht den geringsten Zweifel daran geben kann, dass er diese Waffe bei sich hatte. Dass er die Mordwaffe am Körper getragen hat. Und dass er geflüchtet ist. Den Beamten, die ihn gestellt haben, hat er gesagt, dass er die drei Männer in diesem Crackhaus nicht getötet hat. Und dann hat er ihre Namen genannt. – Die Polizeibeamten haben ihn gefragt, woher er die Waffe hatte, und seine Antwort lautete: gefunden. Anschließend haben sie die Toten entdeckt, und selbstverständlich haben sie Aaron-Rey Kordell anschließend festgenommen. Das war ihre Aufgabe. – Sie könnten sich jetzt fragen, woher Aaron-Rey die Waffe hatte. Tja, er ist nicht mehr hier, um es uns zu erzählen, und es spielt auch keine Rolle. Es war jedenfalls die Mordwaffe, und als er noch in der Lage war, uns zu berichten, was genau sich in diesem Crackhaus abgespielt hat, da hat er den Beamten, die ihn verhört haben, gestanden, dass er es war, der A. Biggy, Duane und Dubble D erschossen hat. – In diesem Prozess geht es nicht um die Frage, woher die Tatwaffe stammte oder wer diese Drogendealer erschossen hat. Es geht auch nicht um die Frage, wer Aaron-Rey Kordell ermordet hat. – Wie Ms. Castellano bereits erwähnt hat, geht es in diesem Prozess nur um eines: Haben die Beamten des Rauschgiftdezernats, Inspektor Stanley Whitney und Inspektor William Brand, Aaron-Rey zu einem falschen Geständnis genötigt? – Wir behaupten, dass sie das nicht getan haben. – Haben sie legitime Verhörmethoden angewandt? Ja, absolut. Haben sie den Verdächtigen belogen? Höchstwahrscheinlich. Ein polizeiliches Verhör ist immer eine Art Lügenwettbewerb. Beide Beteiligten bluffen und täuschen und tun, was immer notwendig ist, um die anderen von ihrer Version zu überzeugen. – Es ist der Polizei ausdrücklich erlaubt, die Unwahrheit zu sagen. – Und wenn wir Ihnen Ausschnitte aus dem Verhör zeigen, dann werden Sie sehen, dass dieser junge Mann sehr ruhig, sehr gefasst und entspannt war. Und dass er den Mord an drei Männern gestanden hat. – Nach seinem Geständnis haben die Inspektoren Brand und Whitney ihn in Untersuchungshaft genommen, was eine Selbstverständlichkeit ist, weil wir natürlich nicht zulassen können, dass Mörder frei herumlaufen. – Aaron-Rey saß in Haft und hat dort auf seinen baldigen Prozess gewartet, so wie es das Recht jedes amerikanischen Bürgers ist. Und dort kam es dann zu einem ausgesprochen tragischen Zwischenfall. – Wir trauern mit Aaron-Reys Familie. – Aber das San Francisco Police Department trägt nicht die Schuld an seinem Tod.«

59

Die Beerdigung der Calhouns fand im Cypress Lawn Memorial Park in Colma statt. Ich habe nur selten eine Veranstaltung besucht, die mich so sehr mitgenommen hat wie diese.

Marie Calhouns Vater, Tom Calhouns Vater, der Softballtrainer der beiden Jungen und ihre Lehrerin, sie alle hielten einen Nachruf auf die Verstorbenen. Das SFPD wurde von Chief Jacobi, Sergeant Phil Pikelny aus dem Raubdezernat und Inspektor Ted Swanson vertreten, der einige wenige Worte hervorwürgte, hauptsächlich, dass Calhoun »ein feiner Kerl« gewesen sei.

Hunderte Polizeibeamte in blauer Uniform füllten die Kapelle und drängten sich vor der Tür. Viele weinten und bildeten eine dichte blaue Mauer hinter den Angehörigen, als die vier Särge, darunter zwei kleine, in den Boden gesenkt wurden.

Die Trauer war allgegenwärtig und vermischte sich mit einer großen Wut über diese grässlichen, widerlichen Morde an einem Polizeibeamten und seiner Familie.

Ich hatte Calhoun kaum gekannt, aber ich konnte mich noch gut an jenen Morgen im Scheckpfandhaus erinnern, vor allem an seine Zuversicht, nachdem drei Nachahmer der Windjacken-Räuber von einer zufällig vorbeikommenden Streife niedergeschossen worden waren.

Dieser letzte Gedanke ließ mir keine Ruhe mehr.

Endlich war die Beerdigung zu Ende.

Conklin und ich setzten uns in seinen Bronco und reihten uns in den zäh fließenden Verkehr Richtung Ausfahrt ein. Unsere Kriechfahrt führte uns in der Nähe des Grabs meiner Mutter vorbei, und dann auch an der Stelle, wo Yukis Mutter Keiko, die eine unglaublich witzige Frau gewesen war, ihre letzte Ruhe gefunden hatte. Überwältigt von der Erinnerung an all die vielen Beerdigungen, die wir schon miterlebt hatten, ließen wir Colma hinter uns und fuhren auf der 101 zurück nach San Francisco.

Als wir wieder in der Stadt waren, hätte ich mich am liebsten in irgendeine Kneipe gesetzt, wo nichts los war bis auf ein paar Stammgäste, die sich schweigend irgendein Spiel ansahen, und wo niemand wusste, wer ich war. Ich brauchte ein bisschen Zeit für mich, wollte meine Gefühle wieder in den Griff bekommen, bevor ich zu meinen Liebsten nach Hause ging.

Aber Conklin sagte: »Ich will mir das Haus der Calhouns noch mal ansehen.«

»Wieso denn das?«

»Weil ich es will.«

Ich seufzte. »Also gut. Wenn das so ist, dann machen wir das.«

60

Conklin stellte seinen Wagen direkt vor dem grünen Haus in der Texas Street ab. Schweigend saßen wir einen Augenblick lang unter einer Telefonleitung voller Amseln, dann stiegen wir aus, bückten uns unter dem Absperrband hindurch, durchschnitten das Siegel an der Haustür und rammten sie mit der Schulter auf.

Im Inneren des Mordhauses war kein Anzeichen von Leben mehr zu spüren. Ein muffiger Geruch hing in der Luft, und in den Sekunden, bevor wir das Licht einschalteten, war mir, als könnte ich Marie Calhouns Schreie hören.

Schließlich schlug ich vor, dass wir uns jeweils ein Zimmer vornehmen und versuchen sollten, es völlig unvoreingenommen zu betrachten. Conklin entschied sich für das Kinderzimmer.

Ich nahm die Küche.

Das Erste, was ich sah, waren ein Löffel und eine Schale in der Spüle, darin die Überreste einer Portion Schokoladeneiscreme mit Stückchen. Wer immer das gegessen hatte, es war vermutlich seine letzte Mahlzeit gewesen. Am Kühlschrank waren mit Magneten befestigte blutbespritzte Osterhasenzeichnungen und der Spielplan der Baseballliga zu sehen, und auf dem Fußboden direkt davor die Kreidestriche, die den Fundort von Marie Calhouns Leichnam markierten.

Die Kühlschranktür stand offen, und die Vorräte waren schlecht geworden. Es stank nach vergammeltem Fleisch. Ich warf einen Blick in den Mülleimer, nur für den Fall, dass die Spurensicherung ihn vergessen hatte, aber der Eimer war leer und der Müll im Labor.

Eines der Messer aus dem Messerblock auf dem Küchentresen fehlte, vermutlich das Küchenmesser, das höchstwahrscheinlich benutzt worden war, um Tom Calhoun die Augenlider abzutrennen.

Ich versuchte, meinen eigenen Vorschlag zu beherzigen und so zu tun, als würde ich das alles zum ersten Mal sehen, aber es war unmöglich, die notwendige Distanz zu einem Vierfachmord herzustellen, schon gar nicht zu diesem hier.

Das Wort, das mir immer und immer wieder durch den Kopf hallte, lautete: *Warum?*

Brady hatte sich laut gefragt, ob Calhoun womöglich zu den Windjacken-Räubern gehört hatte und ob er gewusst hatte, was aus der riesigen Menge an Drogen geworden war, die vermutlich der Anlass für den Überfall auf das Wicker House und die Ermordung der Laborratten gewesen war.

Ich vertraute Bradys Instinkten. Falls Calhoun tatsächlich ein korrupter, krimineller Polizist gewesen war, dann sicherlich nicht der einzige. War es denkbar, dass er mit anderen Beamten zusammengearbeitet hatte? Dass womöglich Swanson, Vasquez, ja, sogar Robertson zu dieser Bande gehört hatten?

Auch Conklin hielt es nicht für ausgeschlossen, dass die Sache im Wicker House und dieser Vierfachmord irgendwie miteinander zusammenhingen. Ich hörte seine Schritte und drehte mich zu ihm um, als er die Küche betrat.

Er sagte: »Linds, da oben gibt es nichts, was uns weiter-bringen könnte. Das war eine Hinrichtung, nichts anderes. Nichts, was auf einen Raub hindeuten könnte. Genau wie Clapper gesagt hat: keine Schränke oder Schubladen aufge-rissen, alles an Ort und Stelle.«

»Wer hat das getan?«, fragte ich ihn, obwohl die Frage eigentlich eher mir selbst galt.

»Was glaubst du, Linds?«

»Nehmen wir mal an, dass Brady recht hat und Calhoun einer der Windjacken-Räuber war. In dem Scheckpfandhaus mit diesen toten Nachahmern, da war er doch ziemlich auf-gekratzt, weißt du noch?«

Conklin nickte.

»Fast so, als wollte er sagen: ›Jippie. Fall geklärt.‹ Viel-leicht war er ja deshalb so aus dem Häuschen, weil er wusste, dass er aus dem Schneider war, wenn er uns nur davon überzeugen konnte, dass die Sache mit den Wind-jacken-Räubern damit erledigt war.«

»Sprich weiter«, meinte mein Partner.

»Also gut, gehen wir noch einen Schritt weiter. Nehmen wir an, dass Calhoun an dem Raubüberfall auf das Wicker House beteiligt war. Die Drogen, die dort erbeutet wur-den, haben irgendjemanden eine Menge Geld gekostet. Was, wenn dieser Jemand beispielsweise der Kingfisher war? Was, wenn der Kingfisher weiß, wer ihn bestohlen hat?«

»Aha. Du meinst also, dass die Leute, die dieses Blutbad angerichtet haben, gar nicht unbedingt irgendwelche Infor-mationen haben wollten«, sagte Conklin. »Vielleicht war es viel eher eine Botschaft: ›Das habt ihr zu erwarten, wenn ihr euch mit uns anlegt.‹«

»Ist reine Spekulation«, sagte ich und starrte den blutigen Küchenfußboden an.

Conklin meinte: »Reine Spekulation. Klingt aber weitaus vernünftiger als alles, was ich bisher gehört habe.«

61 Ich war noch vor dem Abendessen zu Hause. Nachdem ich
geduscht hatte und in meinen
Jogginganzug geschlüpft war,
nahm ich Julie auf den Schoß, fütterte ihr einen Brei aus pas-
siertem Lamm und Erbsen und hörte mir *Pushin' Against a
Stone* von Valerie June an. Anschließend legte ich Julie in
Joes Arme, füllte Marthas Schale mit einem hochwertigen
Trockenfutter, das ich für eine besondere Gelegenheit aufge-
spart hatte, und eröffnete Joe, dass ich jetzt kochen würde.

»Ich muss etwas machen, was ich im Griff habe, etwas,
was mir das Gefühl vermittelt, etwas Gutes zu tun.«

»Ich war schon bei ›Ich koche‹ voll überzeugt«, sagte Joe.

Ich lachte – es war das erste Mal heute und vielleicht
sogar ein bisschen zu lang und zu laut. Mein Ehemann
lachte mit, und dann reichte er mir ein Glas eiskalten Oran-
gensaft. Das ist unser Code für: »Entspann dich mal!«

Ich schnitt das Gemüse klein und erzählte Joe dabei von
meinem ziemlich beschissenen Tag.

»Ich hab dir doch angeboten, dich nach Colma zu beglei-
ten«, sagte er.

»Ja, schon, aber es war besser, dass ich mit den anderen
zusammen dort war.«

Dann fasste ich noch kurz unseren Besuch im Haus des
Schreckens nach der Beerdigung zusammen. Während ich
Kalbskoteletts mit dem Hammer bearbeitete, war ich bei

dem Gedanken angelangt, dass der Kingfisher irgendwie in die Sache verwickelt sein könnte. Erst als die Koteletts praktisch durchsichtig waren, merkte ich, wie Joe mir behutsam den Hammer aus der Hand nahm.

Ich musste schon wieder lachen, und ich muss zugeben, dass das eine sehr reinigende Wirkung hatte.

Dann nippte ich an meinem Saft, und Joe referierte ein bisschen über diverse Drogenbarone, die er kannte, speziell über den Kingfisher, einen brutalen Psychopathen, der deshalb so genannt wurde, weil er alle, die ihm in die Quere kamen, erbarmungslos auslöschte.

»Er ist Legende und Mythos in einem«, sagte Joe. »Niemand weiß, wie er aussieht, aber es heißt, dass er an jedem Drogengeschäft in Kalifornien mitverdient. Und wenn nicht...«

Ich seufzte. »Ja.«

»Ich will das nicht größer machen, als es ist, Linds, aber du glaubst also, dass eine Bande, die für den Kingfisher arbeitet, einen Polizisten gefoltert und seine ganze Familie ausgelöscht hat, der möglicherweise in deinen aktuellen Fall verwickelt war.«

»Stimmt, ja, ich weiß«, sagte ich. »Ich weiß.«

Das Öl und das Kalbfleisch brutzelten, und Joe schenkte uns Wein ein.

»Linds, das macht mir Sorgen.«

»Ich passe auf, versprochen. Ich gehe bestimmt kein unnötiges Risiko ein.«

Joe nickte. Er schaltete die Alarmanlage ein, während ich das Essen servierte. Wir aßen zur Abwechslung am Esstisch, und Martha setzte sich hoffnungsvoll zwischen uns. Als die Kaffeemaschine brodelte, wechselte Joe das Thema und erzählte mir, dass er in »seinem« Fall – Claires Geburtstagsmorde – eine Spur gefunden hatte.

»Einen potenziellen Verdächtigen«, sagte er. »Sein Name lautet Wayne Broward. Er hat einem Nachbarn die Autoreifen aufgeschlitzt und wurde deswegen rechtskräftig verurteilt. Nach dem Richterspruch hat Broward gedroht, den Richter umzubringen, seine Frau zu vergewaltigen und ihre gemeinsamen Kinder zu ersticken.«

»O-haa. Das klingt ja richtig durchgeknallt.«

»Dafür hat er die Höchststrafe für Richterbeleidigung kassiert – fünftausend Dollar Strafe und ein Jahr Knast. Aber er ist wegen guter Führung vorzeitig entlassen worden. Wann, möchtest du wissen? Die Antwort lautet: Kurz vor Claires Geburtstag vor fünf Jahren.«

»Aha«, sagte ich. »Was hast du sonst noch zu bieten?«

Ich räumte den Tisch ab, während Joe seinen Laptop holte. Ich sah mir die Akten an, die er aufgestöbert hatte, loggte mich in die SFPD-Datenbank ein und suchte diesen Irren heraus. Wayne Lawrence Broward wohnte in Bayview, an der Ecke Hollister Avenue und Hawes Street.

In seiner Akte fanden sich neben der Schlitzattacke auf die Reifen seines Nachbarn auch ein tätlicher Angriff auf einen anderen Nachbarn, der seine Mülleimer zu dicht an Browards Garageneinfahrt gestellt hatte, sowie mehrere Anzeigen wegen Misshandlung seiner Ehefrau.

Sie hatte die Anzeigen zwar jedes Mal wieder zurückgezogen, aber ihre Aussage war trotzdem interessant zu lesen.

»Joe, hör dir das mal an. Mrs. Broward hat gesagt, ihr Mann sei ›von seiner völlig irren Schizo-Mutter komplett verkorkst worden und hat immer wieder brutale Jähzornanfälle.‹«

»Und trotzdem ist sie bei ihm geblieben.«

»Stimmt. Vielleicht kann ich morgen mal ein bisschen Zeit rausschinden, dann statte ich dem Kerl einen Besuch ab«, sagte ich.

»Aber sei vorsichtig«, erwiderte mein lieber Ehemann.

62 Wayne Lawrence Broward wohnte in einer mit braunen Holzschindeln verkleideten Baracke, drei Hauseingänge von der Kreuzung von Hollister Avenue und Hawes Street entfernt. Das Häuschen stand hinter einem Maschendrahtzaun, an dem ein Dutzend BETRETEN-VERBOTEN-Schilder hingen, und sah aus wie ein Kochtopf voll mit überschäumendem Verfolgungswahn.

Ich parkte vor dem Zaun und steckte mir die Dienstmarke an den Jackenkragen, damit das goldene Glänzen auf dem marineblauen Stoff gut zu erkennen war. Dann knöpfte ich die Jacke auf, um den Blick auf das Pistolenhalfter an meiner Hüfte freizugeben. Erst jetzt stieß ich das Maschendrahtgittertor auf.

Schon als ich die Hand an das Gitter legte, war mir klar, dass ich hier eigentlich überhaupt nichts zu suchen hatte. Der Mord an Tina Strichler wurde von meinen Kollegen Michaels und Wang bearbeitet, aber obwohl sie beide relativ neu waren – oder vielleicht auch gerade deswegen –, wollte ich sie nicht bitten, einer mehr oder weniger substanzlosen Ahnung nachzugehen, die auf Joes und meinem Mist gewachsen war.

Aber trotzdem konnte ich diese Ahnung auch nicht einfach beiseiteschieben. Ich musste das überprüfen. Also trat ich durch das Tor und ging den Betonpfad entlang bis zur

Haustür. Dort hing noch ein Schild: BETRETEN VERBO-TEN. DAS GILT AUCH FÜR **DICH**.

Ich klingelte.

Tiefes Hundegebell ertönte irgendwo im Haus, dann hörte ich eine Männerstimme: »Alles klar, Hauser. Sehen wir mal nach, was der gottverdammte Hurensohn von uns will.«

Geräusche ertönten, ein Guckloch wurde aufgeschoben, eine Kette abgezogen, ein Riegel zur Seite gerückt. Angesichts der eher ärmlichen Verhältnisse in diesem Viertel ließ das alles nur zwei Schlüsse zu: Entweder bewahrte Wayne Broward bei sich zu Hause den einen oder anderen Goldbarren auf, oder er führte Krieg gegen jedermann.

Vielleicht hatte er auch in jedem der vergangenen fünf Jahre jeweils am zwölften Mai eine Frau erstochen.

Erneut ertönte Hundegebell, dann wurde die Tür einen Spalt weit geöffnet. Ein Weißer mit braunen Haaren, durchschnittlich groß und durchschnittlich gebaut, stand vor mir. Er trug Jeanshemd und Jeanshose und hielt eine Winchester in der Hand.

»Was willst du denn, verdammt noch mal?«, sagte er.

»Ich bin Sergeant Lindsay Boxer«, erwiderte ich und zeigte ihm meine Dienstmarke. »Ich würde gerne mit Wayne Lawrence Broward sprechen.«

Der Hund, ein Boxer, wie sich herausstellte, sprang gegen die Tür, aber der Herr mit dem Gewehr schob ihn mit dem Bein wieder ins Innere zurück.

»Ich habe gesagt: Was. Willst. Du. Verdammt noch mal.«

Ich hielt ihm meine Dienstmarke unter die Nase. »Polizei. Nehmen Sie die Waffe weg.«

Der Mann in der Tür verzog mürrisch das Gesicht, aber er ließ das Gewehr sinken.

Ich holte ein Foto von Tina Strichler aus meiner Brusttasche. Das Bild, wie sie blutüberströmt auf einem Zebrastreifen lag und von hundert Touristen angestarrt wurde,
ließ sich nicht mehr aus meinem Kopf vertreiben.

»Kennen Sie diese Frau?«, fragte ich.

Broward warf einen Blick auf das Foto, machte die Tür
weit auf und sagte: »Wieso hast du das nicht gleich gesagt?
Komm rein.«

63

Broward hatte im Grunde genommen bereits zugegeben, dass er Tina Strichler erkannt hatte. Aber ich wollte es aus seinem Mund hören.

»Kennen Sie diese Frau?«, wiederholte ich deshalb.

»Kommen Sie rein«, entgegnete er. »Ich beiße nicht. Nicht mal Hauser beißt.«

Er zerrte den Hund am Halsband in ein Schlafzimmer und machte die Tür zu.

Ich legte die Hand an den Kolben meiner Waffe, betrat mit behutsamen Schritten das Haus und sah mich um. Es sah aus wie in einer Mischung aus Trödelladen und Messiehöhle.

Es gab keinen einzigen Quadratzentimeter freie Fläche. In einem Bretterverschlag unter einem Tisch wohnten ein paar Hühner. Konservendosen stapelten sich bis unter die Decke, Munitionsschachteln auf den Arbeitsflächen, und überall hingen Gewehre und Pistolen an den Wänden.

Ich sah mich nach Trophäen von getöteten Frauen um – Fotos oder Zeitungsausschnitte zum Beispiel, oder irgendwelche Sachen von seiner misshandelten Ehefrau. Und ich suchte nach Messern, die womöglich für einen Mord benutzt worden waren.

Aber vor allem war ich durch das herrschende Chaos erst einmal wie gelähmt und verlor Broward aus dem Blick… bis ich eine kalte Mündung im Nacken spürte.

Wayne Broward sagte: »Leg doch deine Waffe ab und bleib noch ein Weilchen hier.«

»Liebend gerne«, erwiderte ich, während Angst und Scham meinen gesamten Körper in Besitz nahmen, mir bis in die Fingerspitzen und in die Augen drangen. Ich war so eine Vollidiotin. Ich war völlig naiv in diese Falle getappt, und jetzt würde ich womöglich hier sterben.

»Ich nehme jetzt meine Pistole aus dem Halfter«, sagte ich. »Ganz vorsichtig, nur mit den Fingerspitzen.«

So wie ich es in der Ausbildung gelernt hatte, wirbelte ich herum, schlug das Gewehr beiseite, packte es anschließend mit beiden Händen am Lauf, wand es Broward aus den Fingern und brachte ihn aus dem Gleichgewicht. Dann schleuderte ich das Ding in eine Ecke, wo es gegen eine Wand mit zahlreichen Radkappen prallte. Ich zog meine Glock und richtete sie auf Browards Nase.

Vom Schauder der Gewehrmündung in meinem Nacken bis zu der Glock in meiner Hand waren ungefähr zehn Sekunden vergangen, aber die hatten sich angefühlt wie die letzten zehn Sekunden meines Lebens. Hauser bellte sich die Seele aus dem Leib, und ich wunderte mich, dass Broward mich unterschätzt und den Hund eingesperrt hatte. Das war reines Glück gewesen.

»Du Schlampe«, fauchte Broward. »Ich hätte dich abknallen sollen. Ich hätte alles mit dir machen können. Kein Schwein hätte was davon mitgekriegt.«

»Umdrehen und Hände auf den Kopf«, sagte ich.

Er gehorchte.

»Aber zuerst hätte ich's dir noch mal so richtig besorgen können«, schob er bedauernd hinterher. »Hab schon 'ne ganze Weile keine Blondine mehr gehabt.«

»Klappe halten, verdammt noch mal.«

Ich steckte meine Pistole ins Halfter, riss Browards Arme nach unten und legte ihm Handschellen an.

»Ich nehme Sie hiermit wegen tätlichen Angriffs auf eine Polizeibeamtin fest«, sagte ich. Und dann las ich ihm seine Rechte vor.

64

Broward saß auf dem Rücksitz meines Wagens, in Handschellen und hinter einer Plexiglasscheibe.

Ich selbst zitterte immer noch unter der Wirkung des Adrenalins. Der Kerl hätte mich glatt umbringen können. Und das wäre einzig und allein meine Schuld gewesen, weil ich nämlich einen idiotischen Anfängerfehler gemacht hatte.

Mein Blick huschte immer wieder zum Rückspiegel, ohne dass ich es wollte. Ich musste ihn anschauen. Er war durch und durch irre, das stand fest, aber ganz egal, wie seine Krankheit hieß, ihm schien überhaupt nicht klar zu sein, dass er gerade auf dem Weg ins Gefängnis war.

Laut sagte er: »Weißt du noch, als wir bei meiner Mama gewohnt haben?«

»Oh ja. Das war der Hammer, Wayne.«

»Du hast mich immer Honigbienchen genannt. Das war toll. Ich konnte gar nicht genug davon kriegen.«

»Aber das war damals, Wayne«, sagte ich und spielte das Spiel mit. »Jetzt bin ich über dich weg.«

Wayne Broward fing an, »Jesus Loves Me« zu singen.

Ich drehte das Funkgerät lauter und konzentrierte mich auf die Straße. Die Aussicht, einem Richter erklären zu müssen, was ich im Haus eines Mannes zu suchen gehabt hatte, gegen den kein konkreter Tatverdacht vorlag, war ziemlich unangenehm. Mehr als eine Ahnung hatte ich nicht vorzuweisen. Gott sei Dank hatte Broward mich hereingebeten. Vielleicht klang das Ganze durch die Drohungen, die Broward damals gegen seinen Richter ausgestoßen hatte, ein bisschen weniger dämlich.

Zwanzig Minuten später stellte ich meinen Wagen auf dem Parkplatz in der Bryant Street ab und warf dem Wächter die Schlüssel zu. Broward ließ sich willig über die Straße und ins Gebäude führen. Ich brachte ihn durch den Metalldetektor und dann hinauf in den zweiten Stock, wo sich die Wache befand.

Dann sagte ich zu dem diensthabenden Beamten: »Sergeant, ich habe Mr. Broward wegen eines tätlichen Angriffs mit einer lebensgefährlichen Waffe in Gewahrsam genommen. Sorgen Sie dafür, dass er psychiatrisch untersucht wird.«

Sergeant Brooks stellte verschiedene Fragen und füllte ein Formular aus, dann nahm ein Beamter in Uniform Broward mit. Mein Gefangener würde in den kommenden vierundzwanzig bis sechsunddreißig Stunden eine Menge über sich ergehen lassen müssen: eine eingehende körperliche Untersuchung, Fingerabdrücke, eine Dusche sowie Untersuchungen durch einen Krankenpfleger und einen Psychiater. Anschließend würde man ihm einen Overall in die Hand drücken und ihn in eine Zelle sperren, bis ich mich wieder um ihn kümmern konnte.

Ich ging den Flur entlang und betrat den Bereitschaftsraum der Mordkommission. Conklin saß an seinem Schreibtisch, auf dem zahlreiche Akten von diversen Drogendealern ausgebreitet waren.

»Rich, tut mir echt leid. Ich bin aufgehalten worden.« Eigentlich wollte ich meinem Partner die ganze Geschichte mit Wayne Broward ausführlich erzählen, aber er ließ mich gar nicht zu Wort kommen.

»Ralph Valdeen ist tot.«

Ralph Valdeen alias Rascal war einer der beiden Lagerarbeiter aus dem Wicker House. Er hatte eine Anzeige wegen Widerstands gegen die Staatsgewalt erhalten, weil er Conklin im Stadion einen Schwinger verpasst hatte, war jedoch gegen Kaution freigelassen worden. Im Gegensatz zu Donnie Wolfe, der ja ein Autodieb war, hatten wir gegen Valdeen nichts in der Hand gehabt. Nichts deutete darauf hin, dass er die Mörder kannte oder dass er wusste, was mit den Drogen passiert war, die die Eindringlinge aus dem Labor gestohlen hatten.

»Was ist passiert?«, wollte ich von meinem Partner wissen.

»Seine Mutter wollte ihn besuchen und hat ihn tot in seinem Schlafzimmer gefunden«, erwiderte Conklin. »Zwei Schüsse in die Brust, einen in den Kopf. Ich finde, das sieht ganz danach aus, als hätte da jemand Schadensbegrenzung betrieben. Vielleicht hätte Valdeen die Typen, die das Wicker House überfallen haben, identifizieren können.«

»Schon wieder ein toter Zeuge«, sagte ich.

»Und wir haben ihn ganz für uns«, meinte Conklin.

65 Am Ende der Schicht berief Brady eine improvisierte Besprechung im Stehen ein. Wir waren ein ziemlich erschöpfter Haufen, aber allesamt hoch motiviert, den Leichenberg vor unserer Haustür nicht mehr weiter wachsen zu lassen und unseren Ruf wiederherzustellen, der von den Medien Tag für Tag und Nacht für Nacht in den Dreck gezogen wurde. Auch am Wochenende.

Brady ist ein harter Hund, aber er sprach nicht von »Ihr«.

Er sagte: »Wir haben ein Riesenproblem, und zwar wir alle. Mehr als ein Dutzend Menschen sind tot, darunter auch einer von uns mit seiner Familie. Manche waren Opfer, andere waren Zeugen und wieder andere Kriminelle. Und ich möchte ganz offen sein: Nicht immer wissen wir genau, wer zu welcher Kategorie gehört hat. – Aber so sehe ich die Lage: Der Krieg zwischen den Drogendealern und uns hat sich entscheidend verändert. Es ist nicht auszuschließen, dass einzelne Polizeibeamte in kriminelle Handlungen verstrickt sind, die in unmittelbarem Zusammenhang mit der Drogenszene stehen, und dass die Drogendealer jetzt zurückschlagen. Niemand kann mit Gewissheit sagen, wer eigentlich wem was antut, und das macht die ganze Sache nur noch… ich weiß auch nicht… widerlicher. – So darf es nicht weitergehen. Wir alle, die wir hier stehen, jeder und jede Einzelne nimmt sich einen Teil dieses Krieges vor. Redet mit den Kriminaltechnikern. Ruft euch alles ins Gedächtnis, jeden Satz, jede Handlung, die ihr mitbekommen und nicht ernst genommen habt. Ich will keinen Schwachsinn hören, von wegen, dass man einen Kollegen nicht anschwärzen soll oder so was in der Art. Einer unserer Brüder wurde aufs Übelste gefoltert und gequält, bevor er mitsamt seiner ganzen Familie ermordet worden ist. – So was erlebe ich zum allerersten Mal, und ich glaube, ich muss nicht betonen, dass ich das auf keinen Fall noch einmal erleben möchte. Meine Tür steht jedem von euch offen. Falls irgendjemand etwas weiß, auch wenn es um jemanden geht, den wir kennen und dem wir vertrauen, dann kommt zu mir. Ich garantiere jedem absolute Vertraulichkeit.«

Brady ging noch ein bisschen hin und her und wollte dann wissen, ob wir noch Fragen hätten. Aber wir hatten keine. In unserem Bereitschaftsraum gab es keine Fremden, sondern nur Kollegen, die einander jahrelang den Rücken freigehalten hatten.

Einer von ihnen hatte mir eine anonyme Warnung auf den Schreibtisch gelegt: PASS BLOSS AUF.

Brady fuhr fort: »Boxer und Conklin leiten die Ermittlungen zu dem Überfall auf das Wicker House und dem Mord an Tom Calhoun und seiner Familie. Alle, die diesen Fällen zugeteilt sind, sind ab sofort den beiden unterstellt. – Swanson und Vasquez sind für alle Überfälle und Raubmorde auf Mercados und Scheckpfandhäuser zuständig, auch solche, die womöglich noch dazukommen. – Whitney und Brand bearbeiten die erschossenen Drogendealer. Und alles, was ihr über Polizeibeamte wisst, die Drogendealer ausrauben oder ermorden, meldet ihr unverzüglich an mich. – Meine Handynummer und meine private E-Mail-Adresse hängen im Pausenraum am Schwarzen Brett. Wir sind schlau genug, um diese ganze Schweinerei aufzuklären, also los. Urlaub ist bis auf Weiteres gestrichen. – Das war's.«

Die Besprechung war zu Ende, und Brady drängte sich durch die Schar der Polizeibeamten zurück zu seinem Büro. Als Conklin und ich bei unseren Schreibtischen angelangt waren, griff ich nach dem Telefon. Ich rief im Männergefängnis an und hatte schon wenige Minuten später ein Verhörzimmer klargemacht, wo wir uns in aller Ruhe mit einem Autodieb und ehemaligen Lagerarbeiter des Wicker House namens Donald Wolfe zusammensetzen konnten.

66 Als Donnie Wolfe, bekleidet mit einem orangefarbenen Overall und Handschellen, das Verhörzimmer betrat, schien er ziemlich gute Laune zu haben.

»Was gibt's?«, sagte er und ließ sich, sobald der Wärter den Raum verlassen hatte, auf seinen Stuhl plumpsen. Er rutschte ein wenig hin und her, machte es sich bequem, genoss die Aufmerksamkeit. Vielleicht war er auch einfach nur froh, dass er endlich einmal Gesellschaft hatte. »Wegen euch verpasse ich mein Abendessen.«

Conklin sagte: »Ich habe schlechte Neuigkeiten, Donnie.«

»Ach ja?«

»Irgendjemand hat Ihren Freund Rascal umgelegt.«

»Nee, nee ... niemals.«

Conklin holte sein Handy aus der Tasche und suchte das Foto von Ralph Valdeen heraus, wo er mit dem Gesicht nach unten auf seinem blutverschmierten, himmelblau bezogenen Bett lag. Conklin legte das Handy auf den Tisch und drehte es Donnie hin, sodass er das Bild sehen konnte.

Für einen Augenblick kam der kleine Junge in Wolfe zum Vorschein. Er riss die Augen weit auf, zog den Kopf zurück ... und dann, schon im nächsten Moment, vertuschte er sein Entsetzen und setzte das freche, ungerührte Grinsen eines Verbrechers auf, der sich fest vorgenommen hatte, ein besserer, größerer Verbrecher zu werden.

»Das ist doch gefälscht«, sagte er. »Ihr wollt mir bloß Angst machen.«

»Im Ernst?«, erwiderte Conklin. »Sie glauben im Ernst, dass wir das ganze Blut und die Gehirnmasse da ans Kopfbrett geschmiert haben, bloß um Sie zu erschüttern?«

»Na klar. Warum nicht?«

»Weil wir Ihnen doch gar keine Angst machen müssen, Donnie. Sie sitzen in einer Zelle. Sie warten auf Ihren Prozess, und dann werden Sie wegen Autodiebstahls verurteilt und landen für lange Zeit hinter Gittern. Vielleicht kommen Sie ja rechtzeitig wieder raus, um bei der Hochzeit Ihres ungeborenen Babys dabei zu sein.«

Eine lange Minute verging, die Donnie anscheinend nutzte, um sich das Szenario vor Augen zu führen. Dann sagte er: »Oder?«

Das ist eines der Dinge, die ich an Conklin so liebe. Er ist vertrauenswürdig. Seine Zuverlässigkeit dringt sogar zu Arschlöchern wie Donnie Wolfe durch.

»Hören Sie«, sagte mein Partner. »Wir müssen wissen, wieso Valdeen erschossen worden ist. Wer hat das Ihrer Meinung nach getan? Wenn Sie uns helfen, dann legen wir bei der Staatsanwaltschaft ein gutes Wort für Sie ein, und das wird sich mildernd auf Ihre Strafe auswirken. Das kann ich Ihnen versprechen.«

Die Stille in dem kleinen Verhörzimmer wurde immer vernehmlicher. Ich bemühte mich nach Kräften, nicht herumzuzappeln, während Donnie seine Optionen abwog.

Schließlich sagte er: »Wie soll ich euch denn helfen? Ich war ja nicht dabei. Ich hab keine Ahnung, wieso jemand Rascal so was antun sollte.«

Jetzt musste ich mich einschalten.

»Donnie. Ihr Freund Ralph Valdeen wurde *hingerichtet.* Das ist Ihnen doch klar, oder nicht? Er hat keinen Kiosk überfallen, kein Auto geklaut, und er hat auch nicht die Frau eines anderen gevögelt. Er ist in seinem eigenen Bett erschossen worden. Als er geschlafen hat.«

»Nee, ne-ne-ne, NEIN!«

»*Doch!* Und wissen Sie, was ich glaube, Donnie? Ich glaube, dass Ralph etwas *gewusst* hat und dass es da jemanden gibt, der nicht wollte, dass er redet.«

Nach einer langen Unterbrechung sagte Donnie: »Vielleicht hat er ja was gewusst, was ich nicht weiß?«

Ich ließ nicht locker. »Hat er gewusst, wer den Überfall auf das Wicker House begangen hat? Wissen Sie das?«

Wolfe warf einen schnellen Blick nach oben zur Kamera, dann wieder auf Conklin. »Nicht damit.«

Conklin ging nach draußen, und als er wieder hereinkam, war die rote Lampe an der Kamera erloschen.

»Bitte, fahren Sie fort, Donnie«, sagte Conklin.

»Das im Wicker House, das waren Bullen.«

»Was für Bullen?«, wollte ich wissen.

»*Bullen* eben. Rascal und ich, wir haben dem einen verraten, wann der Stoff rausgehen soll. Eigentlich sollte es bloß ein Raub werden. Wir haben nicht gewusst, dass die auch rumballern würden. Das haben sie uns nicht verraten, ich schwöre bei der Seele meines Babys. Ich hab bloß ein bisschen Geld gebraucht, zum Abhauen, mehr nicht.«

Jetzt standen ihm echte Tränen in den Augen. Er wischte sie weg, und wieder sah ich den kleinen Jungen vor mir sitzen.

»Woher wissen Sie, dass das Polizisten waren?«

»Weil's auf ihren Jacken draufgestanden hat.«

»Mehr nicht? Keine Dienstmarken? Haben Sie einen von ihnen vielleicht gekannt?«

»Die haben geredet wie Bullen und sind gegangen wie Bullen. Das war'n Bullen«, sagte Donnie.

»Wie viele?«, wollte ich wissen.

»Ich hab bloß den einen getroffen, der das mit mir und Rascal abgesprochen hat. Aber ich hab gehört, dass vielleicht noch fünf andere da mit drin stecken. Der, der mir das Geld gegeben hat, also, ich hab zu ihm gesagt: ›Pass bloß auf.‹ Ich hab gesagt: ›Der Stoff gehört dem King.‹«

»Kingfisher? Und wie hat er reagiert?«

»›Kein Problem‹, hat er gesagt. So wie: ›Alles im Griff.‹«

Conklin schaltete sich ein. »Wie heißt dieser Polizist? Wir brauchen unbedingt seinen Namen.«

Wieder hielt das Schweigen viele Sekunden lang an. Donnie Wolfe wog ab, was besser war – uns einen Namen zu nennen oder lieber nicht. Ich glaube, das Ergebnis war ein Unentschieden.

»Wie sieht der Mann aus?«, hakte Conklin nach.

Donnie schüttelte noch einmal den Kopf, dann fällte er eine Entscheidung und sagte: »Ich hab ihn zwei Mal gesehen. Er hat jedes Mal im Auto gesessen. Weißer Typ, Polizeimütze, große Sonnenbrille. Ich hab nur seine Nase gesehen, und die war ganz normal.«

Erneut fragte Conklin mit seiner ruhigen, freundlichen Stimme: »Wie heißt der Mann, Donnie?«

»Eins. Das war's. So hab ich ihn genannt. Einfach nur Eins.«

67 Ich war gerade erst nach Hause gekommen, da rief Cindy an. Sie kam gerade von ihrer Lesereise zurück und war noch am Flughafen, darum lud ich sie und Rich ein, auf einen Teller von Joes Würstchen-Lasagne bei uns vorbeizuschauen.

Eine halbe Stunde später lag Julie im Bett, während zwei meiner allerliebsten Menschen bei mir und Joe in der Küche standen. Cindy hatte in dem Laden gleich um die Ecke einen guten Wein besorgt, und jetzt kosteten wir alle davon.

Sie trug einen buttergelben Pullover, Jeans und glitzernde Haarspangen in den blonden Locken. Sie und Rich hatten die Hüften aneinandergeschmiegt, und er hatte den Arm um sie gelegt. Sie sahen so glücklich aus. Ich konnte mich nicht daran sattsehen. Absolut nicht.

Während ich den Salat anmachte, erzählte Cindy von ihrer letzten Lesung im Mysterious Galaxy Bookstore in San Diego. Nachdem die rund dreißig Besucher sich ein Autogramm abgeholt hatten und gegangen waren, war eine einzelne Frau im Laden zurückgeblieben. »Und dann hat sie geflüstert: ›Ich kenne eine Geschichte, die Sie garantiert aufschreiben wollen.‹«

»Im Ernst?«, wollte Joe wissen. »Eine wahre Geschichte?«

»Das hat sie jedenfalls behauptet.«

Cindy schilderte in knappen Worten die eindrückliche Geschichte eines Polygamisten mit fünf Frauen, die nichts voneinander wussten. Er gab sich bei allen als Handelsvertreter aus, aber in Wirklichkeit war er ein Hochstapler.

Cindy sagte: »Diese Frau, sie heißt Nikki, sagt also: ›Benny war der liebenswerteste Mann, den man sich bloß vorstellen kann. Unglaublich fürsorglich. Immer aufmerksam. Er hat mir immer das Gefühl gegeben, als wäre ich der wichtigste Mensch auf der Welt. Oh, was ich vergessen habe zu erwähnen … Benny war mein Vater.‹« Cindy lachte, als sie die verdutzten Gesichter der anderen sah, und fuhr fort: »Dann hat sie mir erzählt, dass ihr Vater vor zehn Jahren spurlos verschwunden sei. Man nimmt an, dass er nicht mehr lebt, aber sein Leichnam wurde nie gefunden. Sie möchte gern, dass ich ein Buch über ihren Vater und sein geheimnisvolles Verschwinden schreibe. Sie möchte, dass ich ihn finde, tot oder lebendig, und falls er ermordet wurde, soll ich auch seinen Mörder entlarven. Kleinigkeit, stimmt's? Aber trotzdem, ich denke ernsthaft darüber nach.«

Das Essen war heiß und lecker, und es wurde viel gelacht. Genau das brauchte ich jetzt. Aber die Sache mit Wayne L. Broward nagte immer noch an mir, und ich konnte es kaum erwarten, bis ich Joe davon erzählen konnte.

Alles, was von dem Moment an, wo ich an Browards Haustür geklingelt hatte, geschehen war, war mir so peinlich, dass ich es nicht einmal Conklin erzählt hatte. Zum Glück wollten Cindy und Rich die Willkommensparty nach dem Essen zu Hause fortsetzen. Nachdem wir uns also verabschiedet hatten, warf ich einen Blick in Julies Bettchen und sagte zu Joe: »Ich habe heute eine Riesendummheit begangen.«

Dann berichtete ich ihm von meinem mittäglichen Besuch bei Wayne Broward und wie ich zugelassen hatte, dass dieser Kerl mich mit seiner Waffe bedrohen konnte. Joe legte die Stirn in Falten, und ich wusste, dass er mich gleich mit deutlichen Worten daran erinnern würde, dass ich jetzt schließlich ein Kind hatte.

Ich sagte: »Bitte, nicht schimpfen, Joe. Ich hab mir selber schon genug in den Hintern getreten deswegen.«

»Ich hab doch gar nichts gesagt.«

»Ich weiß. Aber du hättest ja vollkommen recht. Der Typ ist irre. Was ich damit sagen will: Er ist unzurechnungsfähig. Vielleicht auch komplett gestört. Ich kann mir nicht vorstellen, dass er sich tatsächlich einen Plan zurechtgelegt hat, jedes Jahr am zwölften Mai eine Frau zu ermorden, und damit auch noch durchgekommen ist.«

Ich schüttelte den Kopf und dachte an das vollgemüllte Haus, an die Art, wie Browards Bewusstsein zwischen Gegenwart und Vergangenheit hin und her gehüpft war, und warum ich mir ziemlich sicher war, dass er meine Dienstmarke kein einziges Mal wirklich wahrgenommen hatte.

Ich sagte: »Ich habe ihm den Rücken zugewandt. Und er hatte eine Waffe.«

»Komm her«, sagte Joe.

Ich ließ mich in die Arme meines Ehemannes sinken, holte ein paar Mal tief Luft, zog ihn auf das Sofa und lehnte mich an seine Schulter.

»Ich muss es Brady und Richie erzählen, und sobald er dem Haftrichter vorgeführt worden ist, wissen alle Bescheid. Dann kriege ich garantiert ordentlich auf die Mütze, weil ich nur auf eine vage Vermutung hin alleine zu diesem Typen ins Haus gegangen bin.«

»Das war eine Sackgasse. Ein Irrweg«, sagte Joe. »Aber Tina Strichlers Mörder ist immer noch auf freiem Fuß.«

»Das stimmt. Ich frage mich nur, ob hinter diesen Morden wirklich ein Tatmuster steckt. Oder ob der eine berechnende Killer, der diese Taten minutiös geplant und begangen hat, nur in unserer Fantasie existiert. Es ist doch genauso gut denkbar, dass wir es mit fünf verschiedenen Tätern zu tun haben.«

68

Es war der zweite Verhandlungstag.

Yuki hatte eine miserable Nacht hinter sich. Sie und Brady standen gerade auf unterschiedlichen Seiten des Rechtssystems und hatten die sogenannte Chinesische Mauer errichtet. Sie durfte nicht mit ihm über ihren Fall sprechen und er mit ihr nicht über seinen. Die Folge davon waren eine quälend steife Atmosphäre und Schlafmangel.

Um Viertel vor acht saß sie an ihrem Schreibtisch. Wenige Minuten später brachte Natalie ihr einen Kaffee. Sie nahmen Parisis Eröffnungsplädoyer auseinander und überlegten, welche Fragen er ihren Zeugen stellen würde und was er mit ihnen vorhatte. Natalie sagte, dass Yuki sich keine Sorgen machen solle.

Da kam Zac an ihrer Tür vorbei und blieb kurz stehen. »Ich habe gestern ungefähr ein Dutzend Reaktionen auf Ihr Eröffnungsplädoyer bekommen«, sagte er zu Yuki. »Maseltov. Und vielen Dank Ihnen beiden.«

Yukis Stimmung wurde sofort besser. Mit einer frischen Dosis Koffein im Blut fuhren sie und Natalie in die McAllister Street und stellten das Auto in der Tiefgarage ab.

Im Gerichtssaal angekommen, reichte Natalie die DVD dem Justizbeamten und setzte sich zu Yuki an den Klägertisch. Während sie sich leise unterhielten, füllte der Gerichtssaal sich allmählich. Dann wurde die Sitzung eröffnet.

Als Yuki aufgefordert wurde, die Positionen der Kläger-seite darzulegen, erhob sie sich und ging am Rednerpult vorbei direkt zur Geschworenenbank. Heute hing alles von dem Video ab.

Sie sagte zu den Geschworenen: »Guten Morgen, meine Damen und Herren. In meinem Eröffnungsplädoyer gestern habe ich Ihnen versprochen, dass Sie Ausschnitte der ins-gesamt sechzehnstündigen Befragung Aaron-Rey Kordells durch die Polizei zu sehen bekommen würden. – Und ich habe gesagt, dass es in diesem Fall um eine einzige Sache geht: ob Aaron-Rey zu seinem Geständnis genötigt wurde oder nicht. Denn ein Geständnis, das erzwungen wurde, ist kein Geständnis. Wenn Aaron-Rey nicht gestanden hat, dann hätte er nicht eingesperrt werden dürfen. Und wenn er nicht eingesperrt worden wäre, dann wäre er jetzt noch am Leben. – Ich möchte Ihnen hier lediglich ein paar aus-gewählte Ausschnitte zeigen, aber Sie bekommen natürlich noch eine Abschrift des gesamten Verhörs.«

Dann bat Yuki den Justizbeamten, das Video abzuspielen. Die Lichter im Saal wurden gedimmt, und ein Bild erschien auf dem Flachbildschirm. Aaron-Rey, kräftig gebaut und deutlich über einen Meter achtzig groß, saß an einem zer-kratzten Holztisch. Ihm gegenüber zwei Polizeibeamte, die sich als William Brand und Stan Whitney vorstellten.

Whitney war Mitte dreißig. Er trug einen kurz gestutzten Vollbart und eine runde Nickelbrille. Eigentlich sah er eher nach Physiklehrer als nach Rauschgiftfahnder aus. Seine Körperhaltung und sein Tonfall signalisierten Mitgefühl mit Aaron-Reys Situation.

Er sagte: »Ist es so passiert, A-Ray? Du hast einfach Angst bekommen? Diese Dealer, das waren ganz schön gefährliche Typen. Bewaffnet noch dazu, stimmt's? Sie haben dir gedroht, und du hast sie überrumpelt, stimmt's? Du hast sie erschossen, und dann bist du weggerannt. Weil, wenn es wirklich so war, dann hast du in Notwehr gehandelt. Dafür hätte jeder Verständnis.«

Aaron-Rey erwiderte: »Ich hab sie *nicht* erschossen. Ich hab gar nicht gewusst, dass sie erschossen worden sind. Ich hab die Pistole auf der Treppe gefunden und hab gedacht, dass ich mir damit fünfzig Dollar verdienen kann. Das war falsch, weil es ja gar nicht meine Pistole war. Tut mir leid.«

Whitney sagte: »Hör zu, Aaron. Du brauchst jetzt nicht mehr zu lügen. Es kommt sowieso alles raus. Aber wenn du uns erzählst, wie das Ganze abgelaufen ist, dann können wir dir helfen. Das wäre jetzt das Richtige, mein Sohn.«

Yuki zeigte fünf Minuten lang, wie Whitney versuchte, Aaron-Reys Vertrauen zu gewinnen, und wie er immer wieder bekräftigte, dass er nichts zu befürchten habe, wenn er alles gestand. »Willst du denn nicht nach Hause gehen, Aaron-Rey? Willst du nicht, dass die ganze Sache endlich vorbei ist?«

»Ich möchte nach Hause.«

Whitney schob ein Blatt Papier über den Tisch und sagte: »Da steht drauf, dass wir dich über deine Rechte aufgeklärt haben und dass du gar keinen Rechtsanwalt haben möchtest. Du willst das Ganze doch nicht noch komplizierter machen, oder, A-Ray?«

»Ich hab niemanden erschossen«, sagte Aaron-Rey.

»Gut so«, schaltete Brand sich ein.

Er reichte dem Jungen einen Stift, und Aaron-Rey setzte seine Unterschrift auf die Linie, die der Detective ihm zeigte. Der Junge hatte den Stift noch nicht einmal angehoben, da riss Brand das Blatt Papier an sich und brachte es nach draußen.

Whitney sagte: »Na? Fühlst du dich jetzt besser?«

»Nein«, lautete Aaron-Reys Antwort.

Yuki spulte sechs Stunden vor, bis zu der Stelle, wo Inspektor Brand die Befragung übernahm.

69

Das Video lief weiter, und die Geschworenen verfolgten jetzt, wie Inspektor William Brand Aaron-Rey verhörte.

Brand war aufgestanden.

Er ging in dem engen Verhörzimmer hin und her und gestikulierte dabei wütend mit den Händen. Manchmal war das Tattoo an seinem Hals unterhalb seines linken Ohrs, knapp über dem Kragen, zu erkennen. Es war nicht besonders groß, vielleicht zweieinhalb mal zweieinhalb Zentimeter, und sah aus wie ein Brandzeichen mit seinen Initialen, *WB*.

Brand sagte zu dem Verdächtigen: »Du hast eine Verzichtserklärung unterschrieben, A-Rey. Du hast unterschrieben, dass du keinen Rechtsanwalt brauchst, und deswegen *musst du jetzt die Wahrheit sagen*. Genau das bedeutet das nämlich. Aber wenn du mich weiter anlügst, dann erstickst du irgendwann an deinen ganzen Lügen. *Kapiert?*«

»Aber ich hab doch die Wahrheit gesagt«, erwiderte Aaron-Rey unter Tränen. Er ließ den Kopf auf die Tischplatte sinken und schluchzte in seine Armbeuge.

»Du bist ein Lügner, Kordell«, erwiderte Brand. »Ich könnte *kotzen*. Mit einer Pistole in der Hand, ja, da hast du eine große Klappe. Aber jetzt sieh dich mal an. Ein lügender Scheißhaufen bist du, ein Untermensch, der nicht mal für seine Taten geradesteht. Dabei müsstest du eigentlich eine Belohnung dafür kriegen, dass du diese Dreckschweine abgeknallt hast. Das hast du doch gemacht, oder etwa nicht?«

»Neeeeiiin«, stieß Aaron-Rey stöhnend aus.

»Du dämliches Stück Scheiße«, sagte Brand, beugte sich vor und brüllte Aaron-Rey ins Gesicht: »Ich will dir doch bloß helfen. Kapierst du das denn nicht? Sag endlich die Wahrheit, verdammt noch mal, damit wir das hier beenden können. Willst du denn nicht, dass deine Eltern stolz auf dich sind, weil du dich wie ein richtiger Mann benimmst? Weil du einstehst für das, was du getan hast?«

»Ich hab aber nicht geschossen«, jammerte Aaron-Rey.

Erneut spulte Yuki das Video weiter. Sie sagte zu den Geschworenen. »Bei fünfzehn Stunden und fünfundvierzig Minuten geht es weiter. Aaron-Rey hat in dieser Zeit drei Dosen Limonade und eine Tüte Chips bekommen. Er hat auf seine Rechte verzichtet, damit er wieder nach Hause darf – das jedenfalls glaubt er. Und er hat die Wahrheit gesagt. Nur leider schenken die Inspektoren Whitney und Brand ihm keinen Glauben.«

Parisi legte Einspruch ein: »Euer Ehren, das Video braucht keine zusätzlichen Erläuterungen.«

»Abgelehnt«, sagte Richter Quirk.

Yuki drückte auf START. Die Personen waren immer noch dieselben. Brand hatte die Hände in die Hosentaschen gesteckt. Er ging hin und her und gab sich keine Mühe, seine Wut zu verbergen. Er sagte: »Ich gebe dir noch eine allerletzte Chance, A-Rey. Sonst wanderst du für den Rest deines Lebens in den Knast. Vielleicht kriegst du sogar die Todesstrafe. So oder so, deine Mama wird dich jedenfalls nie wieder in den Arm nehmen. Oder aber … du erzählst uns endlich, was genau passiert ist. Du warst high. Du warst durcheinander. Du hast dich bedroht gefühlt. Deswegen hast du diese drei brutalen und gefährlichen Typen in Notwehr erschossen.« Brand setzte sich, zog seinen Stuhl dicht an Aaron-Rey heran und legte dem Jungen die Hand in den Nacken. »Du kannst es uns wirklich sagen, A-Rey«, fuhr er dann fort. »Aber entweder du rückst jetzt raus mit der Sprache, oder wir lassen es ganz. Ich habe eine Familie, und ich will endlich mal wieder nach Hause. Sag die Wahrheit, sonst sehen wir uns das nächste Mal bei deiner Hinrichtung wieder. Und wenn deine Mom und dein Pop dann da sitzen und bittere Tränen weinen, dann sage ich zu ihnen: ›Ich hab zu ihm gesagt, er soll die Wahrheit sagen, aber er hat nicht auf mich gehört.‹ Willst du das wirklich?«

Aaron-Rey hob den Kopf. »Und dann kann ich nach Hause gehen?«, fragte er.

»Ja. Hab ich doch gesagt. Und jetzt rede«, erwiderte Brand. »Oder *ich* gehe jetzt nach Hause. Im Gegensatz zu dir.«

Aaron-Rey seufzte. »Also gut, ich hab's getan«, sagte er. »Ich hab Angst gehabt, und deswegen hab ich sie abgeknallt, okay?«

»Wen hast du abgeknallt?«, wollte Whitney wissen.

»A. Biggy. Duane. Dubble D.«

Dann fing Aaron-Rey erneut an zu weinen.

»Gut gemacht«, sagte Whitney.

Er warf einen Blick in den venezianischen Spiegel und reckte die Daumen nach oben. Brand machte die Tür auf, und dann kamen uniformierte Polizeibeamte herein und zogen Aaron-Rey Kordell auf die Füße.

Whitney und Brand klatschten sich ab – einmal oben, einmal unten –, dann wurde der Bildschirm schwarz.

Yuki gab die Abschrift des Verhörs zu den Beweismitteln und kehrte an ihren Tisch zurück.

Richter Quirk sagte: »Ms. Castellano, wollen Sie einen Zeugen befragen?«

Sie würde Parisi zuvorkommen und zwei Zeugen ins Verhör nehmen, die man normalerweise eher vonseiten der Verteidigung erwartet hätte. Der juristische Fachbegriff lautete »Zeugen der Gegenpartei«, und sie konnte mit ihnen genauso verfahren wie in einem Kreuzverhör.

Hoffentlich gelang ihr das.

»Die Kläger rufen Inspektor Stanley Whitney in den Zeugenstand.«

70 Der Inspektor des Rauschgiftdezernats Stan Whitney trug
eine Jeanshose, ein Jeanshemd
und eine gestreifte Krawatte zu
einem marineblauen Jackett. Er machte einen sehr seriö-
sen und vertrauenswürdigen Eindruck, und die Nickelbrille
dazu war das Tüpfelchen auf dem i.

Er legte eine Hand auf die Bibel und schwor, dass er die
ganze Wahrheit und nichts als die Wahrheit sagen werde,
dann nahm er im Zeugenstand Platz.

Mit den ersten Fragen klärte Yuki Whitneys beruflichen
Werdegang – er war seit acht Jahren beim SFPD, die ersten
fünf in Uniform, die letzten drei beim Rauschgiftdezernat.

Dann bat sie ihn, sein Verhör mit Aaron-Rey zu beschreiben.

Whitney sagte: »Na ja, er hat sich benommen wie die
meisten Tatverdächtigen. Ob sie nun jung oder alt sind, ob
zum ersten Mal in einem Verhörzimmer oder schon ein alter
Hase, niemand setzte sich hin und sagt: ›Ich war's‹, nicht
mal dann, wenn man sie mit einer Pistole in der Hand und
blutverschmiert neben einer frischen Leiche ertappt hat.«

»Ich verstehe«, entgegnete Yuki. »Warum haben eigentlich Beamte des Rauschgiftdezernats einen Jungen verhört,
der eines Dreifachmordes verdächtigt wurde? Wäre das
nicht Aufgabe der Mordkommission gewesen?«

»Mr. Kordell wurde auf der Flucht aus einem Crackhaus

gefasst. Mit einer Pistole in der Hand. Wir sind Mr. Kordell nicht zum ersten Mal begegnet. Zuerst haben wir lediglich gedacht, dass er ein Tatzeuge sein könnte.«

»Aber bei den vorangegangenen Begegnungen mit Mr. Kordell haben Sie ihn nie festgenommen, richtig?«

»Richtig.«

»Und er hat noch nie zuvor im Verdacht gestanden, eine Straftat begangen zu haben, nicht wahr?«

»Ja.«

»In welchem Zusammenhang sind Sie Mr. Kordell die vorangegangenen Male begegnet?«

»Er hat sich gerne dort in der Gegend rund um den Tatort aufgehalten. Manchmal war er auch in der Nähe, wenn wir eine Festnahme durchgeführt haben.«

»Okay. Aber Sie haben nie erlebt, dass er gewalttätig geworden wäre, oder?«

»Na ja, als er drei Männer umgelegt hat, da ist er schon gewalttätig geworden.«

»Sie haben aber keinerlei Beweise dafür, dass er überhaupt geschossen hat, oder, Herr Inspektor?«

»Er hatte die Mordwaffe bei sich.«

»Haben Sie Mr. Kordells Hände oder seine Kleidung auf Schmauchspuren untersuchen lassen, wie sie unweigerlich entstehen, wenn jemand eine Schusswaffe abfeuert?«

»Nein, das haben wir nicht.«

»Und zwar, weil Sie wussten, dass Sie keinerlei Schmauchspuren finden würden, oder etwa nicht, Herr Inspektor?«

»Das Verhör lief doch gut. Wir wollten Antworten haben und waren zuversichtlich, dass wir noch einen Augenzeugen für die Schießerei auftreiben können.«

Yuki schwitzte zwar erheblich in ihrem schwarzen Anzug,

aber sie hatte das Gefühl, als würde *sie* Stan Whitney noch deutlich mehr zum Schwitzen bringen. Sie blieb in einiger Entfernung vom Zeugenstand stehen und fragte ihn: »Aber Tatsache ist, dass Sie *keine* Augenzeugen aufgetrieben haben, die den Mord an diesen drei Männern beobachtet haben, stimmt das?«

»Das stimmt.«

»Und Mr. Kordell hat über fünfzehn Stunden lang an seiner Behauptung festgehalten, dass er niemanden erschossen hat, richtig?«

»Ich nehme an, ja.«

»Aber Sie haben diese Aussage nicht akzeptiert.«

»Für mich war er eindeutig der Täter.«

»Für *mich* ist das keineswegs so eindeutig, Herr Inspektor. Sie hatten keine Zeugen. Sie haben ihn nicht auf Schmauchspuren untersuchen lassen. Sie hatten keinerlei kriminaltechnische Indizien, und darüber hinaus hatten Sie fast sechzehn Stunden lang auch kein Geständnis. Ist das richtig?«

»Ja.«

Yuki sagte: »Es gehört zu den Aufgaben eines Polizeibeamten, einem Verdächtigen eine belastende Aussage zu entlocken, stimmen Sie mir da zu, Inspektor Whitney? Ja oder nein?«

»Ja.«

»Und ist es nicht so, dass ein Jugendlicher, noch dazu ein Jugendlicher mit einer leichten geistigen Behinderung, immer versuchen wird, den Wunsch einer Autoritätsperson zu erfüllen, wenn diese Autoritätsperson ihm verspricht, dass er dann nach Hause gehen kann? Und haben Sie, Herr Inspektor, nicht genau das getan? Haben Sie nicht genau so Mr. Kordell zu einem falschen Geständnis bewogen?«

Parisi erhob sich. »Einspruch. Welche dieser vielen Fragen soll der Zeuge denn eigentlich beantworten?«

»Ich ziehe die Fragen zurück, Euer Ehren.«

Ein leises Raunen war zu hören: Die Leute im Zuschauerraum flüsterten mit ihren Nachbarn. Die Geschworenen blickten den Richter an.

Richter Quirk sagte: »Mr. Parisi, wollen Sie den Zeugen ins Kreuzverhör nehmen?«

71

Len Parisi, Bezirksstaatsanwalt von San Francisco und externer Rechtsbeistand der Kanzlei Moorehouse & Rogers, die beauftragt worden war, die Interessen der Stadt San Francisco vor Gericht zu vertreten, erhob sich und trat vor den Zeugenstand.

»Inspektor Whitney«, sagte Parisi. »Waren Sie der Überzeugung, dass es gute Gründe gab, Aaron-Rey Kordell wegen des Mordes an diesen drei Drogendealern festzunehmen?«

»Auf jeden Fall.«

»Waren Sie der Überzeugung, dass Mr. Kordell diese drei Männer umgebracht hatte?«

»Jeder Mensch ist bis zum Beweis des Gegenteils unschuldig. Aber er war unser Hauptverdächtiger, und ich war mir sicher, dass er diese Typen erschossen hat. Er hat die Toten nicht nur alle mit Namen gekannt, sondern hatte auch eine Waffe bei sich, als er vom Tatort geflüchtet ist und dabei festgenommen wurde.«

»Haben Sie Mr. Kordell geschlagen, um ihn zu einem Geständnis zu bewegen?«

»Nein.«

»Haben Sie ihn durch körperliche Gewaltanwendung eingeschüchtert?«

»Nein.«

»Haben Sie ihm seine Rechte vorgelesen?«

»Ja.«

»Und warum haben Sie ihn dann eine Erklärung unterschreiben lassen, in der er auf sein Recht verzichtet, einen Anwalt hinzuzuziehen?«

»Weil wir ihm unmissverständlich deutlich machen wollten, dass wir ihm jede Chance lassen, sich einen Anwalt zu nehmen. Aber er wollte keinen. Das war ganz allein seine Entscheidung.«

»Und was war mit seinen Eltern?«

»Der Beamte, der ihn festgenommen hat, hatte extra vermerkt, dass die Eltern nicht verständigt werden sollen.«

»Wissen Sie, wieso?«

»Weil der Verdächtige den Kollegen gegenüber behauptet hat, dass er achtzehn sei. Es ist durchaus üblich, dass diese Jugendlichen nicht wollen, dass ihre Eltern von ihren Schwierigkeiten erfahren.«

»Wussten Sie, wie alt Aaron-Rey in Wirklichkeit war?«

»Nein. Er war ja nicht vorbestraft und hatte auch keinen Ausweis bei sich.«

Parisi drehte sich zu den Geschworenen um und stellte seine nächste Frage: »Warum glauben Sie, Inspektor Whitney, dass dieses Geständnis vorschriftsmäßig zustande gekommen ist?«

Whitney erwiderte: »Weil wir uns genau an das vorgesehene Instrumentarium gehalten haben. Wir wollten ein Geständnis haben, das ist richtig, aber wir haben uns mit unserem Vorgehen jederzeit im Rahmen des Gesetzes bewegt. Mr. Kordell hat zugegeben, dass er diese drei Drecksäcke getötet hat, und aus meiner Sicht war das die Wahrheit.«

»Danke, Herr Inspektor. Ich habe keine weiteren Fragen an den Zeugen«, sagte Parisi.

Leichte Unruhe und leises Gemurmel waberten durch den Gerichtssaal, während Parisi an den Tisch der Verteidigung zurückkehrte.

Der Richter sagte: »Ruhe bitte!«, und klopfte mit seinem Hammer auf den Tisch. Anschließend wandte er sich an Yuki: »Wollen Sie den Zeugen noch einmal befragen, Ms. Castellano?«

»Ja, Euer Ehren.«

Yuki trat nach vorn und ging an Parisi vorbei, ohne ihn eines Blickes zu würdigen.

Dann baute sie sich direkt vor Whitney auf und sagte: »Inspektor Whitney, stimmen Sie mir zu, wenn ich sage, dass Aaron-Rey, bevor er zugegeben hat, dass er diese ›Drecksäcke‹ erschossen hat, ausgesagt hat, er habe auf niemanden geschossen?«

»Genau wie alle anderen, die wir jemals verhört haben.«

»Bitte beantworten Sie meine Frage. Mr. Kordell hat gesagt, dass er auf niemanden geschossen hat. Ist das richtig?«

»Ja, das stimmt«, erwiderte Whitney.

»Würde es Sie überraschen, wenn ich Ihnen sage, dass Mr. Kordell im Verlauf Ihres Verhörs genau siebenundsechzig Mal beteuert hat, dass er auf niemanden geschossen hat?«

»Das wusste ich nicht.«

»Nun, wir haben nachgezählt.«

»Aha.«

»Und würde es Sie außerdem überraschen, wenn ich Ihnen sage, dass er im Verlauf des Verhörs zweiundzwanzig Mal gesagt hat, dass ihm die Waffe nicht gehört?«

»Noch einmal: Ich hab nicht mitgezählt.«

»Noch einmal, Herr Inspektor: Wir schon. Das bedeutet also, dass Mr. Kordell siebenundsechzig Mal abgestritten hat, überhaupt geschossen zu haben, und zweiundzwanzig Mal, dass ihm die Tatwaffe gehört. Und, Inspektor Whitney, wie oft hat er zugegeben, dass er diese drei Drogendealer erschossen hat?«

»Ein Mal, schätze ich.«

»Ein Mal. Und das war nach einem über fünfzehn Stunden langen Verhör, nicht wahr?«

»Ja.« Whitney zeigte keinerlei Gefühlsregung.

»Und Sie haben weder andere Zeugen noch sonstige Indizien gefunden, die die Aussage dieses Jungen widerlegen könnten, richtig?«

»Ja, das stimmt.«

»Und darum haben Sie diesen Jungen so lange bearbeitet, bis er irgendwann eingebrochen ist und die Tat zugegeben hat, richtig?«

Whitney starrte sie einfach nur an.

Yuki sagte: »Darauf wollen Sie mir keine Antwort geben, nicht wahr?«

Sie ließ ihre Frage im Raum stehen und sagte schließlich: »Keine weiteren Fragen, Euer Ehren.«

72

Natalie Futterman schob ihr Tablet zu Yuki hinüber, damit sie lesen konnte, was in riesigen Buchstaben auf dem Display stand: *HAMMER*. Yuki lächelte, erhob sich und ließ Inspektor William Brand in den Zeugenstand rufen.

Brand trat durch die Schwingtüren am hinteren Ende des Saals, schritt über den Holzfußboden, schob sich durch die Abschrankung und betrat den Zeugenstand. Er legte eine Hand auf die Bibel, nannte seinen Namen und bestätigte, dass er nur die Wahrheit sagen werde. Dann nahm er Platz.

Yuki ging auf ihn zu und sah die Wut in seinem kantigen Gesicht, sah seine angespannten Muskeln, sah, wie der Hemdkragen in das Fleisch an seinem Hals schnitt.

Sie zögerte keine Sekunde.

»Mr. Brand, haben Sie Aaron-Rey Kordell schon gekannt, bevor Sie ihn des Mordes an drei Drogendealern verdächtigt haben?«

»Ja.«

»Wie kam das?«

»Ich habe ihn bei verschiedenen Razzien in dem Crackhaus an der Ecke Turk Street und Dodge Place ein paar Mal gesehen.«

»Und haben Sie ihn dabei jemals nach Drogen oder Waffen durchsucht?«

»Ja.«

»Wie oft?«

»Zwei Mal, glaube ich.«

»Und Sie haben in keinem Fall Drogen oder Waffen bei ihm gefunden, richtig?«

»Das ist richtig.«

»Hat er sich in irgendeiner Weise aggressiv verhalten?«

»Nein.«

»Wie würden Sie seinen Charakter beschreiben?«

»Für mich war er ein ziemlich kräftiger, beschränkter Junge, der sich in einem Crackhaus herumgetrieben hat. Sein Charakter hat mich, ehrlich gesagt, nicht besonders interessiert. Und ich habe mir auch nicht allzu viele Gedanken über ihn gemacht.«

»Er war vor seiner Verhaftung noch nie mit einer Waffe angetroffen worden, habe ich recht?«

»Richtig.«

»Im Verlauf des Verhörs im Zusammenhang mit den tödlichen Schüssen vom sechzehnten Februar dieses Jahres, hat er da in irgendeiner Weise Aggressivität gezeigt?«

»Eigentlich nicht.«

»Könnten Sie sein Verhalten in wenigen Worten beschreiben?«

Brand seufzte und zuckte mit den Schultern. »Er hat geweint. Und er hat alles abgestritten.«

»Nur um sicherzugehen, dass ich Sie richtig verstanden habe: Sie waren Mr. Kordell schon öfter begegnet. Sie haben dabei weder Drogen noch Waffen bei ihm gefunden, und er hatte auch keinerlei Vorstrafen. Ist das so weit richtig?«

»Richtig.«

»Aber in dem Fall, der uns heute beschäftigt, haben Sie

ihn zu einem Geständnis gedrängt, obwohl er die Tat wiederholt bestritten hat, oder etwa nicht?«

»Er hatte die Tatwaffe bei sich, Miss. Diese Typen sind mit Schüssen aus nächster Nähe in die Brust getötet worden. A. Biggy und seine Leute hätten nur einen Volltrottel mit einer Waffe so dicht an sich rankommen lassen. Verstehen Sie, was ich damit sagen will? Die hatten keine Angst vor ihrem Mörder, vor A-Rey. Wenn es jemand anders gewesen wäre, dann hätten sie sich nämlich gewehrt.«

Brand hatte Yuki gerade etwas verraten, was sie noch nicht gewusst hatte. Wenn er einen Fehler begangen hatte, dann konnte sie das vielleicht ausnützen und seine Glaubwürdigkeit infrage stellen.

Andererseits war sie womöglich kurz davor, selbst einen großen Fehler zu begehen.

73

Die wichtigste Regel bei einem Kreuzverhör lautet: Stelle dem Zeugen niemals eine Frage, deren Antwort du nicht kennst.

Aber manchmal blieb einem nichts anderes übrig, als zu zocken.

»Inspektor Brand, Sie haben gerade ausgesagt, dass Aaron-Rey Kordell, ein ›Volltrottel‹, Ihrer Meinung nach der Einzige war, der den Drogendealern nahe genug kommen konnte, um sie auf kurze Entfernung zu erschießen. Ist das richtig?«

»Das ist richtig.«

»Aber Sie wussten doch gar nicht, dass die drei Dealer durch Schüsse aus kurzer Entfernung getötet worden waren, oder?«

»Ich verstehe Ihre Frage nicht.«

»Dann formuliere ich sie um. Mr. Kordell wurde um die Mittagszeit des sechzehnten Februar wegen unerlaubten Waffenbesitzes festgenommen. Er wurde auf die Wache gebracht, und unmittelbar danach haben Sie angefangen, ihn zu verhören, und zwar bis in die Morgenstunden des siebzehnten Februar. Wann haben Sie sich die Leichen der erschossenen Drogendealer angesehen?«

»Ein paar Tage später«, entgegnete Brand.

»Ein paar Tage, nachdem Sie Mr. Kordell verhört hatten?«

»Richtig.«

»Also, habe ich Sie da richtig verstanden? Sie haben die Toten erst gesehen, als sie in der Leichenhalle lagen, ja?«

Brand sah sie verwirrt an. Als würde er sich seine Aussagen noch einmal durch den Kopf gehen lassen und versuchen, ihren Gedankengängen zu folgen. Vielleicht erkannte er jetzt auch seinen Fehler. »Ja.«

»Und das heißt doch, nur um keine Missverständnisse aufkommen zu lassen, dass Ihre Aussage von vorhin *nicht* der Wahrheit entsprochen hat, nicht wahr? Sie haben die Toten erst etliche Tage, nachdem Sie Mr. Kordell ein Geständnis entlockt hatten, zu Gesicht bekommen. Ist das richtig?«

»Ich hab einfach die Zeiten ein bisschen durcheinandergebracht, mehr nicht.«

»Dann haben Sie während Ihres Verhörs also nicht gewusst, aus welcher Entfernung diese Männer erschossen worden sind?«

»Wie gesagt, ich bin mit den Zeiten ein bisschen durcheinandergeraten.«

Yuki ließ nicht locker.

»Wenn ich Sie richtig verstanden habe, haben Sie also einen ›Volltrottel‹ ohne juristischen Beistand verhört. Und dann haben Sie sich entschlossen, ihn ohne Zeugen, ohne kriminaltechnische Indizien, ja, ohne jede *Theorie* – die haben Sie ja erst später entwickelt – zum Täter zu machen. Sie haben diesen armen Jungen massiv unter Druck gesetzt, und zwar so lange, bis Sie endlich ein Geständnis erzwungen hatten. Das war alles, was Sie wollten, nicht wahr, Herr Inspektor Brand?«

»Das haben Sie gesagt«, erwiderte Brand.

»Ja, genau, das habe ich«, sagte Yuki. »Ich habe keine weiteren Fragen, Euer Ehren.«

»Möchten Sie den Zeugen ins Kreuzverhör nehmen?«, sagte der Richter zu Len Parisi.

Parisi erhob sich nicht einmal von seinem Platz am Tisch der Verteidigung. Er wirkte völlig unbeeindruckt.

»Inspektor Brand, waren Sie mit den ermordeten Drogendealern befreundet oder in sonstiger Weise verbunden?«

»Was? … Nein.«

»Hatten Sie etwas gegen Mr. Kordell?«

»Nein. Überhaupt nicht.«

»Was die eindringliche Befragung Mr. Kordells angeht: So gehen Sie immer vor, wenn Sie einen dringend Tatverdächtigen überführen wollen, oder?«

»Richtig.«

»Halten Sie das Geständnis, das Sie von diesem Verdächtigen erwirkt haben, nach wie vor für richtig?«

»Absolut«, erwiderte Brand. »Er hat die Tat zugegeben. Wir waren dabei, und wir haben ihm geglaubt.«

Parisi sagte: »Vielen Dank, Inspektor Brand. Ich habe keine weiteren Fragen.«

»Falls Ms. Castellano auch keine Fragen mehr hat«, sagte der Richter, »dann ist der Zeuge hiermit entlassen.«

74

Nachdem die Verhandlung unterbrochen und auf den nächsten Tag vertagt worden war, bekam Yuki eine SMS von Brady. Darin stand: *Tony Willis liegt schwer verletzt auf der Gefängnisstation im SF General. Hat nach dir gefragt.*

Yuki rannte zu ihrem Auto, stürzte sich in den Feierabendverkehr und machte sich auf den Weg zum San Francisco General Hospital, das auch eine Station für bettlägerige Häftlinge besaß.

Tony Willis, alias Li'l Tony, war nach der Ermordung Aaron-Rey Kordells einer der Verdächtigen gewesen. Er hatte zwar alles abgestritten, aber als Yuki ihn vor einigen Tagen besucht und mit ihm gesprochen hatte, da hatte sie das Gefühl gehabt, dass er *wusste*, wer der Täter war.

Vielleicht wollte er es ihr jetzt erzählen.

Wenn er noch lebte.

Yuki wollte auf den dicht befahrenen Straßen unter keinen Umständen einen Unfall riskieren und nahm sich fest vor, ruhig und beherrscht zu bleiben. Sie fuhr aus der Tiefgarage und bog nach links auf die Polk Street ab. Für die vier Kilometer quer durch die Mission bis zur Twenty-Third Street benötigte sie eine knappe halbe Stunde und dann noch einmal zwanzig Minuten, bis sie einen Parkplatz gefunden und Zugang zum Krankenhaus erhalten hatte.

Als sie auf der Station 7D – der Chirurgie – eintraf, war

Tony Willis am Leben, wurde aber mit einer Trachealkanüle beatmet. Auf seiner Brust klebten mehrere Kabel, und in seinen Adern steckten diverse Infusionsnadeln.

Der Arzt erklärte Yuki: »Der junge Mann hat eine Menge Blut verloren. Mehrere lebenswichtige Organe weisen Stichverletzungen auf. Er bekommt Schmerzmittel, darum kann ich Ihnen nicht versprechen, dass er Sie überhaupt erkennt.«

»Er hat nach mir gefragt.«

»Ich verstehe. Fünf Minuten, ja?«

Yuki ging durch den Mittelgang der Station. Alle elf Betten waren belegt. Willis lag auf der linken Seite ganz hinten. Sie trat zu ihm, zog den Vorhang rund um das Bett zu und nahm sich einen Stuhl.

Mit seiner Körpergröße von eins zweiundfünfzig hatte Tony Willis auch vorher schon jung ausgesehen. Aber jetzt wirkte er noch jünger und kleiner als zuvor, mit den störrischen kleinen Rastalöckchen und der dünnen, bis zu den Achselhöhlen hochgezogenen Baumwolldecke, während alle möglichen Geräte permanent seine Vitalwerte überwachten.

»Tony? Ich bin's. Ms. Castellano.«

Tony Willis schlug die Augen auf, verzog das Gesicht und legte seine bandagierte Hand auf die Brust. »Yo«, sagte er. »Da bist du ja.«

»Wie geht es Ihnen?«

»Als hätte mir ein Haufen weißer Typen die Seele aus dem Leib geprügelt und anschließend noch jede Menge Löcher in mich gestochen.«

»So ungefähr hat man es mir auch erzählt. Lassen Sie sich nicht unterkriegen, okay?«

»Genau«, erwiderte er. »Ich hab dir was zu sagen.«

»Okay.«

»Aber zuerst musst du meine Anwältin werden, wegen Schweigepflicht.«

»Ich soll Sie vertreten, Tony? Das bedeutet aber eine Menge Arbeit. Ich muss mir Ihre Akte anschauen. Ich weiß ja gar nicht, wie die Anklage lautet. Und außerdem kann ich das nicht selbst entscheiden. Ich bin ja angestellt.«

»Mrs. Cassielandro, hör mir zu. Ich brauch diese Anwalts-Schweigepflicht. Sofort. Hast du verstanden?«

Sein Atem ging pfeifend. Er hatte eindeutig große Schmerzen. Vielleicht lebte er nicht mehr lange.

»Okay. Okay, Tony. Ich bin ab sofort Ihre Rechtsanwältin. Was haben Sie mir zu sagen?«

»Offiziell?«

Sie nahm seine bandagierte Hand und schüttelte sie sanft.

»Hiermit ist es offiziell«, sagte sie.

»Okay. Ich muss was gestehen. Ich hab A-Rey umgebracht.«

Yuki stockte der Atem. »*Sie* waren das?«

»Ich hab eine Anweisung gekriegt. *Mach Kordell kalt, und zwar zügig.* Danach hätte ich eigentlich nach Corcoran verlegt werden sollen, aber das hat ja nicht geklappt, wie man sieht.«

»Das verstehe ich nicht«, erwiderte Yuki.

Sie versuchte es, versuchte es wirklich, aber die einzelnen Puzzlestückchen hatten seltsame Umrisse und passten überhaupt nicht zusammen. Der Auftraggeber des Mordes an Aaron-Rey hatte Tony gleichzeitig Schutz angeboten? Wer zum Teufel würde denn so etwas tun? Und außerdem hatte er, wie Tony ganz richtig bemerkt hatte, sein Versprechen nicht eingehalten.

»Von wem haben Sie diesen Auftrag bekommen, Tony?«, wollte Yuki wissen.

»Hör gut zu, Frau Rechtsanwalt, bevor ich abkratze. Ein *Bulle* war das. Ein *Bulle* hat gesagt, ich soll A-Rey kaltmachen.«

»Wer? Kennen Sie seinen *Namen*?«

»Auf der Straße wird er bloß Eins genannt. So wie Numero Uno.«

»Tony, das ist doch kein Name. Fällt Ihnen vielleicht noch irgendwas anderes ein? Ich kann mit der Staatsanwaltschaft keinen Deal aushandeln, wenn ich nur weiß, dass Sie Aaron-Reys Mörder sind. Nach dem sucht schließlich kein Mensch mehr.«

Tony bekam nur noch mühsam Luft. In wenigen Augenblicken würde eine Krankenschwester neben dem Bett auftauchen und sie von hier vertreiben. Sie legte die Finger auf seine Hand.

»Sie müssen mir irgendwas geben, womit ich arbeiten kann, Tony. Verstehen Sie? Numero Uno reicht nicht.«

»Du siehst vielleicht nicht so aus, aber du bist zäh.« Er schluckte mühsam und sagte schließlich: »Arturo. Mendez. Das ist A-Reys Freund. Der hat gesehen, wer die Dealer erschossen hat.«

»Wo kann ich ihn finden?«

Tony kniff die Augenlider zusammen. Sein Atem ging nur noch in kurzen, abgehackten Stößen.

»Scheeeee-iiiße«, stieß er hervor. »Muss ich eigentlich alles selber machen? Frag A-Reys Mom.«

»Halten Sie durch«, erwiderte Yuki. »Ich tue alles, was in meiner Macht steht.«

75

Yuki rief Aaron-Reys Mutter Bea Kordell an. Diese holte das Handy ihres Sohnes und fand im Adressbuch den Eintrag »Arturo«. Yuki schickte Arturo eine SMS, reagierte dann auf seine Antwort und verschickte anschließend noch eine weitere.

Eine Stunde später – es war kurz vor 20.00 Uhr – parkte sie in der Turk Street, dicht beim Dodge Place und genau gegenüber des berühmt-berüchtigten Crackhauses mit dem abblätternden Putz an der Ecke.

Lange musste sie nicht warten.

Ein Jugendlicher verließ das chinesische Restaurant im Erdgeschoss des Crackhauses. Er war ungefähr eins zweiundsiebzig groß und schlank. Seine Jeans hing weit unterhalb der Hüfte, sodass seine gestreifte Boxershorts gut zu erkennen war. Außerdem trug er einen dunklen Kapuzenpulli und Ohrstöpsel.

Er blieb eine ganze Weile einfach an der Ecke stehen und blickte sich gründlich nach allen Seiten um. Jedes Mal, wenn sein Blick ihren bronzefarbenen Acura streifte, verharrte er für einen winzigen Moment.

Nachdem der Verkehr etwas nachgelassen hatte, schlenderte der Junge über die Straße und wippte dabei im Takt der Musik mit dem Kopf, bis er neben ihrem Fenster stand.

»Yuki?«

»Arturo. Steig ein«, erwiderte Yuki.

Wenn Brady sehen könnte, wie sie einen Crackdealer zu sich ins Auto steigen ließ, er würde komplett durchdrehen.

Arturo setzte sich auf den Beifahrersitz, machte die Tür zu und sagte: »Ich hab genau eine Minute.«

»Hat Mrs. Kordell dir gesagt, worum es geht? Ich muss wissen, was sich damals in dem Crackhaus abgespielt hat.«

»Und was kriege ich dafür?«

»Die Chance, das Richtige zu tun.«

»Und eine Gratis-Rechtsanwältin, falls ich mal eine brauche?«

»Einverstanden. Rechtsbeistand gratis. Schlag ein.«

Sie gaben einander die Hand, und dann fischte sie eine Visitenkarte aus ihrer Handtasche. *Mein Gott.* Sie hatte ihren Mandantenstamm an einem einzigen Tag verdreifacht. Arturo ließ die Straße unter seiner Kapuze hervor keinen Moment lang aus den Augen. Die Bürgersteige waren leer. Er fing an zu reden.

»Aaron hat überhaupt niemanden umgelegt. Das war'n drei Typen, die ha'm das gemacht. Ha'm ausgeseh'n wie Bullen. Mit Bullenjacken. Die sind in den ersten Stock gekommen, und alle sind verduftet... aber ich war gerade auf'm Klo. Und als ich rausgekommen bin, hab ich alles geseh'n.«

Yuki war verblüfft. Mehr als das. Sie war geschockt.

»Die Männer, die diese Dealer erschossen haben... das waren Polizisten?«

»Keine Ahnung, ob das echte Bullen war'n. Aber sie ha'm Bullenjacken angehabt. Und Pistolen. Sie ha'm laut ›Polizei‹ gesagt, und sie ha'm Plastikmasken aufgehabt. Dann ha'm sie Duane, A. Biggy und Dubble D an die *Wand* gestellt und ihnen gegen die Beine getreten, damit sie sie breit machen, und dann ha'm sie sie durchsucht. Sie ha'm ihnen Geld und Stoff, Kanonen und Handys und wahrscheinlich auch noch Nacktfotos von ihren Freundinnen abgenommen.

Dann hat sich A. Biggy rumgedreht und seine Kumpel auch, und dann hat A. Biggy gesagt: ›Seid ihr jetzt fertig?‹ – Und dann hat einer von den Bullen gesagt – ich glaub, das war der Anführer –, also, der hat gesagt: ›Tut mir leid. Versetzt euch mal in meine Lage‹, oder so was Ähnliches, und dann hat er sie einfach abgeknallt.«

Arturos Miene verfinsterte sich, als würde er das alles noch einmal durchleben. Er schüttelte den Kopf, fast so, als wollte er sich gegen die Bilder in seinem Kopf wehren.

Yuki sagte: »Arturo. Wieso höre ich das jetzt gerade zum ersten Mal?«

»Weil ich der Einzige bin, der das mit angesehen hat. Und danach sind die drei die Treppe runter, als wär überhaupt nichts passiert.«

»Und dann?«

»Ich hab ein paar Minuten abgewartet, damit die Luft rein ist, aber als ich gerade abzischen will, kommt A-Rey die Treppe hoch. Er hat von der Schießerei gar nichts mitgekriegt und will seine Kumpels besuchen, so wie immer. Die sind eigentlich ganz nett zu ihm. Er hat noch gar nichts gesehen und sagt zu mir: ›Schau mal, was ich auf der Treppe gefunden hab, Turo.‹ – Er hat die Achtunddreißiger in der Hand gehabt, mit der der Bulle geschossen hat. – Ich sag zu ihm: ›A-Rey, hau bloß ab, Mann.‹ Er sieht die Toten und will hin, weil, er hat die richtig gerngehabt. Und dann heult er, und ich schrei ihn an: ›Weg hier!‹ – Wir rennen die Treppe runter. Aaron-Rey ist vor mir. Als ich auf die Straße rauskomme, rennt er schon auf dem Bürgersteig entlang. Ein

Streifenwagen fährt vorbei und verfolgt ihn. Dann steigen die Bullen aus und schmeißen ihn auf den Boden.«

Arturo erzählte weiter.

»Das hab ich geseh'n, aber was hätte ich denn machen sollen, hmm? Immerhin ha'm Bullen die Typen im Haus erschossen. Also hab ich mich verzogen.«

Yuki sagte: »Du weißt, was sie im Gefängnis mit A-Rey gemacht haben?«

»Ich hab's mitgekriegt. Er hat ja immer gedacht, dass alle seine Freunde sind.«

»Arturo. Könntest du die Männer in den Polizeijacken identifizieren?«

»Glaub ich nicht. Den Anführer auf keinen Fall. Einen von den beiden anderen vielleicht schon. Der hatte so ein kleines Tattoo am Hals. Kann sein, dass ich so eins schon mal bei einem Bullen gesehen hab.«

Yuki spürte den Adrenalinstoß im ganzen Körper, aber sie behielt ihre neutrale Miene so gut wie möglich bei. Sie sagte: »Ich verklage gerade die Stadt, im Namen von A-Reys Familie. Ich brauche deine Hilfe, Arturo. Du musst vor Gericht für Aaron-Rey aussagen.«

»Und dann? Dann legen sie mich auch um.«

»Ich werde sehen, was ich tun kann«, sagte Yuki.

»Ja, sicher. Na klar.« Arturo wollte aussteigen, doch Yuki packte ihn am Arm.

Sie sagte: »Ich bin deine Rechtsanwältin. Ich habe einen gewissen Einfluss. Falls ich dich anrufe, geh bitte ran. Weil das bedeutet, dass ich alle deine Bedingungen erfüllen kann.«

Arturo stieg aus und blickte nicht zurück.

Yuki blieb in ihrem Auto sitzen und sah ihm hinterher, wie er wieder dahin zurückging, wo er hergekommen war.

Und dann tat sie das Unvorstellbare. Sie rief ihren ehemaligen Vorgesetzten und momentanen Gegenspieler Red Dog Parisi an. Er meldete sich, und sie sagte: »Len, hier ist Yuki. Ich habe zwei neue Zeugen aufgetrieben, die diesen ganzen Fall auf den Kopf stellen können. Wir müssen sofort miteinander reden.«

76

Ich war auf dem Weg nach Hause. Hinter mir lag ein weiterer Tag voller fruchtloser Frage-und-Ant-wort-Spiele mit den Freun-den und Nachbarn der Calhouns, aber ich war mit meinen Gedanken bei Tina Strichler.

Einer Eingebung folgend rief ich Mr. und Mrs. Nathan Gosselin an.

Die Gosselins waren in der Nähe gewesen, als Tina Strichler auf dem Bürgersteig der Balmy Alley niedergestochen worden war. Mrs. Gosselin hatte den Täter sogar gesehen, auch wenn sich zwischen ihr und dem Mann mit dem Messer noch mehrere andere Personen befunden hatten.

Conklin hatte Nathan und Allyson Gosselin noch am Ort des Geschehens befragt, und auch die Inspektoren Michaels und Wang, die für den Fall zuständig waren, hatten am selben Tag mit den beiden gesprochen.

Allerdings hatte man die Gosselins wieder abgeschrieben, weil sie ausgesagt hatten, dass sie den Mann nicht identifizieren konnten. Ehrlich gesagt war ich mir ziemlich sicher, dass die Fallakte irgendwo in einer Schublade vergammelte, weil ja zurzeit jeder Polizeibeamte in der Hall of Justice mit dem Windjacken-Fall beschäftigt war.

Die Gosselins schienen sich über meinen Anruf zu freuen und sagten, dass sie seit dem Erlebnis mit der erstochenen Frau an fast nichts anderes mehr denken konnten.

Mr. Gosselin gab mir die Adresse eines gepflegten Wohnblocks an der Kreuzung Elisabeth Street und Diamond Street. Mrs. Gosselin meldete sich durch die Sprechanlage, ließ mich ins Haus und bat mich dann in ihre Wohnung.

»Danke, dass Sie mir ein wenig von Ihrer Zeit opfern wollen«, sagte ich. »Ich würde einfach gerne noch einmal die Ereignisse jenes Tages mit Ihnen durchgehen.«

Nachdem ich bei Wayne Broward nur knapp dem Tod entronnen war, sah ich mich jetzt besonders vor. Ich ließ Mrs. Gosselin nicht aus den Augen und schob mich praktisch seitlich in Richtung Küche, wo Mr. Gosselin vor den Resten seines Hühnchens am Tisch saß.

»Bitte, behalten Sie Platz«, sagte ich.

»Setzen Sie sich doch«, entgegnete Nathan Gosselin. »Was kann ich Ihnen anbieten?«

»Gar nichts, vielen Dank. Bis auf ein paar Minuten Ihrer Zeit«, hörte ich mich sagen, aber ich verknüpfte damit die Hoffnung, dass diese paar Minuten einen ganzen Strauß von neuen Erinnerungen zum Leben erweckten, die mir endlich einen Ansatzpunkt für meine Ermittlungen liefern würden.

Ich saß also bei den beiden am Tisch und stellte die üblichen Fragen: *Was, genau, haben Sie gesehen? Sind Sie sicher, dass Sie das Gesicht des Täters nicht erkannt haben? Können Sie sich vielleicht noch an irgendeine Einzelheit erinnern, die Ihnen damals unwichtig vorgekommen ist?*

Allyson Gosselin seufzte. »Ich habe Tag und Nacht darüber nachgedacht«, sagte sie. »Sie müssen bedenken, dass das Ganze ja nicht nur rasend schnell passiert ist, sondern dass alles voller Menschen war, die noch schnell auf die andere Straßenseite kommen wollten. Und ich habe ja gar nicht genau auf den Mann geschaut, der diese grässliche Tat begangen hat.«

»Ich verstehe.«

»Also, wie ich schon damals gesagt habe: Ich bin mir ziemlich sicher, dass es ein Weißer war. Er hatte braune Haare und hat so eine schwarze Jacke getragen, wie ein Baseballspieler. Er war nicht besonders groß und nicht besonders klein, und er hat mich kein einziges Mal angesehen. Als Mrs. Strichler gestürzt ist, sind die meisten Leute erschrocken weggerannt. Ich auch. Ich habe mich nach Nate umgeschaut, damit wir die 911 anrufen können, und als ich mich dann schließlich wieder umgedreht habe, war der Mann einfach weg.«

Ich sagte: »Allyson, Sie sind offensichtlich eine sehr scharfsinnige Person, die auch auf Details achtet. Ehrlich gesagt, das sind uns die liebsten Zeugen. Führen Sie sich die Szene doch noch einmal vor Ihr inneres Auge. Gibt es nicht vielleicht doch noch irgendetwas, ganz egal, wie unbedeutend es Ihnen erscheinen mag?«

Allyson Gosselin erwiderte: »Es gibt da eine Sache, die mir immer wieder durch den Kopf gegangen ist, aber das habe ich bisher für mich behalten.«

»Nun, noch ist es nicht zu spät«, sagte ich und rutschte mitsamt meinem Stuhl ein wenig dichter an den Tisch heran.

»Also … ich habe an diesem Tag viele Dreien gesehen.«

»Dreien?«

»Ja. Zum Beispiel waren drei Leute zwischen mir und dem Mann, der die Frau erstochen hat. Dann sind drei Streifenwagen gleichzeitig angekommen, und drei Polizisten haben mit mir gesprochen. Und ich habe drei Amseln auf einer Telefonleitung sitzen sehen.«

Ich nahm meine ganze Kraft zusammen, um nicht laut *Ach, du Scheiße!* zu brüllen. Stattdessen stellte ich mir vor, ich wäre mein gutmütiger Partner, und sagte: »Allyson…«

»Und dann ist sie von drei Sanitätern versorgt worden. Dazu noch das Datum. Der zwölfte Mai. Eins und zwei macht drei«, triumphierte sie.

»Okay. Und was schließen Sie daraus?«

Mrs. Gosselin lachte. »Keine Ahnung. *Sie* sind doch bei der Kriminalpolizei, Sergeant, oder etwa nicht?«

Konnte eine Spur noch kälter sein als diese?

Ich bedankte mich bei den Gosselins, ließ ihnen meine Visitenkarte da und ging nach draußen.

Dann rief ich Joe an.

»Ich gehe noch mal ins Präsidium, Joe. Lass mir was übrig… Ich weiß. Tut mir leid. In zwei Stunden bin ich zu Hause, ganz bestimmt. Versprochen.«

77

Tina Strichlers brutaler Tod verstörte mich, und das keineswegs nur deshalb, weil Joe sich mit solcher Inbrunst mit einer möglichen Mordserie befasste, die er »Claires Geburtstagsmorde« getauft hatte. Der Fall Strichler lag noch längst nicht bei den Akten. Er war nach wie vor in Bearbeitung, aber gleichzeitig wusste ich, dass Michaels und Wang keinen Gedanken daran verschwendeten.

Das ärgerte mich zwar maßlos, aber ich konnte es verstehen. Sie hatten keine Zeugen, keine Hinweise und keine Zeit, um sich mit dem Fall zu befassen, der mittlerweile ganz ans Ende der Prioritätenliste gerutscht war.

Aber für mich hatte er eine große und sehr reale Bedeutung. Ich hatte Tina Strichlers Blut über die Straße rinnen sehen. Ich hatte mir ihre Brieftasche angesehen und festgestellt, dass sie Psychiaterin gewesen war. Sie hatte einen eleganten und sehr gepflegten Eindruck gemacht und höchstwahrscheinlich ein erfülltes Leben geführt, das von einem Wahnsinnigen mit einem Messer abrupt beendet worden war, von einem unbekannten Killer, der womöglich für immer unbekannt bleiben würde.

Nach meinem Telefonat mit Joe fuhr ich in die Hall of Justice und nahm den Fahrstuhl hinauf in den Zellentrakt. Dort bat ich um ein Gespräch mit Wayne Broward.

Broward saß nur deshalb hier, weil ich sein aus Türschlosskette, Wachhund und Warnschilderwald bestehendes Sicherheitssystem überwunden hatte. Morgen früh sollte er dem Haftrichter vorgeführt werden, und da wollte ich auf jeden Fall dabei sein. Aber er hatte meine Frage noch nicht beantwortet.

Die offizielle Besuchszeit war schon zu Ende, sodass ich meine Autorität spielen lassen und den diensthabenden Sergeant sanft unter Druck setzen musste, damit Wayne in ein Verhörzimmer gebracht wurde. Als er mich sah, rief er: »Liebling. Küss mich.«

»Ist gegen die Vorschriften, Wayne.«

Der Wärter setzte ihn auf den Stuhl und befestigte seine Handschellen an einer dafür vorgesehenen Öse am Tisch. Er wusste, weshalb Broward hier war, und fragte mich: »Soll ich vielleicht lieber hierbleiben, Sergeant?«

»Danke, Santino, aber ich komme klar.«

Es war mir zwar peinlich, daran erinnert zu werden, aber es stimmte ja trotzdem. Der Mann, der mir gegenübersaß, hätte mich, ohne mit der Wimper zu zucken, ermorden können.

»Wayne, ich möchte Ihnen eine Frage stellen.«

»Müsste nicht eigentlich mein Rechtsanwalt da sitzen?«

»Meine Frage hat nichts mit der Anklage zu tun. Sie sind ja hier, weil Sie mich mit einer lebensgefährlichen Waffe angegriffen haben.«

Er lachte. »Lebensgefährlich. Das ist ein bisschen übertrieben, findest du nicht?«

Ich ließ mich nicht beirren. »Ich bin mir sicher, dass Ihr Rechtsanwalt morgen genau diese Position vertreten wird. Aber wissen Sie eigentlich noch, weshalb ich zu Ihnen nach Hause gekommen bin?«

»Nein. Hilf mir mal auf die Sprünge.«

Ich holte das Foto von Tina Strichler aus meiner Jackentasche.

Es war ziemlich zerknittert, aber immer noch gut zu erkennen. »Die Frau auf dem Foto. Haben Sie die schon einmal gesehen?«

»Nicht, dass ich wüsste. Kannst du mir ein bisschen auf die Sprünge helfen?«

»Kennen Sie diese Frau, Wayne? Haben Sie sie irgendwo schon mal gesehen?«

»Sie kommt mir bekannt vor.«

Tatsächlich? Ich spürte einen kleinen Hoffnungsschimmer.

»Moment mal«, sagte er dann. »Hast du mir das Foto schon mal gezeigt?«

Ich nickte. »Ja. Habe ich.«

War Wayne Broward tatsächlich so verrückt? Oder war sein Wahnsinn nichts weiter als eine sorgfältig einstudierte Rolle? Ich hatte schon öfter mit durchgeknallten Mördern zu tun gehabt. Und, um ehrlich zu sein, ein paar davon waren sehr viel irrer gewesen als Wayne Broward.

Ich verabschiedete mich von Wayne und rief den Wärter.

Gegen halb neun setzte ich mich in mein Auto und fuhr nach Hause. Und sosehr ich auch versuchte, Tina Strichler aus meinem Kopf zu vertreiben, es gelang mir nicht.

78

Joe hatte keine gute Laune.

»Du wolltest um sieben zu Hause sein, Lindsay.«

»Tut mir leid.«

Seine Miene war verkniffen, als würde es schon eine ganze Weile in ihm brodeln. Ich hätte genauso gut einen Baumstamm umarmen können.

»Es tut mir wirklich leid. Ist irgendwas passiert?«

»Nein«, erwiderte er. »Ein ganz normaler Tag im Leben eines Alleinerziehenden. Ich habe die Küche geputzt. Ich habe staubgesaugt. Ich habe die Wäsche gemacht. Ich habe ein paar Altkleider in einen Sack gepackt. Julie, Martha und ich waren einkaufen. Ich habe das Abendessen geschält, geschnitten, gedünstet und gebraten. Ich habe Julie gebadet und ins Bett gebracht. Dann habe ich Marthas Krallen geschnitten und zu Abend gegessen. Alleine. Anschließend die Küche sauber gemacht und den Müll rausgebracht. Das Bett aufgeschüttelt. Mich um drei Beraterjobs in Washington beworben. Oh, und dann war da noch ein Anruf für dich. Von Evan Monroe.«

»Wer ist Evan Monroe?«

»Das ist Tina Strichlers Bruder.«

Tina Strichlers Bruder hatte mich angerufen? Warum? Ich stellte diese Frage zunächst einmal zurück und sagte zu Joe: »Wärst du auch so sauer gewesen, wenn ich um sieben zu Hause gewesen wäre?«

»Ich glaube nicht. Du nützt meine Gutmütigkeit aus, Linds.«

Ich verstand. Während ich den ganzen Tag meine Arbeit machte, musste er zu Hause den Laden zusammenhalten, ohne Anregungen, ohne Austausch mit einem Erwachsenen. Mir war klar, dass es hier nicht nur um heute ging, sondern um viele Tage wie diesen. Da hatte sich etwas angestaut, verbunden mit der Tatsache, dass meine Arbeit gefährlich war und mich womöglich bis nach Hause verfolgte – vorausgesetzt, ich kam überhaupt nach Hause.

Das alles sagte ich Joe, und ich tat mein Möglichstes, um es wiedergutzumachen. Ich versprach ihm, dass ich in Zukunft mehr darauf achten wollte, nicht so lange wegzubleiben, und sagte, dass ich ihm sehr, sehr dankbar war. Morgen Abend würde ich Mrs. Rose bitten, auf unsere Kleine aufzupassen, damit wir essen gehen konnten. »Wo immer du willst.«

Es fehlte nicht viel, und ich hätte mich vor ihm auf den Boden geworfen.

»Okay, okay, vergiss es. Also. Wo warst du?«, erwiderte er.

»Ich habe Wayne Broward besucht.«

»Im Gefängnis? Und? Wie war's?«

»Er ist verrückt und darf auf keinen Fall wieder auf freien Fuß kommen, das steht fest. Ich hoffe bloß, dass er einen miesen Anwalt kriegt.«

Joe hatte mir zwar noch nicht völlig verziehen, aber er lachte. Dann holte er etwas zu essen aus dem Kühlschrank. Ich stand auf und nahm ihm den Teller aus der Hand.

»Das kann ich auch selber aufwärmen. Du bleibst sitzen.«

Ich stellte den Teller mit Hühnchen und grünen Bohnen

in die Mikrowelle und schenkte uns beiden ein Glas Wein ein. Während mein Abendessen sich im Kreis drehte, zog ich die Schuhe aus, verstaute meine Dienstwaffe und sah nach Julie, die tief und fest schlief.

Dann piepste die Mikrowelle.

Joe saß vor seinem Computer, während ich aß. Das war in Ordnung. Ich dachte an die Nachricht von Evan Monroe. Ob ich ihn um diese Uhrzeit noch zurückrufen konnte? Und wenn ich das tat, würde der Ärger meines Ehemannes dann noch größer werden?

Ich räumte die Küche auf und sagte, nachdem ich noch schnell geduscht und frische Sachen angezogen hatte: »Joe, was wollte Evan Monroe eigentlich von mir?«

»Wang hat ihm deine Nummer gegeben. Ich glaube, weil du als Erste am Tatort gewesen bist. Monroe hat angerufen, weil die Ermittlungen bisher überhaupt keine Fortschritte gemacht haben. Er hat gesagt, dass er einen Verdacht hat, wer der Täter gewesen sein könnte.«

»Das hat er dir erzählt?«, erwiderte ich.

»Der Mann war total durch den Wind, Lindsay. Ich habe gesagt, dass du zurückrufst, aber er hat überhaupt nicht mehr aufgehört zu reden. Er hat erzählt, dass Tina während ihrer Studienzeit vergewaltigt worden ist. Sie hat den Täter damals identifiziert, und er ist zu fünfundzwanzig Jahren Haft verurteilt worden. Vor etlichen Jahren, als er auf Hafturlaub war, hat sie sich mit ihm getroffen und Evan anschließend gestanden, dass sie sich nicht mehr sicher war, ob er tatsächlich der Vergewaltiger gewesen war.«

»Ist er jetzt wieder draußen?«

»Ja. Die Haftstrafe ist vor fünf Jahren abgelaufen. Anfang Mai.«

»Verdammter Mist. Hat Evan Monroe dir auch seinen Namen verraten?«

»Clement Hubbell. Ich habe mir seine Akte aus der Datenbank besorgt.«

Joe ging ins Wohnzimmer und setzte sich auf das Sofa. Ich setzte mich neben ihn, und er legte mir einen Arm um die Schultern. Das fühlte sich gut an.

Er sagte: »Hubbell ist am fünften Mai vor fünf Jahren entlassen worden. Falls Tina ihn tatsächlich fälschlicherweise beschuldigt hat, hat er jede Menge Zeit gehabt, um einen Plan zu schmieden. Obwohl, es könnte nicht ganz einfach gewesen sein, sie ausfindig zu machen. Als sie vergewaltigt wurde, da hieß sie noch Bettina Monroe. Sie hat geheiratet und nach der Scheidung den Namen ihres Mannes behalten.«

»Lass mal sehen, wie Hubbell aussieht«, sagte ich und legte eine Hand auf das Bein meines Mannes.

Joe beugte sich vor, klappte seinen Laptop auf und holte das erkennungsdienstliche Foto von Hubbell auf den Bildschirm. Er war weiß, hatte braune Haare. Er war eins achtundsiebzig groß, und das war ziemlich durchschnittlich.

Und seit dem fünften Mai vor fünf Jahren war er ein freier Mann.

79 Joe hatte nicht lange gebraucht, um Clement Hubbell ausfindig zu machen, den Mann, der wegen Vergewaltigung zwanzig Jahre lang in Pelican Bay eingesessen hatte, bevor er vor gut fünf Jahren entlassen worden war, eine Woche vor dem ersten der fünf Morde, die sich in fünf aufeinanderfolgenden Jahren jeweils am zwölften Mai ereignet hatten und zwischen denen Joe eine eindeutige Verbindung zu erkennen glaubte.

Nach dem Mittagessen mit Julie und ihrer Babysitterin fuhr Joe bei strahlendem Sonnenschein nach Edgehill Mountain. Dort wohnten Denise und Clement Hubbell.

Edgehill Mountain war ein altes, ein wenig abseits gelegenes Wohngebiet mit kurvigen Sträßchen und kleinen Häusern mit großen Grundstücken, von wo man einen schönen Blick auf den Pazifik und den Strand hatte. Das Navigationsgerät teilte Joe mit, dass er sein Ziel erreicht hatte, und dann sah er das gepflegte braune Häuschen mit der roten Tür auch schon vor sich.

Joe fuhr langsamer, um einen Blick auf den eingezäunten Gemüsegarten neben dem Haus zu werfen. Dort war gerade eine ältere Frau in einer rot karierten Hose und einer pinkfarbenen Strickweste dabei, Unkraut zu jäten.

Er sah nach, ob die Nummer auf dem Briefkasten mit seinen Angaben übereinstimmte, dann stellte er seinen Mercedes neben einem verbeulten Toyota-Kombi in der Einfahrt ab. Er holte seine Glock aus dem Handschuhfach und steckte sie in sein Schulterhalfter, zog seine lederne Bomberjacke darüber und stieg aus dem Auto.

Mit in die Jackentaschen gesteckten Händen näherte er sich dem Gartentor und linste in den Garten. Die Frau, die dort in der Erde wühlte, besaß ein freundliches, puppenhaftes Gesicht und weiße Haare. Sie sah aus wie etwa Mitte siebzig. Wahrscheinlich war das Hubbells Mutter.

»Mrs. Hubbell?«, fragte Joe.

Die Frau hob den Blick und legte die Hand schützend über die Augen. »Oh, hallo, Jerry«, sagte sie. »Wo ist Clem?«

»Nein, Madam, Ich heiße Joe Molinari. Wir kennen uns nicht. Sind Sie Clems Mutter?«

»Ja, ich bin Denise. Aber Clem ist nicht zu Hause. Ich dachte, er wäre bei dir.« Die Frau lachte, kam auf die Füße und klopfte sich den Staub von der Hose. »Komm rein«, sagte sie dann, »ich habe Blaubeer-Muffins im Ofen, und außerdem musst du mir ein Glas aufmachen. Ich hab's einfach nicht aufgekriegt.«

Joe sagte: »Gern.« Er hielt Denise Hubbell das Gartentor auf. Sie ging voraus und plapperte dabei ununterbrochen vor sich hin. Es ging um verschiedene Paprikasorten, die sie anpflanzen wollte. Joe überlegte kurz, ob er überhaupt mit hineinkommen sollte, aber dann dachte er: *Ach, was soll's.* Clement Hubbell war nicht zu Hause, und vielleicht konnte seine Mutter ihm die eine oder andere Frage beantworten.

Mrs. Hubbell hielt ihm die Hintertür auf, und er trat ein. Gleich darauf stand er in der Küche.

Sie sagte: »Setz dich doch.«

Joe nahm an dem roten Resopaltisch Platz, und Mrs.

Hubbell reichte ihm ein Schraubglas mit Pfirsichstücken. Anschließend fing sie an, geschäftig in der Küche zu hantieren.

Joe machte das Glas auf und sagte: »Es ist wirklich wunderschön hier, Denise. Wie geht es Clem denn so?«

»Oh, er ist immer noch so verrückt wie früher.« Sie lachte. »Die meiste Zeit hockt er in seinem Loch.«

Denise Hubbell streifte zwei Topfhandschuhe über, holte die Muffin-Form aus dem Backofen und setzte sie auf dem Herd ab. Joe sah sofort, dass der Teig noch ganz flüssig war, aber sie schien es überhaupt nicht zu bemerken.

»Lassen wir sie noch kurz abkühlen, Jerry.«

»Bitte entschuldigen Sie«, sagte Joe. »Aber was meinen Sie denn mit dem ›Loch‹?«

Denise zog die Handschuhe aus, fuhr sich mit den Fingern durch die Haare und sagte: »So nennt er sein Zimmer. Wenn es ihm irgendwo zu groß oder zu hell ist, dann wird ihm doch immer schwindelig. Wenn ich bloß daran denke, wie ihr zwei immer draußen rumgerannt seid. Und zu jeder Tages- und Nachtzeit. Ich musste Clem jedes Mal mit dem Abendessen reinlocken. Und sobald er drin war, habe ich die Tür verrammelt.« Sie lachte erneut. Es war ein fröhliches Lachen.

»Was meinen Sie, ob er was dagegen hätte, wenn ich mir sein Zimmer mal anschaue?«, erkundigte sich Joe. »Dann kann ich ihm einen Zettel auf die Kommode legen.«

»Geh ruhig«, sagte Clement Hubbells Mutter. »Am Ende des Flurs. Du weißt ja, wo es ist. Und wenn du wieder da bist, gibt es Kaffee und Kuchen.«

»Sehr gut«, erwiderte Joe und betrat den Flur hinter der Küche. Rechts lag das Wohnzimmer und links ein Schlafzimmer mit einer pinkfarbenen Blumentapete. Am Ende des Flurs befand sich eine Tür.

Joe drückte die Klinke und rechnete fest damit, gleich in Clem Hubbells »Loch« zu stehen, doch statt eines Zimmers fand er nur eine Treppe vor. Er suchte und fand den Lichtschalter. Die Holztreppe führte in den Kellerraum, was letztendlich nur ein anderes Wort für »das Loch« war.

Joe ließ die Flurtür offen stehen und ging hinunter.

80 Am unteren Ende der Treppe angelangt, stand Joe in einem ganz gewöhnlichen, aus Schlackensteinen gemauerten Kellerraum. Hier gab es eine Waschmaschine, einen Wäschetrockner, einen Wasserkessel, einen Brennofen, aufeinandergestapelte Kartons und einen Haufen Terrassenmöbel. Durch vier kleine Fensterchen am oberen Rand drang Licht herein.

Aber es gab kein Bett, kein Sofa und auch kein anderes Möbelstück, das auf einen Bewohner schließen ließ. Da entdeckte er unter der Treppe eine schmale Tür. Sie besaß einen glänzenden Messingknauf, was auf regelmäßige Benutzung hindeutete. Vielleicht war das der Eingang zu Clement Hubbels »Loch«.

Joe überlegte erneut, aber er war sich nach wie vor sicher, dass er nicht gegen irgendwelche Gesetze verstieß. Er war ins Haus gebeten worden und hatte auch die Erlaubnis erhalten, sich Hubbells Zimmer anzusehen. Er drehte am Knauf, und die Tür ging auf. Dahinter befand sich noch ein Flur, der allerdings vollkommen unbeleuchtet war.

Er ließ die Tür offen stehen und wartete, bis seine Augen sich an die Lichtverhältnisse gewöhnt hatten. Dann stellte er fest, dass der Betonfußboden mit einer Neigung von ungefähr fünfzehn Grad bergab führte. Er versuchte, seine verschiedenen Richtungsänderungen nachzuvollziehen. Wenn er sich nicht täuschte, dann ging er jetzt in Richtung Gemüsegarten, allerdings rund vier Meter unter der Erdoberfläche.

Er legte die Hände an den Mund und rief laut: »Haaalllooo!« Als er keine Antwort bekam und auch sonst kein Laut zu hören war, legte er eine Hand an die Schlackensteine und ging den geneigten Flur entlang, bis er in einem vier mal vier Meter großen, von einem blassblauen Schimmer erfüllten Raum stand.

In der Mitte dieses Raums befand sich eine aufgeklappte Bodenluke. Am Rand der Luke war eine Klappleiter mit einer Rückholfeder befestigt, wie man sie oft für Dachböden verwendet. Die Leiter führte geradewegs hinab in einen Teich aus blassblauem Licht.

Joe rief noch einmal: »Haaalllooo!«, aber auch dieses Mal bekam er keine Antwort. Er konnte jetzt nicht wieder umkehren, dazu war seine Neugier viel zu groß, aber diese Leiter hinunterzuklettern, das erforderte ein großes Vertrauen in das Unbekannte.

Er würde dazu beide Hände brauchen, und das bedeutete, dass seine Pistole im Halfter stecken bleiben und er rückwärts und praktisch blind in die Tiefe steigen musste. Auch wenn Hubbell nicht zu Hause war, wurde Joe das ungute Gefühl nicht los, dass dieses Loch zur tödlichen Falle werden konnte.

Er beugte sich vor, stützte die Hände auf die Knie und starrte in die Öffnung hinab. Dann stellte er sich auf die gegenüberliegende Seite, aber auch von dort sah er lediglich die lange Leiter und das fahle blaue Licht. Jetzt beschloss er doch, zurückzugehen und der Gebieterin der ungebackenen Muffins mitzuteilen, dass er später wiederkommen würde.

Doch was machte er stattdessen? Er griff nach der Leiter,

versicherte sich, dass sie stabil war, und setzte einen Fuß auf die oberste Sprosse. Als sie immer noch einen zuverlässigen Eindruck machte, begann er hinabzusteigen.

Kaum hatte er wieder festen Beton unter den Füßen, entdeckte er auch die Lichtquelle: zwei aufgeklappte Laptops auf einem grob gezimmerten Schreibtisch. Er ging darauf zu. Vielleicht fand er ja irgendwo eine Lampe. In diesem Augenblick schlang sich von hinten ein kräftiger Arm um seine Brust, während eine scharfe, kalte Klinge auf die empfindliche Haut an seinem Hals gedrückt wurde.

»Wer bist du denn, gottverdammt noch mal?«, sagte der Mann mit dem Messer.

81

Joe erstarrte.

Für einen kurzen Moment überlegte er, ob er es mit einem Tritt gegen die Kniescheibe des Angreifers versuchen sollte, aber da ihm das womöglich eine durchgeschnittene Kehle beschert hätte, hob er lediglich die Hände und sagte: »Keine Angst, Clement. Das Messer brauchen Sie jedenfalls bestimmt nicht. Ihre Mutter hat mich gebeten, nach Ihnen zu sehen, das ist alles. Sie hat sich Sorgen gemacht. Haben Sie nicht gehört, dass ich immer wieder gerufen habe?«

Joe verlieh seiner Stimme einen ruhigen und besonnenen Klang, aber er konnte nicht verhindern, dass sein Herz schlagartig anfing zu rasen und dass sich Schweißperlen auf seiner Oberlippe bildeten.

Der Arm um seinen Brustkorb lockerte sich ein wenig, aber gleichzeitig nahm der Druck der Klinge zu und ritzte seine Haut an. Gleichzeitig spürte Joe, wie der Mann ihm die Pistole aus dem Schulterhalfter zog.

»Hübsches Teil«, sagte er. »Sieht irgendwie offiziell aus. Für wen arbeitest du? Das FBI?«

»Früher mal«, erwiderte Joe. »Jetzt bin ich Zivilist. Im Ruhestand.«

»Und was willst du hier?«

»Ich komme manchmal durch diese Straße, und wenn ich Ihre Mom im Garten arbeiten sehe, dann unterhalte ich mich mit ihr. Einmal hat sie mir ein bisschen Schnittlauch mitgegeben.« Joe saugte sich das alles aus den Fingern, aber er fand, dass es sich durchaus überzeugend anhörte. Gleichzeitig schäumte das Adrenalin durch seine Blutbahnen wie ein Fluss in der Regenzeit.

Er zwang sich, langsamer zu atmen, und konzentrierte sich auf seine Umgebung.

Der Raum war ungefähr drei mal vier Meter groß, also in etwa so wie eine geräumige Zwei-Mann-Gefängniszelle. Vor einer der Längswände stand ein Stockbett aus Metall. An der kürzeren Wand zu seiner Rechten befand sich der Schreibtisch. Er bestand aus ein paar zusammengenagelten Brettern, die quer auf zwei Podesten aus Schlackensteinen lagen.

Links, an der anderen kurzen Wand, waren eine Toilette, ein Waschbecken ohne Spiegel und ein kleiner Camping-Kühlschrank zu erkennen. Wie die andere Längswand in seinem Rücken aussah, wusste Joe nicht.

»Setz dich, du FBI-Agent«, sagte der entlassene Strafgefangene, der in diesem Loch wohnte. Er nahm das Messer weg und schubste Joe gegen das untere Stockbett, sodass es gegen die Wand prallte.

Joe richtete sich auf, und dann konnte er Clement Hubbell zum ersten Mal richtig in den Blick nehmen. Er war schlaksig und schlanker als auf dem Foto bei seiner Festnahme. Seine Haare waren kurz geschoren. Er trug ein weißes Unterhemd und eine Baumwollhose, und er war barfuß. Seine Arme waren von den Fingern bis zu den Schultern mit Knastkunst tätowiert: Totenschädel, Schlangen, nackte Frauen. Auf seinem rechten Bizeps prangte ein rotes Herz mit der Inschrift »Mom«. Das Herz pulsierte jedes Mal, wenn Hubbell den Muskel spannte.

Joe sah zu, wie Hubbell das Messer neben sich auf den Schreibtisch legte und nachsah, ob Joes Pistole geladen war. Das war sie. Er zielte damit auf Joe und hob gleichzeitig die Leiter an, die daraufhin fast schwerelos nach oben unter die Decke schwebte. Gleichzeitig klappte die Luke zu.

Joes Herz klopfte immer schneller. Er war deutlich älter als Hubbell, und jetzt, wo die Leiter unter der Decke hing und die Luke geschlossen war, gab es keinen Ausweg mehr.

Hubbell deutete auf ein Paar Handschellen neben Joes Füßen, und Joe sah, dass sie an einer Kette befestigt waren, die unter das Bett führte, vermutlich zu einem der hinteren Bettpfosten.

»Leg dir die da an«, sagte Hubbell. »Und dann können wir uns unterhalten.«

»Das ist wirklich nicht nötig«, erwiderte Joe. »Ich habe doch überhaupt nichts gegen Sie, Clem.«

Hubbell richtete die Pistole auf die Wand neben Joe und drückte ab. Das laute Dröhnen hallte noch lange Sekunden nach.

»Die nächste ist für dich«, sagte Hubbell.

Joe griff nach den Handschellen und legte zuerst die eine und dann die andere um seine Handgelenke. Dann zog er an der Kette, um ein Gefühl dafür zu bekommen, wie lang sie war. Ungefähr anderthalb Meter. So, dass er zur Toilette gehen konnte, aber nicht lang genug, um bis zu Hubbell zu gelangen, der ihm auf einem Drehstuhl gegenübersaß.

»Wie heißt du?«, erkundigte sich jetzt ein entspannter Clement Hubbell.

»Joe.«

»Und wie weiter?«

»Hogan.«

»Also gut, Joe Hogan, dann mach es dir bequem. Ich habe das Gefühl, als hätte ich schon sehr, sehr lange auf dich gewartet.«

82 Als Yuki eintraf, war die Tür von Len Parisis Büro geschlossen. Sie blickte auf ihre Armbanduhr und stellte fest, dass sie sechs Minuten zu spät dran war. Sie erklärte Parisis Sekretärin, dass sie bei der Sicherheitskontrolle aufgehalten worden sei, aber noch bevor Darlene etwas sagen konnte, machte Parisi die Bürotür auf.

»Mir war doch so, als hätte ich Ihre Stimme gehört«, sagte er. »Wir warten schon auf Sie.«

Parisi residierte in einem Eckzimmer im ersten Stock. Im Vergleich zu den meisten anderen Büros in der Hall of Justice war es riesig, aber dieser Vorzug wurde durch die Nähe zu der viel befahrenen Bryant Street wieder aufgehoben.

Der Leiter der Kriminalpolizei, Chief Warren Jacobi, saß mit dem Rücken zum Fenster bereits an dem runden Konferenztisch aus Eichenholz. Parisi, Yukis ehemaliger Chef und Förderer, setzte sich auf den Stuhl, der seinem Schreibtisch am nächsten stand, und Yuki nahm zwischen den beiden Männern Platz, unweit der Tür.

Darlene verteilte Wasserflaschen, und Parisi bat sie, alle Anrufer abzuwimmeln. Dann sagte er zu Yuki: »Schießen Sie los.«

Yuki nahm einen Schluck aus ihrer Wasserflasche. Fünf Jahre lang war sie Parisis Protegé gewesen, aber jetzt hatte sich das Blatt um hundertachtzig Grad gewendet.

Das hier war ihre Verhandlung. Hoffentlich war sie auch stark genug, um ihr Ziel zu erreichen.

»Ich habe in einer Viertelstunde eine Besprechung mit dem Bürgermeister«, sagte Jacobi.

»Dann komme ich direkt zur Sache«, sagte Yuki. »Ich habe gestern mit zwei neuen Zeugen gesprochen. Sie haben sehr zögerlich ihre Bereitschaft zur Kooperation zugesagt, allerdings nur, wenn ihnen umfassender Schutz gewährt wird.

Durch ihre Aussagen würden wir sehr aussagekräftige Hinweise auf die Identität der Mörder dieser Drogendealer in dem Crackhaus erhalten. Und wir würden erfahren, wer Aaron-Rey Kordell getötet hat.«

Parisi erwiderte: »Dazu sind Vorladungen ja da, Frau Rechtsanwältin. Hören wir uns die Aussagen doch mal an.«

»Nur, wenn wir den Zeugen umfassenden Schutz garantieren, Len. Beide haben Angst um ihr Leben, und das aus gutem Grund. Ich bin bereit, Ihnen darzulegen, was diese Männer ausgesagt haben, und falls wir dann zu einer Übereinkunft gelangen, arrangiere ich ein persönliches Treffen. Ich bin fest davon überzeugt, dass Sie den Fall Kordell nach diesem Treffen außergerichtlich beilegen wollen.«

»Das bezweifle ich zwar«, erwiderte Parisi. »Aber bitte... überzeugen Sie mich vom Gegenteil.«

»In Ordnung«, sagte Yuki. »Mein erster Zeuge wird unter Eid den Mord an Aaron-Rey Kordell gestehen.«

»Worauf wollen Sie eigentlich hinaus?«, erkundigte sich Parisi. »Wir stellen doch gar nicht infrage, dass Kordell in der Haft ermordet worden ist. Warum sollten wir seinen Mörder überhaupt schützen? Wir sollten ihn vor Gericht stellen.«

»Dieser Mann hat den Auftrag erhalten – ich zitiere: ›Kordell so schnell wie möglich kaltzumachen.‹ Als Gegenleistung sollte er in eine andere Haftanstalt verlegt werden.«

»Wer hat das gesagt?«, wollte Parisi wissen.

»Ein Polizeibeamter, Len«, lautete Yukis Antwort.

»Aber wieso?«, schaltete Jacobi sich ein. »Wieso sollte ein Polizist Kordells Tod wollen?«

»Damit wären wir bei Zeuge Nummer zwei«, sagte Yuki.

Keiner der beiden Männer am Tisch sagte ein Wort. Sie hatte ihre uneingeschränkte Aufmerksamkeit.

»Der Polizist, der den Mord an Kordell in Auftrag gegeben hat, ist einer der drei Männer, die die Drogendealer getötet haben.«

Parisi sagte: »Sie wollen behaupten, dass ein Polizeibeamter, der an der Ermordung dieser Drogendealer beteiligt war, dafür gesorgt hat, dass Kordell getötet wird, um seine Spuren zu vertuschen?«

»Genau das«, entgegnete Yuki. »Zeuge Nummer zwei war in dem besagten Crackhaus an der Ecke Turk Street und Dodge Place und kann das bestätigen. Er hat alles mit eigenen Augen gesehen. Bei entsprechenden Schutzzusagen wird er aussagen, dass Aaron-Rey Kordell nicht der Täter war. Und er kann vielleicht sogar einen oder mehrere der Täter identifizieren.«

83 Richter Quirk machte die Tür seines Arbeitszimmers zu. Er nahm die Bibel von seinem Schreibtisch und brachte sie zu der Sitzgruppe, wo sich etliche Menschen versammelt hatten: Yuki Castellano, Leonard Parisi, Warren Jacobi und ein zappeliger junger Mann in Jeans und Kapuzenpulli. Er saß auf einem einzelnen Stuhl und vibrierte ununterbrochen mit den Füßen.

Der Richter setzte sich auf einen Ohrensessel neben dem Zeugen und sagte: »Verraten Sie uns doch bitte Ihren Namen, junger Mann.«

»Arturo Mendez.«

»Legen Sie die Hand auf die Bibel, Mr. Mendez. Und jetzt müssen Sie vor mir und allen hier Anwesenden schwören, dass Sie die Wahrheit sagen werden, die ganze Wahrheit und nichts als die Wahrheit, so wahr Ihnen Gott helfe.«

»Ja. Ich schwöre.«

Richter Quirk fuhr fort: »Die nette Dame hinter Ihnen, das ist Ms. Pearson. Sie wird jedes Wort mitschreiben, das hier gesprochen wird. Ms. Castellano wird Ihnen Fragen stellen, und im Anschluss vielleicht auch noch Mr. Parisi, der Bezirksstaatsanwalt. – Mr. Parisi hat auch die Schutzmaßnahmen zu Ihrer persönlichen Sicherheit angeordnet. Der grauhaarige Mann neben Mr. Parisi, das ist der Leiter der Kriminalpolizei, Chief Jacobi. Auch er möchte sehr gerne die Wahrheit erfahren, Mr. Mendez. Aber nur die Wahrheit, und nicht das, was Sie glauben oder was Ihnen irgendjemand zugeflüstert hat. Auch nicht das, was wir aus Ihrer Sicht vielleicht hören wollen. Nur das, was Sie gesehen und gehört haben. Gibt es bis hierhin irgendwelche Fragen?«

»Nein, Sir. Ich habe mir früher immer *Law & Order* angeschaut.«

»Gut«, meinte der Richter. »Aber das ist eine Fernsehserie, und wir sind hier im richtigen Leben. Wenn Sie uns anlügen, dann begehen Sie einen Meineid, und das bedeutet, dass Sie ins Gefängnis müssen. Haben Sie mich verstanden?«

»Ja, Euer Ehren. Ich hab's kapiert.«

»Ms. Castellano, bitte. Ihr Zeuge.«

Yuki saß Arturo Mendez gegenüber. Sie sagte: »Arturo, wann haben wir beide uns kennengelernt?«

»Gestern.«

»Und wie kam es dazu?«

»Aaron-Reys Mom hat Ihnen meinen Namen verraten. Sie hat meine Nummer, weil ich ein Freund von A-Rey war.«

»Sehr richtig«, erwiderte Yuki. »Haben wir uns dann an der Ecke von Turk Street und Dodge Place getroffen, dicht bei dem Haus, in dem diese Drogendealer erschossen worden sind?«

»Das stimmt.«

»Wissen Sie, wer die Drogendealer erschossen hat?«

»Ja, Madam. Weil ich nämlich dort war und alles mit angesehen hab«, sagte Arturo Mendez.

»Als Sie die Schüsse beobachtet haben, standen Sie da unter Drogeneinfluss?«, wollte Yuki wissen.

»Nein. Ich hab ja nichts gekriegt.«

»Und Sie sind auch jetzt sauber?«

»Ja, Madam. Ich bin sowieso nicht süchtig oder so. Ich kann sofort in einen Becher pinkeln, wenn Sie wollen.«

»Jetzt nicht, Arturo. Können Sie uns bitte schildern, was sich in diesem Crackhaus abgespielt hat, als die Dealer erschossen wurden?«

Arturo Mendez erzählte seine Geschichte noch einmal, und zwar genau so, wie er sie Yuki am Tag zuvor geschildert hatte. Er war im Haus gewesen, als die drei Männer mit den SFPD-Windjacken aufgetaucht waren und den drei Drogen-dealern befohlen hatten, sich »an der Wand zu kratzen«.

Mendez hatte sich versteckt, aber er hatte mit angese-hen, wie die drei Männer die Dealer durchsucht und ihnen Geld, Waffen und Drogen abgenommen hatten. Anschlie-ßend hatten sie den Dealern erlaubt, sich wieder umzudre-hen, und dann hatte Mendez gehört, wie einer der »Bullen« gesagt hatte: »Versetzt euch mal in meine Lage.«

Arturo Mendez berichtete, dass dieser Mann anschlie-ßend alle drei Dealer erschossen hatte, und danach seien »die Typen mit den Windjacken die Treppe runtergegan-gen«.

Mendez hatte gewartet, bis sie verschwunden waren, und sich dann ebenfalls auf den Weg nach draußen gemacht. Da sei Aaron-Rey Kordell die Treppe heraufgekommen, ganz aufgeregt, weil er im Treppenhaus eine Pistole gefunden hatte. Mendez sagte, dass A-Rey von den Schüssen nichts mitbekommen hatte und dass er, Mendez, ihm geraten hatte abzuhauen.

Yuki sagte: »Können Sie die drei Männer beschreiben?«

»Ja, schon. Aber die hatten Masken auf.«

»Was denn für Masken?«

»So gummiartig, fast so wie richtige Gesichter. Und dann eben die blauen SFPD-Windjacken und die Mützen, verstehen Sie? Und Bullenschuhe.«

»Gibt es sonst noch etwas, was wir Ihrer Meinung nach wissen sollten, Mr. Mendez?«

»Einer von den Männern hat ein Tattoo am Hals gehabt, ungefähr da.« Mendez zeigte auf eine Stelle unter seinem linken Ohr. Yuki sah, wie Parisis Augen groß wurden.

»Könnten Sie diese Tätowierung identifizieren?«, wollte Yuki wissen.

Mendez' Augen füllten sich schlagartig mit Tränen. Er sagte: »Sie müssen mich in einen anderen Bundesstaat bringen, ohne Scheiß jetzt. Gerade eben, als ich ins Haus gekommen bin … ich glaub, da hab ich den Bullen mit dem Tattoo am Hals gesehen. Und er mich vielleicht auch.«

84 Wenn Joe sich nicht gerade einen Idioten schimpfte, dann überlegte er krampfhaft, wie um alles in der Welt er dieser Gruft lebendig entkommen konnte. Er saß auf dem unteren Stockbett. Seine mit Handschellen gefesselten Hände hingen ihm locker zwischen den Knien, während die Kette unter dem Bett verschwand. Zu seiner Linken und außerhalb seiner Reichweite tippte Clement Hubbell auf der Tastatur seines Laptops herum.

Hubbell sagte: »In San Francisco gibt es jede Menge Joe Hogans. Manche sind sogar im Ruhestand. Einer hat einen Deli-Laden, und einer handelt mit Autoteilen. Da ist noch einer, der arbeitet bei einer Versicherung. Der kommt dir vom Alter her am nächsten. Etliche Joe Hogans sind auch schon tot. Und welcher bist du?«

»Clem. Darf ich Sie Clem nennen?«

»So heiße ich«, erwiderte Hubbell. Er schloss die Suchmaschine und rollte mit seinem Stuhl dicht an Joe heran, brachte einen muffigen Geruch nach Schweiß und Knoblauch mit sich.

»Clem«, sagte Joe. »Was ist hier eigentlich los?«

An der Wand hinter Hubbell hing ein Stadtplan von San Francisco. Irgendjemand hatte mit einem Leuchtstift fünf Sterne hineingemalt. Markierten sie die Stellen, wo die fünf Frauen ermordet worden waren, so auch Tina Strichler?

»Was hier los ist? Das hier ist mein Leben. Du kannst dir vielleicht vorstellen, wie überrascht ich war, als du plötzlich in meiner Zelle aufgetaucht bist«, sagte Hubbell. »Das ist bisher noch nie vorgekommen, und weißt du was? Ich finde, das ist eine Verletzung meiner Privatsphäre.«

»Sie müssen mir nur die Handschellen aufschließen, dann verschwinde ich sofort. Und ich vergesse, dass ich jemals hier war«, schlug Joe vor.

»Und wo bleibt dann der Spaß bei der Sache?«, erwiderte Hubbell. »Ich habe ja noch gar keine Gelegenheit gehabt, dich näher kennenzulernen. Und, ganz ehrlich, das möchte ich zu gerne.«

Während Hubbell sich auf seinem Stuhl im Kreis drehte, ließ er ununterbrochen sein Klappmesser auf und zu schnappen. Das Jagdmesser besaß einen Knochengriff und eine fünfzehn Zentimeter lange Klinge. Von Joes Sitzplatz aus wirkte sie scharf wie ein Rasiermesser.

Er sagte: »Sie haben gesagt, dass Sie das Gefühl haben, Sie hätten auf mich gewartet. Wie haben Sie das gemeint?«

»Ich mag die Einsamkeit. Aber gelegentlich braucht ein Mann auch mal jemanden, mit dem er reden kann.«

Als Hubbell den Kopf neigte, um sein Messer zu betrachten, da sah Joe auch die Tätowierung auf seinem Schädel. Sie war unter den millimeterkurz geschorenen Stoppeln gerade noch zu erkennen. Es war ein Geier mit aufgerissenem Schnabel und gespreizten Krallen.

»Was wollen Sie mir denn erzählen?«, fragte Joe.

Hubbell grinste. »Alles über die Morde, die ich begangen habe, mitten am helllichten Tag«, sagte er. »Und mit jedem bin ich davongekommen. Da, auf meiner Sternenkarte, hast du sie direkt vor dir.« Er drehte sich halb um und deutete auf den Stadtplan. »Das war so was wie meine Entlassungsfeier, verstehst du?«

Joes Blick huschte zu der Wand mit der Karte, und er suchte den Stern an der Ecke Balmy Alley und Twenty-Fourth Street, dort wo Tina Strichler inmitten einer Touristenschar aufgeschlitzt worden war.

Der Kerl wollte eine Reaktion. Und Joe wollte, dass er weiterredete.

»Ach, Sie waren im Gefängnis?«

»Oh ja. Man könnte fast sagen, dass ich dort aufgewachsen bin. Ich werde dir Dinge erzählen, die ich noch keinem Menschen verraten habe, Joe«, sagte Hubbell und wandte den Blick von dem Stadtplan zu Joe. »Aber du musst mir versprechen, dass du alles, was ich dir sage, mit ins Grab nimmst. Versprichst du mir das? Sag es.«

»Ich verspreche es«, erwiderte Joe.

»Hand drauf?«

Das war eine Gelegenheit, die Joe nicht auslassen durfte.

»Hand drauf«, sagte er und streckte Hubbell seine gefesselten Hände entgegen. Hubbell fuhr seine Rechte ebenfalls aus... und zog sie wieder zurück, bevor er in Joes Nähe gekommen war.

»Ha! Verarscht!«

Hubbell lachte und ging zu dem kleinen Kühlschrank neben der Toilette. Er holte einen großen Wasserkanister heraus, nahm ein paar tiefe Schlucke und bot ihn anschließend Joe an, der jedoch dankend ablehnte.

Die vier mal drei Meter große Zelle lag rund sieben Meter unter der Erde und war absolut schalldicht. Joe war sich sicher, dass er hier niemals auf eigenen Füßen wieder herauskommen würde. Sobald Hubbell ihm sein mörderisches

Leben in sämtlichen Einzelheiten geschildert hatte, würde er ihn in Stücke schneiden und ihn anschließend häppchenweise die Treppe hinauftragen.

85 Joe wusste, dass Serienkiller sich in zwei Hauptkategorien aufteilen ließen. Die erste Kategorie umfasste die Psychotiker, die irren Kriminellen. Sie hörten Stimmen. Sie hatten Visionen. Sie konnten richtig nicht von falsch unterscheiden.

Und dann gab es die pathologischen Killer. Sie waren keineswegs wahnsinnig, sondern besaßen schlicht und einfach kein Gewissen. Sie töteten, weil sie Spaß dran hatten. Ein Mord verschaffte ihnen ein unglaubliches Glücksgefühl. Diese Killer ließen sich nur aufhalten, wenn man sie selbst tötete. Oder für immer wegsperrte.

Clement Hubbell gehörte in die zweite Kategorie.

Joe blockte alle angsterfüllten Gedanken, die in sein Bewusstsein einsickern wollten, ab, die Bilder der Menschen, die er liebte und die er nie wiedersehen würde, Dinge, die er niemals würde tun können, Bilder von seinem in blutige Stücke gehackten Körper. Er holte tief Luft und blickte dann zu dem Mann empor, der ihn gefangen genommen hatte.

Hubbell war jünger und kräftiger als Joe. Er war bewaffnet, und er geilte sich an diesem Katz-und-Maus-Spiel auf. Es sprach alles für die Katze.

Joe hatte nur eine ziemlich unklare Idee, wie er hier wieder herauskommen konnte. Und wenn es schiefging, dann würde er keine zweite Chance bekommen.

»Ich möchte gerne alles über die Leute erfahren, die Sie

getötet haben«, sagte er. »Wirklich alles. Ich beschäftige mich schon länger intensiv mit Tötungsdelikten. Ich war nie Profiler, immer bloß ein einfacher Sachbearbeiter. Darum bin ich sehr froh, dass ich Sie kennengelernt habe, Clem. Ich kann es kaum erwarten, Ihre Geschichte zu hören.«

»Oh, das wirst du«, erwiderte Hubbell. »Wir haben alle Zeit der Welt. Du hast es vielleicht schon bemerkt. Ich habe keine Uhr hier unten. Lebenslänglich nennen wir das.«

Joe sagte: »Hätten Sie vielleicht was dagegen, wenn ich noch schnell pinkeln gehe, bevor wir anfangen? Ich musste eigentlich schon, bevor ich hier runtergekommen bin.«

»Tu dir keinen Zwang an«, meinte Hubbell.

Joe stand auf. Hubbell saß immer noch auf seinem Schreibtischstuhl vor dem Bett. Die Toilette befand sich rechts von Joe. Er zog seinen Reißverschluss auf und machte einen Schritt auf die Edelstahlschüssel zu.

Sobald er das Ende des Betts im Rücken hatte, wirbelte er herum und stemmte seinen Fuß gegen den nächstgelegenen Bettpfosten, packte ihn am oberen Ende und zog mit aller Kraft daran.

Hubbell sprang auf und brüllte: »Hey!«

Aber er konnte nirgendwohin. Rechts von ihm stand der Schreibtisch, und links stand Joe, der nicht lockerließ, bis das Bett zu kippen anfing und sich auf Hubbell zuneigte.

Dieser riss die Hände nach oben, doch der Eisenrahmen hatte mittlerweile so viel Schräglage, dass die Schwerkraft von ihm Besitz ergriffen hatte. Die obere Matratze geriet ins Rutschen, brachte Hubbells schützend erhobene Hände in Unordnung, und dann drückte der Bettrahmen ihn zu Boden.

Joe trug zwar immer noch Handschellen, aber die Kette,

die um den hinteren Bettpfosten gewickelt gewesen war, ließ sich jetzt frei bewegen. Mit einem großen Schritt trat er über das Bett hinweg, wickelte die Kette um Hubbells Hals, packte ihn an den Schultern und rammte den hässlichen Schädel des Kerls auf den Betonfußboden.

»*Aufhören! Neeeiiiin! Lass das!*«, kreischte Hubbell.

Joe ließ ihn los und fragte: »Wo ist der Schlüssel?«

»Der Schlüssel wofür?«, erwiderte Hubbell.

Da knallte Joe seinen Schädel noch einmal auf den harten Beton. Er wollte ihn nicht umbringen.

Aber er wollte ihm wehtun. Sehr weh.

86

Joe brüllte direkt in Hubbells grinsende Fratze.

»Wo ist der *Schlüssel*? Wo ist der *gottverdammte* Schlüssel?«

»In meinem *Arsch*.«

Joe schnappte sich das Messer, das vom Tisch gefallen war. »Wie du willst. Das Ding sieht ja schön scharf aus.«

Hubbell sagte: »Nein, NEIN! *Er liegt in der Eiswürfelschale.*«

Joe konnte den Kühlschrank gerade noch erreichen, ohne den Druck auf die Kette, die um Hubbells Hals lag, zu verringern. Er holte die Schale heraus, ließ sie auf den Boden fallen, suchte und fand den Eiswürfel mit dem Schlüssel und zertrat ihn mit dem Absatz.

Dann nahm er das kleine Ding in die Hand. »Auf den Bauch«, befahl er.

Hubbell drehte sich um, und Joe stemmte ihm den Fuß in den Nacken. Es dauerte eine Weile, bis er mit seinen stark zitternden Fingern die Handschellen aufgeschlossen hatte. Anschließend zog er als Erstes seinen Reißverschluss wieder zu. Dann drehte er Hubbell die Arme auf den Rücken und fesselte ihn mit seinen eigenen Handschellen. Er wuchtete das Bett wieder in die Senkrechte, nahm seine Pistole vom Schreibtisch und steckte sie zurück in das Halfter.

Hubbell wehrte sich nicht, als Joe ihn auf die Füße zerrte.

In gewisser Weise schien er das alles zu akzeptieren. Vielleicht wird man ja so, wenn man zwanzig Jahre lang hinter Gittern gesessen hat.

»Du hättest nicht gleich so ausflippen müssen«, sagte Hubbell.

»Genau. Tja, dann bitte ich hiermit vielmals um Entschuldigung.«

»Ich hätte dir ja gar nichts getan«, fuhr Hubbell fort. »Ich wollte dir bloß erzählen, was ich alles gemacht habe und wie ich es gemacht habe.«

»Keine Sorge. Es gibt eine Menge Leute, die sehr gerne alles über Sie erfahren möchten, Clem. Sie können Ihre Geschichte noch oft, sehr oft erzählen.«

Er wickelte sich die Kette um seine linke Hand, sodass er seinen Gefangenen dicht vor sich behielt, und zog die Leiter von der Decke herab. Geschmeidig öffnete sich die Luke über ihren Köpfen.

Joe sagte: »Na, was meinen Sie, Clem? Verschwinden wir von hier.«

Nachdem die beiden die Leiter nach oben geklettert und im Keller angekommen waren, kettete Joe Clement Hubbell am Brennofen fest und verriegelte die Kellertür von außen. Dann ging er in die Küche und rief zuerst Lindsay an und dann die Babysitterin, um sich für die Verspätung zu entschuldigen und sie zu bitten, noch ein bisschen länger auf Julie aufzupassen.

Anschließend wusch er sich die Hände, stellte den Backofen auf hundertneunzig Grad und die Zeitschaltuhr auf dreißig Minuten.

Als Lindsay zusammen mit einer bis an die Zähne bewaffneten Spezialeinheit vor dem Häuschen im Edgehill

Way 355 eintraf und der Sturmtrupp die rot lackierte Küchentür aufbrach, ließen sich Joe und Denise Hubbell gerade warme Blaubeer-Muffins schmecken.

87

Ich musste ziemlich viel erklären, als Joe, die Spezialeinheit und ich einen geständigen Mörder in Handschellen in der Hall of Justice ablieferten – einen Mörder, den niemand in der Mordkommission auf dem Radarschirm gehabt, ja, von dem niemand auch nur etwas geahnt hatte.

Ich machte Brady mit den neuesten Erkenntnissen vertraut, während Joe an meinem Schreibtisch saß und wartete.

Bradys Blick wurde mehr als eisig, als ich ihm berichtete, dass Joe einer Ahnung nachgegangen war, dass er von der Besitzerin persönlich ins Haus gebeten worden sei und dass sie ihm ausdrücklich auch Zutritt zum Zimmer ihres Sohnes gewährt hatte.

»War das womöglich so eine ähnliche Ahnung wie deine, als du ein Haus betreten hast, wo der Hausbesitzer dir eine geladene Winchester an den Schädel gehalten hat?«, wollte Brady wissen.

»Ja. Ganz genau so eine.«

»Von meinen persönlichen Gefühlen einmal abgesehen«, sagte Brady, »müsste ich dir deswegen eigentlich eine Abmahnung verpassen. Das war ein hochriskantes Vorgehen, um es vorsichtig auszudrücken. Was, wenn er dich erschossen hätte? Wenn du ihn oder jemand anders erschossen hättest? Und jetzt macht Joe genau den gleichen idio-

315

tischen Schwachsinn? Habt ihr womöglich in eurer Garage eine private Polizeidienststelle eröffnet? Hast du eigentlich nicht genug zu tun, Boxer?«

Das war eine rhetorische Frage, darum antwortete ich nicht, aber ich wurde rot bis hinab zu den Zehenspitzen. Von Brady so heruntergeputzt zu werden war demütigend. Rein formal betrachtet war Joe aus dem Schneider. Er war ja kein Mitarbeiter des San Francisco Police Department. Er hatte keine Ermittlungen behindert oder torpediert. Aber jetzt war Hubbell ganz offiziell festgenommen worden, und ich musste mich strikt an die Vorschriften halten.

Ich wartete zwei, drei Sekunden, bevor ich sagte: »Lieutenant, während Joe von Hubbell gefangen gehalten wurde, hat er fünf Morde gestanden. Ich versuche jetzt, ihn dazu zu bringen, das zu wiederholen.«

Brady lehnte sich so weit nach hinten, dass ich dachte, er würde jeden Moment umkippen, mitsamt seinem Stuhl. Er schlug die Hand vor die Augen und stieß einen so tiefen und lang anhaltenden Seufzer aus, dass er mir tatsächlich leidtat. Er sagte: »Hol Wang und Michaels dazu. Strichler ist ihr Fall, also sollen sie auch beim Verhör dabei sein. Keine Fehler mehr, Lindsay. Zeichnet jede Sekunde auf. Von jetzt ab streng nach Vorschrift.«

»Ich hab's kapiert. Und es tut mir leid, Brady. Bitte entschuldige. Ich mach's wieder gut.«

88

Hubbell war erkennungsdienst-
lich behandelt worden und saß
jetzt schief und krumm auf
einem kleinen grauen Stuhl an
einem kleinen grauen Metalltisch in dem kleinen grauen
Raum, den wir Verhörzimmer 2 nannten. Ich nahm zusammen mit den Inspektoren Michaels und Wang ebenfalls an
dem Tischchen Platz, und Joe stand neben Brady hinter dem
venezianischen Spiegel. Brady trug außerdem ein Funkmi-
krofon, damit er mir seine Bemerkungen und Fragen direkt
ins Ohr brüllen konnte.

Ich hatte mich informiert und wusste über Hubbells Festnahme vor fünfundzwanzig Jahren wegen der Vergewaltigung von Tina Strichler ebenso Bescheid wie über seine
vorbildliche Führung während seiner Haft in der Vollzugs-
anstalt Pelican Bay. Der Stadtplan, den Hubbell zu seiner
persönlichen »Sternenkarte« gemacht hatte, lag vor uns ausgebreitet auf dem Tisch.

Er hatte auf der Rückseite rücksichtsvollerweise sogar
eine Legende zu den einzelnen Morden notiert: die Namen,
die genauen Orte sowie das Datum.

Wang und Michaels waren hier, um zu staunen und sich
im Glanz unseres Ruhms zu sonnen – falls hier überhaupt
von Ruhm die Rede sein konnte. Diesen Fang würde ich
ihnen jedenfalls mit dem größten Vergnügen überlassen.

Dann stellte ich mich Hubbell offiziell vor, machte ihn

mit den anderen Beamten im Raum bekannt und teilte ihm mit, dass ich sehr dankbar für sein Kommen sei – und zwar ohne jede Spur von Sarkasmus.

Er lachte trotzdem. »Ich hatte ja auch eine imponierende Eskorte.«

»Erstklassiger Service, Mr. Hubbell. Für Sie nur das Allerbeste. Sie sind schließlich so eine Art Superstar, oder etwa nicht?«

Er lachte schon wieder. Oh Mann, wie er das alles genoss.

»Mr. Hubbell, Sie haben uns gesagt, dass Sie fünf Frauen ermordet haben, und zwar an fünf verschiedenen Orten im Stadtgebiet von San Francisco. Diese Orte haben Sie auf Ihrem Stadtplan mit Sternen versehen. Das hier ist dieser Stadtplan, nicht wahr?«

Hubbell sagte: »Könnte ich vielleicht was zu trinken haben?«

Wang fragte ihn: »Was soll ich Ihnen bringen?«

»Haben Sie Mountain Dew?«

»Eine eisgekühlte Mountain Dew, kommt sofort.«

Ich saß Hubbell direkt gegenüber. Nachdem er seine Limodose ausgetrunken hatte, fragte ich: »Sind wir jetzt so weit?«

»Ich habe noch eine andere Bitte.«

Meine Stimme war zuckersüß. »Immer raus damit.«

»Ich will wieder nach Pelican Bay. Wenn Sie mir das versprechen, dann erzähle ich Ihnen wirklich jede kleinste Einzelheit.«

»Und wieso ausgerechnet nach Pelican Bay?«

»Ich will wieder nach Hause.«

Da meldete sich Brady zu Wort. »Sag ihm, dass dein Vorgesetzter dir sein Wort gibt und dass wir uns gleich morgen früh die Bestätigung der Staatsanwaltschaft besorgen.«

Ich wiederholte Bradys Worte laut und rechnete damit, dass Hubbell entgegnen würde: »Tja, dann kann das hier warten, bis die Staatsanwaltschaft sich geäußert hat.«

Doch stattdessen sagte er: »Einverstanden. Und Sie müssen mir versprechen, dass Sie Ihr Möglichstes tun werden.«

»Das verspreche ich.« Mehr brauchte Hubbell offensichtlich nicht. Er konnte es kaum erwarten, endlich über seine fünf Jahre andauernde Mordserie zu sprechen, und das eine musste ich Joe lassen: Er war von Anfang an auf der richtigen Spur gewesen. Clement Hubbell hatte an jedem Jahrestag seiner Verurteilung wegen Vergewaltigung einen Mord begangen. Er nannte es ein Fest zur Feier des Beginns seines wunderbaren Gefängnislebens.

Die Opfer hatte Hubbell nach eigenen Angaben alle rein zufällig ausgewählt. Bis auf Tina Strichler.

»Ich wollte meine Fähigkeiten testen«, sagte er und beugte sich dabei über den Tisch zu mir vor, wollte, dass ich ihn wirklich verstand.

»Ich habe mir ein Messer aus meiner Sammlung ausgesucht. Dann habe ich mir eine Frau ausgesucht, an irgendeiner Stelle, die sich gut für so einen Mord eignet. Manchmal waren sie allein. Manchmal habe ich auch eine mitten in einer Menschenmenge gesehen. Wie die, die ich letztes Jahr beim Rennen getötet habe. Ich habe mir zwölf Stunden Zeit gegeben, um mir den nächsten Stern für meine Karte zu verdienen. Und jedes Mal, sobald ich wieder zu Hause war, habe ich auf die Berichte über mein perfektes Verbrechen gewartet.« Er grinste. »Und dann habe ich ein ganzes Jahr lang daran gedacht.«

»Aber Sie konnten niemandem davon erzählen, stimmt's? Das muss schwer gewesen sein«, sagte ich.

»Na klar. Das stimmt. Ich hätte zu gerne einen Zellenkameraden gehabt.«

»Dann war Tina Strichler also das einzige Opfer, das Sie persönlich gekannt haben?«, wollte ich wissen.

»Bettina Monroe. Das einzige Mädchen, das ich je geliebt habe. Sie zu vergewaltigen… also, sie war meine Erste. Ich hab ihr das Messer an die Kehle gehalten, aber bloß, weil es mich so geil gemacht hat. Ich hätte sie nicht umgebracht. Ich hab nicht mal dran *gedacht*, sie umzubringen. Ich dachte, sie würde sich vielleicht überlegen, mal mit mir auszugehen. Mir ist schon klar, dass Sie das zum Lachen finden, Sergeant…«

»Nein, nein. Ich bin nur überrascht, dass Sie etwas für sie empfunden haben.«

»Ja. Bis ich sie vergewaltigt habe, hat sie ja nicht mal gewusst, dass ich überhaupt existiere.«

»Aber warum haben Sie sie dann umgebracht?«

»Ich wollte der Polizei einen Hinweis geben«, sagte er.

»Weil?«

»Weil es Zeit war.«

Nach einer geschlagenen Stunde hatte Clement Hubbell uns jeden seiner Morde ausführlichst geschildert. Er verlangte kein einziges Mal nach einem Anwalt. Nach einer Weile legte er den Kopf auf die Tischplatte und schlief ein. Wang weckte ihn auf, und Michaels erklärte ihn wegen des Verdachts auf fünffachen Mord für verhaftet. Bevor Hubbell nach draußen geführt wurde, bedankte er sich bei mir. Das war mir bisher auch noch nie passiert.

»Sehr gern geschehen, wirklich«, erwiderte ich.

Ich verließ das Verhörzimmer und traf auf Joe und Brady, die draußen auf mich warteten.

»Gut gemacht, ihr zwei«, sagte Brady. »Alles vergeben und vergessen. Bringt mich ja nie wieder in so eine Situation.«

Er gab Joe die Hand. Er gab mir die Hand. Er drückte mir den Oberarm.

Alles in allem war es ein guter Tag, um Polizeibeamtin zu sein.

89 Yuki fühlte sich wie in einem Rausch.

Sie hatte gerade ein Duell mit Red Dog Parisi ausgefochten und über seinen mit Leder bespannten Schreibtisch hinweg dreieinhalb Millionen Dollar Schadenersatz für die Familie Kordell und dazu eine offizielle Entschuldigung ausgehandelt. Die Kordells hatten dieses Ergebnis im Lauf zweier sehr bewegender Telefonate akzeptiert.

Bevor sie die Hall of Justice verließ, schrieb sie Brady eine SMS, dann noch eine, als sie auf der Straße war, und noch eine vom Parkplatz des Whole Foods in der Fourth Street aus. Keine Reaktion.

Während der Fahrt nach Telegraph Hill, wo sie wohnten, ließ sie sich die Höhepunkte ihres Treffens mit Parisi noch einmal durch den Kopf gehen, vor allem die Stelle, als er getönt hatte: »Ich würde sagen, zwei Millionen sind absolut angemessen.«

Und dann ihre Erwiderung: »Nein, sind sie nicht, Len. Auf gar keinen Fall.«

Yuki wusste kaum noch, wie sie nach Hause gekommen war, aber nachdem sie ihre Einkäufe ausgepackt und eingeräumt hatte, warf sie einen Blick auf das Display des Festnetztelefons und stellte fest, dass Brady immer noch nicht angerufen hatte. So langsam wurde sie richtig sauer deswegen.

Sie holte eine Flasche Kokosnusswasser aus dem Kühl-schrank, ließ sich in ihren kuscheligen Sessel sinken und wollte ihre E-Mails abrufen. Da klingelte es an der Tür. Sie sprang auf, spähte durch den Spion und sah einen Teenager mit einem Klemmbrett und einem riesigen Blumenstrauß im Hausflur stehen.

Das war schon besser.

Sie tauschte Unterschrift gegen Blumenstrauß und las auf dem Weg in die Küche die beigelegte Karte. *Verdammt, Yuki. Sie einzustellen war das Beste, was ich in meinem ganzen Leben gemacht habe. Gratulation, Zac.*

Yuki wickelte die Blumen aus und stellte die Vase auf das kleine Beistelltischchen hinter dem Sofa. Dann schnappte sie sich erneut ihren Laptop und öffnete die Mailbox.

Chief Jacobi hatte ihr eine E-Mail geschickt.

Yuki, ich dachte, es interessiert Sie vielleicht, dass In-spektor Brand aufgrund des aktuellen Ermittlungsstands vom Dienst suspendiert wurde. Ihren jungen Schützling, Arturo Mendez, habe ich in Schutzhaft genommen, bis ich ihn irgendwo sicher unterbringen kann. Leider muss ich Ihnen mitteilen, dass Li'l Tony Willis verstorben ist. Und was Sie angeht, junge Dame: Verdammt gute Arbeit. Verdammt gute Arbeit.

Yukis Augen fingen an zu brennen.

Sie drückte die Handflächen auf ihre geschlossenen Lider und versuchte, die Tränen zurückzuhalten. Sie musste an Li'l Tony denken, mit all den Schläuchen in der Nase und den Armen. Er hatte sie gebeten, in ein anderes Gefäng-nis verlegt zu werden. Mehr hatte er nicht gewollt. Als sie die Augen wieder aufschlug, war schon wieder eine neue E-Mail eingetroffen.

Yuki, wir ziehen weg, sobald wie möglich, damit unser Kind es besser hat. Es tut mir leid, dass Aaron-Rey Sie nicht kennengelernt hat. Er hätte Sie genau so sehr in sein Herz geschlossen wie wir. Wir werden Sie nie vergessen.
Alles Liebe,
Bea Kordell

Jetzt konnte Yuki die Tränen beim besten Willen nicht mehr zurückhalten, und sie fing hemmungslos an zu schluchzen. Sie ging ins Schlafzimmer, zog sich aus und legte sich ins Bett. Als sie von einem sanften Kuss auf die Wange geweckt wurde, hatte sie tief und fest geschlafen.

Brady saß neben ihr und sah sie an, wie er sie nicht mehr angesehen hatte, seit sie dem Prozesshilfeverein ihre Zusage gegeben hatte. Sie rutschte bis ans Kopfbrett und setzte sich auf.

»Ich bin ein bescheuerter Vollidiot«, sagte er.

»Mm-hmm.«

»Ich bin bescheuert, ich habe mich wie ein Vollidiot benommen, und es tut mir leid.«

Sie war immer noch wütend. Sie nahm sich ein Taschentuch, schnäuzte sich und sagte: »Kann ja niemand was dafür, dass wir über unsere Fälle nicht sprechen durften.«

»Ich hätte ja mal einen Tee kochen können. Wir hätten uns zusammen einen Film anschauen können. Eine Kissenschlacht veranstalten. Irgendwas.«

»*So* wütend bin ich nun auch wieder nicht«, sagte sie.

»Bist du *wohl. Solltest* du auch sein. Weißt du, wieso ich heute nicht ans Telefon gehen konnte? Weil ich ununterbrochen in irgendwelchen Besprechungen gesteckt habe. Weil du nämlich diese Geschichte mit den korrupten Polizisten geknackt hast, an der ich … also ich und der gesamte südliche Bezirk …«

»Hab ich doch gar nicht.«

»*Du* hast die Tür eingetreten, Liebling. Und jetzt haben wir die Chance, diesen ganzen Saustall ein für alle Mal auszumisten. Alles nur dank dir.«

»Das freut mich.« Seine Stimme … sie mochte seine Stimme. Diesen Südstaaten-Singsang. Und sie konnte sich nicht an ihm sattsehen.

Brady strich ihr mit den Fingern über die Wange, legte ihr die Hand unters Kinn. Sie sah zu ihm auf.

»Ich war ein Vollidiot«, wiederholte er. »Aber es hat mich fast umgebracht. Du hast mir so gefehlt.«

»Du mir auch.« Ihre Stimme brach.

Brady stand auf und zog die Vorhänge zu. Er nahm seine Krawatte ab, dann sein Jackett, warf beides auf den Stuhl, schnallte sein Halfter ab, schleuderte seine Schuhe beiseite und knöpfte sein Hemd auf.

Als er beim Hosenknopf angelangt war, sagte Yuki: »Warte, Brady. Ich muss noch mal weg.«

»Echt jetzt?«

Yuki lachte. »Nein.«

Brady ließ die Hose fallen, und sie sah ihn bewundernd an. Er schlug die Decken und Laken beiseite und kam zu ihr ins Bett. Yuki schlang ihm die Arme um den Hals, schmiegte sich an ihn und überließ sich ihm.

Er wusste immer ganz genau, was zu tun war.

90

Joe und ich lagen im Bett. Es war noch gar nicht so spät, erst kurz nach zehn, aber ich war zu müde, um noch zum Joggen zu gehen, und zu aufgekratzt, um einzuschlafen. Joe gähnte und streckte sich neben mir. Er fühlte sich großartig. Um genau zu sein, als er das letzte Mal in solch einer Stimmung gewesen war, das war, als er zum ersten Mal unser kleines Mädchen gesehen hatte.

Wenn ich daran dachte, was Joe alles durchgemacht hatte, bekam ich das große Zittern.

Ich hatte immer noch seine atemlose Stimme im Ohr und wie er mir am Telefon gesagt hatte, dass ich so schnell wie möglich kommen sollte … weil er Clement Hubbell im Keller eingesperrt hatte.

Ich war losgerast, als hätte mir jemand eine Bombe unter den Hintern geschoben, hatte mir den Kommandeur der Sondereinsatzkommandos geschnappt und gesagt, dass ich die notwendige richterliche Anordnung später besorgen würde. Hoffentlich konnte ich das wirklich. Ich war in den ersten SUV gesprungen, und wir waren nahezu in Lichtgeschwindigkeit nach Edgehill Mountain gerast, bangend, ob wir es noch rechtzeitig schaffen würden.

Jetzt, wo alles hinter uns lag, ließ ich mir noch einmal Bild für Bild durch den Kopf gehen, wie die Spezialeinheit die rote Tür aufgerammt hatte, wie die Angeln weggespritzt waren und die Tür wie eine rote Zunge auf dem Fußboden gelegen hatte, während ein Dutzend Männer mit hoch erhobenen Schutzschilden und schussbereiten Waffen in die Küche gestürmt waren. Joe hatte mit einem Muffin in der Hand am Tisch gesessen und neben ihm eine entsetzte alte Frau, die atemlos hervorgestoßen hatte: »Sie hätten doch auch anklopfen können.«

Joe hatte gegrinst wie ein kleiner Junge, der gerade das Passwort für die Kindersicherung am Videorekorder geknackt hatte ... und das, noch *bevor* wir Hubbell festgenommen hatten.

Ich spürte immer noch die Nachwirkungen des Adrenalinschocks. Das alles hätte wirklich schrecklich enden können. Mein Mann hätte sterben können.

»Du bist so verspannt«, sagte Joe und zog mich sanft an sich.

»Und du, ganz zufrieden insgesamt, Schätzchen?«

Er lachte. »Das kannst du laut sagen! Nach all den Jahren hinterm Schreibtisch hab ich's immer noch drauf.«

Er umschlang mich mit beiden Armen, und ich hob ihm meine Lippen entgegen. Sein Mund, seine Hände, das alles fühlte sich so gut an. Ich versuchte, meine Gedanken loszulassen, aber ich konnte nicht.

Pausenlos zuckten mir Bilder durch den Kopf: das Massaker an der Familie Calhoun, die Windjacken-Räuber, die Zettel, auf denen irgendwelche anonymen Feiglinge mir vorwarfen, ich hätte die schmale blaue Grenzlinie überschritten.

»Linds?«

»Tut mir leid, Joe, aber ich kann einfach nicht abschalten. Wie wär's morgen früh? Wäre das okay?«

Er streichelte mir mit seiner großen Hand über den Kopf. »Natürlich ist das okay. Was beschäftigt dich denn?«, erkundigte er sich.

Ich kuschelte mich an ihn und sagte ihm, dass die ganze Sache mit den kriminellen Polizeibeamten mich immer noch wahnsinnig machte. »Ich weiß gar nicht mehr, wem ich trauen soll, nicht mal in meiner eigenen Abteilung.«

Ich hatte noch gar nicht lange geredet, da merkte ich, dass Joes Atemzüge tiefer wurden. Er war tatsächlich eingeschlafen.

Leise stahl ich mich aus dem Bett, um nach Julie zu sehen.

Unsere kleine Prinzessin sah, wie ich in ihre Wiege schaute, brabbelte leise und hob die Arme. Ich nahm sie auf den Arm und setzte mich in den Sessel am Fenster. Dann hielt ich sie fest und schaukelte sie sanft, während ich die vorbeifahrenden Autos auf der Lake Street beobachtete.

Keine verdächtigen Aktivitäten.

Keine herumlungernden Männer, keine Gestalten in abgedunkelten Autos.

Ich wiegte meine Süße so lange hin und her, bis sie eingeschlafen war, und auch auf mich hatten das Schaukeln und ihr sanfter Atem eine beruhigende Wirkung. Ich legte sie wieder in ihr Bettchen und deckte sie zu. Dann sah ich nach, ob die Wohnungstür verriegelt und die Alarmanlage eingeschaltet war.

Nachdem alle Luken dicht waren, kehrte ich ins Bett zurück, dorthin, wo mein Ehemann lebendig und unversehrt schlief und wahrscheinlich von seinem unfassbar erfolgreichen Fünf-Sterne-Tag träumte.

Ich musste eingeschlafen sein, denn als ich aufwachte und

auf die Uhr schaute, war es Viertel nach drei. Eine gefühlte Minute später sah ich noch einmal nach.

Es war 7.45 Uhr.

Um acht hatte ich eine Sitzung. Ich würde zu spät kommen.

91

Aus dem Auto rief ich Jacobi an, um ihm zu sagen, dass ich unterwegs war. Er blaffte mich an: »Verdammt noch mal, Boxer, setz endlich deinen Arsch in Bewegung. Wir machen die Sitzung schließlich wegen *dir*.«

Er meinte es ernst.

Ich sagte: »Zehn Minuten«, und legte auf, bevor ich aus reinem Reflex zurückfauchen konnte.

Selbstverständlich war ich verletzt.

Vor fünf Jahren hatten Jacobi und ich noch als Partner im selben Wagen gesessen, als wir in einer dunklen Gasse in der Mission niedergeschossen und lebensgefährlich verletzt worden waren. Ich hatte damals mit meinem vermeintlich letzten Atemzug einen Notruf an die Zentrale abgesetzt. Seit jenem Abend waren Jacobi und ich untrennbar miteinander verbunden.

Gestern hatte ich in einem vollkommen anderen Zusammenhang einen Serienkiller verhört und war mir dabei vorgekommen wie bei einem Barfußtanz auf einer Rasierklinge. Aber ich hatte ein Geständnis bekommen und auf Video aufgezeichnet. Hatte alle Klippen umschifft. Unsere Aufklärungsquote hatte einen Riesensprung nach vorn gemacht. Ein großer Tag für das San Francisco Police Department!

Und heute kam ich zu spät zu einer Sitzung mit drei Männern, denen ich jederzeit bedenkenlos mein Leben anvertraut hätte, so, wie sie mir auch ihres anvertraut hätten. Aber Jacobi hatte mich deswegen zur Schnecke gemacht!

Ich hörte meinen toten Vater sagen: *Sei doch nicht so empfindlich, Prinzessin.*

Ich habe nicht viel für meinen Vater übrig, aber in dem Punkt hatte er recht.

Ich durfte nicht so empfindlich sein. Vor der nächsten roten Ampel bremste ich so spät, dass ich beinahe einem Minivan voller Kinder und Hunde ins Heck geknallt wäre. Ich atmete tief durch. Mehrfach.

Dann riss ich mich zusammen, und als die Ampel auf Grün sprang, ließ ich die Sirene ausgeschaltet. Ich hielt mich an die Geschwindigkeitsbegrenzung. Um 8.46 Uhr war ich in der Bryant Street 850.

Ich stellte meinen Wagen auf dem Parkplatz ab, warf Carl den Schlüssel zu und überquerte bei Rot die Straße. Dann zeigte ich am Eingang meine Dienstmarke und fuhr mit dem Fahrstuhl in den vierten Stock.

Als ich Jacobis Büro betrat, saßen drei grimmig dreinblickende Männer in auf alt gemachten Ledersesseln rund um einen gläsernen Couchtisch. Die gerahmten Fotos an den Wänden zeigten Jacobi mit verschiedenen Politikern, und auf einem waren er und ich in unserer blauen Uniform zu sehen, wie wir von unserem ehemaligen Vorgesetzten eine Auszeichnung verliehen bekommen.

Ich umging Bradys ausgestreckte Beine und setzte mich neben Conklin. Jetzt ging es mir besser. Ich war bei Freunden und wieder ganz ich selbst.

»Bitte entschuldigt meine Verspätung«, sagte ich.

Conklin reichte mir eine ziemlich kalte Tasse Kaffee, aber ich wusste, dass er drei Stücke Zucker hineingerührt hatte.

Brady ergriff das Wort: »Chief, wollen Sie es ihr sagen?«

»Was denn?«, wollte ich wissen, aber gleichzeitig sagte Conklin schon: »Robertson ist tot.«

»Robertson?«

Einen Augenblick lang wusste ich gar nicht, wen er meinte, aber dann wurde es mir klar. Kyle Robertson, Tom Calhouns Partner, der ehemalige Streifenpolizist, dem der Ruhestand gar nicht früh genug kommen konnte.

»Wie ist er gestorben?«, fragte ich in die Runde.

Jacobi sagte: »Er hat seinen Hund am Nachbarzaun festgebunden und einen Zettel in den Maschendraht gesteckt. Dann hat er seine Dienstmarke auf den Esstisch gelegt, hat sich hingesetzt und sich in den Mund geschossen.«

»Ach, du Scheiße. Was steht auf dem Zettel?«, wollte ich wissen.

»Da steht: ›Es tut mir leid. Bitte kümmert euch um Bruno. Er ist ein braver Kerl.‹ Dazu hat er einen Scheck für den Nachbarn beigelegt, über tausend Dollar. Robertson hat den Zettel gestern um Mitternacht unterschrieben und datiert. Der Nachbar hat uns vor ein paar Stunden angerufen.«

»Und nun?«

»Genau das müssen wir jetzt entscheiden«, sagte Jacobi.

92 Als Jacobi sagte: »Genau das müssen wir jetzt entscheiden«, da meinte er, dass es unsere Aufgabe war, die spärlichen Indizien zu einem schlüssigen Bild zusammenzufügen und unsere korrupten, kriminellen Kollegen zu überführen.

Brady ist ein Listenmacher. Jetzt notierte er auf der linken Seite seines gelben Notizblocks mit einem roten Filzstift alle möglichen Namen.

Calhoun war der Erste, gefolgt von Robertson. Die beiden waren Partner gewesen, und jetzt waren sie tot.

Brady sagte: »Gehen wir zunächst einmal davon aus, dass Robertson sich umgebracht hat, weil er befürchten musste, dass ihm dasselbe Schicksal droht wie Calhoun.«

»Als ich mit Robertson gesprochen habe, hat er sich für Calhoun verbürgt und gesagt, dass er ein guter Polizist gewesen sei, der nie irgendwelche krummen Dinger gedreht hat«, wandte ich ein. »Ich bin gar nicht auf die Idee gekommen, dass er seinen Partner – oder sich selbst – damit decken will. Vielleicht war das ein Fehler.« Nach einer kurzen Pause fuhr ich fort: »Robertson und Calhoun waren Ted Swanson unterstellt.«

Jacobi sagte: »Ich habe Swanson angerufen. Er durchsucht gerade Robertsons Haus und hofft, dass er dort irgendeine Erklärung findet. Er und Vasquez wollen auch mit den Nachbarn sprechen.«

Dann erwähnte Conklin noch Donnie Wolfe, den Informanten im Wicker House, von dem die Räuber erfahren hatten, wann die Drogen und das Geld vor Ort sein würden.

Conklin sagte: »Wolfe hat ausgesagt, dass die Räuber Polizisten waren, dass der Anführer Eins genannt wurde, und dass die gesamte Windjacken-Bande aus sechs Personen bestanden hat.«

Brady schrieb Eins + 5 an den oberen Rand seiner Liste.

Jacobi sagte: »Ein Zeuge der Schießerei in dem Crackhaus hat eine Tätowierung am Hals eines der Windjacken-Räuber gesehen. Die Beschreibung klingt verdächtig nach Bill Brands Tattoo.«

Ich wusste, wie das aussah. *WB.* Wie ein Brandzeichen auf einem Rind der Herden aus dem Wilden Westen.

Conklin sagte: »Wir haben mit diesen Typen zusammengearbeitet. Tagtäglich. Es sieht also folgendermaßen aus: Brand, Calhoun und Robertson sind Windjacken-Räuber. Gut möglich, dass es noch ein paar davon gibt, die wir bis jetzt noch nicht kennen. Whitney zum Beispiel, als Brands Partner.«

Brady meinte: »Das ist eine Arbeitshypothese. Brand ist schon suspendiert. Jacobi und ich sprechen in einer Stunde mit ihm. Boxer und Conklin, ihr nehmt euch Whitney vor. Setzt ihn unter Druck. Wer zuerst redet, bekommt eine Strafminderung, der andere den Jackpot.«

Als ich wieder an meinem Schreibtisch saß, wählte ich Whitneys Handynummer und hinterließ ihm eine Nachricht. Dann noch mal eine und schließlich noch eine dritte.

Conklin meinte: »Vielleicht muss man so was persönlich erledigen. Bin gleich wieder da.«

Zehn Minuten später war es so weit.

»Whitney ist nicht da und hat sich auch nicht krankgemeldet«, berichtete Conklin. »Aber ich würde sagen, er hat unsere Nachricht auch so bekommen.«

Wir gingen hinüber in Bradys Glaskasten. Er hob den Kopf und sagte: »Brand ist nicht zum Termin erschienen.«

Conklin erwiderte: »Und Whitney ist auch nicht da. Reagiert nicht auf unsere Anrufe.«

Wir waren uns ziemlich sicher, dass Whitney und Brand untergetaucht waren. Ohne die beiden würden wir vielleicht niemals erfahren, wer Calhoun ermordet, das Wicker House überfallen und sieben Personen sowie einen Spitzel namens Rascal Valdeen getötet hatte. Unter Umständen würden wir auch nie wissen, wer die Drogendealer in diesem Crackhaus, ein halbes Dutzend andere Dealer oder die unschuldigen Inhaber mehrerer Scheckpfandhäuser auf dem Gewissen hatte. Und dann war da noch der bewaffnete Überfall auf den spanischen Supermarkt, bei dem Maya Perez sowie ihr ungeborenes Baby ums Leben gekommen waren.

Ich hatte das Gefühl, als würden wir auf dem schmalen Grat zwischen Alles oder Nichts entlangbalancieren. Und mit einem Mal spuckte mein verstopftes Gehirn den naheliegendsten Kandidaten für den Posten der »Nummer eins« aus.

Ich hatte schon früher an ihn gedacht, aber sein gewinnendes, attraktives Aussehen und sein freundliches Auftreten hatten mich schnell wieder auf eine andere Fährte gelockt. Im Augenblick hatten wir ihn jedenfalls überhaupt nicht auf dem Schirm.

Ich setzte mich Brady gegenüber auf einen Stuhl, damit ich nicht von der offenen Tür aus mit ihm sprechen musste. »Was ist eigentlich mit Swanson?«

»Was willst du damit sagen? Glaubst du, dass er auch mit drinsteckt?«

»Swanson ist ein ausgezeichneter Polizist. Fast so eine Art Superstar. Calhoun und Robertson waren ihm unterstellt. Wieso soll er nicht mit drinstecken?«

»Folge deinem Instinkt«, sagte Brady.

93

Mein Instinkt sagte mir, dass wir gegenüber Swanson nicht auf Rambo machen durften.

Conklin war meiner Meinung.

»Rede du mit ihm. Ich versuche in der Zwischenzeit rauszukriegen, wo Whitney steckt.«

Die Swansons wohnten in Parkmerced, ungefähr zwanzig Minuten vom Stadtzentrum entfernt. Die etwa sechzig Hektar große Wohnsiedlung umfasste Hochhausblocks ebenso wie Einzelhäuser. Es dämmerte bereits, als ich durch die von üppigem Grün gesäumten Sträßchen fuhr, vorbei an reizenden kleinen Parks und Spielplätzen.

Es war nicht schwer zu glauben, dass das Böse hier keinen Platz hatte.

Swanson wohnte in einem dunkelorange-dunkelbraun gestrichenen Dreifamilienhaus mit Stuckfassade. Ich hatte meinen Wagen kaum am Straßenrand abgestellt, als er schon zur Haustür heraus- und auf mich zukam.

»Tut mir leid, dass ich so unangemeldet auftauche«, sagte ich, »aber es gibt etwas zu besprechen.«

Swanson erwiderte: »Komm rein, Boxer. Ich bin, ehrlich gesagt, froh, dass du da bist.«

Ted Swansons Freundlichkeit war einfach entwaffnend. Sein ganzes offenes, entspanntes Auftreten ließ meine Theorie, dass er der Anführer einer Bande korrupter, krimineller Polizisten sein könnte, absolut lächerlich erscheinen.

Als wir in seinem Wohnzimmer standen, stellte er mich seiner Frau Nancy vor, und sie sagte: »Und das sind unsere Kinder.«

Sie machte eine Tür auf, und ich sah ein gemütlich eingerichtetes Arbeitszimmer vor mir, wo drei Kinder, alle unter zehn Jahren, in ihre Sitzsäcke gekuschelt im Schlafanzug vor dem Fernseher saßen.

Ich wurde Meave, Joey und Pat als »Daddys Arbeitskollegin« vorgestellt, dann blieb Nancy bei den Kindern, während ich das holzgetäfelte Wohnzimmer mit den karierten Sofas und dem flauschigen Teppichboden betrat.

Ich setzte mich auf eines der Sofas und lehnte Swansons Angebot – »Kaffee oder was anderes?« – ab. Verblüfft registrierte ich, wie sehr er im Verlauf der vergangenen Wochen gealtert war.

Sein Gesicht war aschfahl. Seine Schultern hingen schlaff nach unten. Er sah aus wie jemand, der unmittelbar vor einem Herzinfarkt stand.

»Ich war den ganzen Tag in Robertsons Haus«, sagte Swanson. »Ich habe den Stuhl gesehen, auf dem er sich erschossen hat. Habe daran gedacht, was für ein netter Kerl er war. Habe mich gefragt, wieso er das getan hat.«

»Und? Hast du eine Antwort gefunden?«

Ich glaube, Swanson hatte mich gar nicht gehört.

»Ich habe seine Kontoauszüge durchgesehen«, fuhr er fort. »Er hat weder besonders viel noch besonders wenig Geld gehabt. Ich bin die Papiere auf seinem Schreibtisch durchgegangen und habe das Ergebnis seiner letzten Gesundheitsuntersuchung gefunden. Kein Diabetes, kein Krebs, keine Herzerkrankung. Sein Blutdruck war ein kleines bisschen zu hoch, aber das ist meiner auch.

Dann habe ich im Medizinschrank nachgesehen. Ein paar Schmerztabletten, etwas gegen Sodbrennen und eine Fußpilzsalbe.«

Swanson schüttelte den Kopf.

»Was noch?«, wollte ich wissen.

»Vasquez hat mit dem Nachbarn gesprochen, der den Hund geerbt hat. Murray heißt er, und er war Robertsons Saufkumpan. Sie haben zusammen Football- und Baseballspiele geschaut. Murray hat so was überhaupt nicht kommen sehen. Er sagt, dass Kyle vielleicht ein bisschen launisch war, aber auf keinen Fall irgendwie depressiv. Aber, ehrlich gesagt, Boxer, von uns hat das keiner kommen sehen. Robertsons Laptop ist bei der Kriminaltechnik. Vielleicht finden die ja eine Erklärung.«

»Ted. Könnten wir vielleicht mal der Wahrheit ins Auge schauen? Kyle Robertson hat sich doch nicht aus einer Laune heraus umgebracht. War er vielleicht an den Raubmorden beteiligt, die wir zurzeit untersuchen? Ist er bedroht worden? Hat er Dinge gewusst, die er vielleicht lieber nicht hätte wissen sollen? Ich glaube, ehrlich gesagt, dass du die Antworten kennst.«

Swansons Miene erschlaffte. »Ich könnte auch ein Zielobjekt sein. Das, was Tommy Calhoun und seiner Familie zugestoßen ist, könnte auch mir und meiner Familie zustoßen. Was würdest du denn an meiner Stelle machen?«

»Ich würde mit jemandem reden, der mir helfen kann.«

»Was soll das denn heißen, Boxer?«

»Du weißt genau, was ich damit meine. Gib mir ein bisschen Material, etwas, was mich weiterbringt. Chief Jacobi war mein Partner. Wir sind seit zwölf Jahren eng befreundet. Er wird auf mich hören.«

»Ich habe nichts zu sagen.«

Swanson kauerte auf seinem Platz und hatte den Kopf über die Knie gebeugt. »Wir haben alle unsere Arbeit gemacht, genau wie du auch. Vielleicht ist Calhoun dabei irgendjemandem zu nahe gekommen, und vielleicht hat Robertson gewusst, wer oder was das war.«

»Das willst du mir also weismachen? Dass du nicht das Geringste weißt?«

»Ich gehe jetzt ins Bett, Boxer«, erwiderte er. »Ich hatte mal wieder einen richtig beschissenen Tag.«

Er sagte zwar, dass er nicht mit mir reden wollte, aber sein Gesichtsausdruck besagte etwas anderes. Er wollte mir alles gestehen, hundertprozentig. Aber dann standen wir auf, und er ließ mich einfach stehen. Also ging ich alleine zur Haustür. Als ich an der Arbeitszimmertür vorbeikam, hörte ich die Kleinen lachen. Ich hatte schreckliche Angst um die drei und um Nancy und Ted Swanson auch.

Und ganz ehrlich, ich fand, dass er sich absolut glaubwürdig angehört hatte, auch wenn ich ihm kein Wort glaubte.

94 Ich verließ Ted Swanson in der festen Überzeugung, dass er mich angelogen hatte, und das war nicht nur ziemlich beunruhigend, sondern verstärkte die Zweifel, die ich ihm gegenüber hegte, weiter.

Er behauptete, er hätte Angst vor einem Überfall, aber er wollte mir nicht sagen, was er wusste. Ich war enttäuscht und wütend und musste unentwegt an die grausame Szene in Tom Calhouns Haus denken. Und ich wusste, dass Swanson diese Bilder ebenfalls nicht mehr aus dem Kopf bekam.

Ich hatte die Hand schon am Türgriff meines Autos, da hörte ich, wie Nancy Swanson nach mir rief. Sie kam mit schnellen Schritten über den Rasen auf mich zu, und als sie vor mir stand, hielt sie sich nicht mit langen Vorreden auf.

»Jetzt hören Sie mir mal gut zu, Sergeant. Es ist alles andere als einfach, Teds Arbeit von unserem Zuhause fernzuhalten, aber ich versuche es. Wenn es nach mir gegangen wäre, ich hätte Sie gar nicht reingelassen.«

Ich erwiderte: »Nancy, ich möchte Sie und Ihre Familie beschützen, aber das kann ich nicht, solange Ted nicht mit mir redet. Wenn Sie etwas wissen, dann, in Gottes Namen, sagen Sie es mir.«

»Hat mich gefreut«, erwiderte sie.

Doch noch bevor sie sich abwenden konnte, packte ich sie mit beiden Händen an den Schultern. »Hören Sie mir gut zu. Ich weiß genau, wovon ich rede. Sie können Ihre Familie nicht auf eigene Faust beschützen.«

Sie schüttelte meine Hände ab. »Leben Sie wohl. Auf Nimmerwiedersehen.«

Ich blickte Mrs. Swanson hinterher, wie sie zu ihrer Haustür ging. Sie drehte sich noch einmal um und warf mir einen wütenden Blick zu, dann verschwand sie im Inneren und zog die Tür mit einem lauten Knall ins Schloss.

Ich saß noch in meinem Wagen und telefonierte mit Brady, als Ted Swanson aus seinem Haus gestürmt kam. Er trug eine SFPD-Windjacke. *Großer Gott? Was war denn jetzt los?*

Er klopfte an mein Fenster, und ich ließ es herunter.

Swanson sagte: »Vasquez hat gerade angerufen. Er hat ein paar verdächtige Autos gesehen, die alle in seiner Nähe parken. Da ist irgendwas im Gang. Sag der Zentrale Bescheid.«

Er setzte sich auf den Beifahrersitz und nannte mir Vasquez' Adresse, die ich an Brady weitergab. Ich bat ihn, alle verfügbaren Einheiten loszuschicken. Gerade war Schichtwechsel. Keine Ahnung, wie viele Leute Brady überhaupt aufbieten konnte.

Ich fuhr los, und Swanson brüllte mir über das Gejaule der Sirene hinweg Richtungsangaben zu.

95

Trotz der schrillen Sirene waren auch das Knistern und Kreischen aus meinem Funkgerät noch deutlich zu hören. Die Zentrale rief alle verfügbaren Streifenwagen zu Vasquez, und die Fahrzeuge bestätigten unverzüglich, dass sie unterwegs seien.

Swanson starrte geradeaus durch die Windschutzscheibe. Er wirkte wie hypnotisiert, schien ganz in seiner eigenen Welt, während ich meinen Explorer in die Naglee Avenue im Arbeiterviertel Cayuga Park scheuchte.

Noch während wir in südwestlicher Richtung die Cayuga Avenue entlangfuhren, hörte ich schnell aufeinanderfolgende Schüsse, und dann sah ich auch die vielen Autos, die schräg an beiden Straßenrändern standen.

Darunter waren zahlreiche Streifenwagen, die mit ihren Blinklichtern die umliegenden Häuser mit rot-blauen Punkten sprenkelten. Die Beamten aus den Streifenwagen lieferten sich ein Feuergefecht mit den Insassen dreier Limousinen, allesamt neuere US-amerikanische Modelle. Das waren vermutlich die verdächtigen Fahrzeuge, die Vasquez gesehen und gemeldet hatte.

Die Naglee Avenue verläuft vom Freeway 280 aus in östlicher Richtung und beginnt direkt unter einer Eisenbahnüberführung. Die Häuser in diesem Straßenabschnitt schließen unmittelbar aneinander an, und die Garageneinfahrten sind nur durch schmale Hecken voneinander getrennt.

Der Spielplatz auf der gegenüberliegenden Straßenseite war um diese Zeit leer.

Die Schießerei konzentrierte sich auf ein Haus in der Mitte des Straßenzuges, ein unauffälliges beigefarbenes Holzhaus mit einem aus großen Felsblöcken gemauerten Erdgeschoss.

»Da wohnt Vasquez«, sagte Swanson.

»Hat er Familie?«

»Nein. Er ist geschieden, ohne Kinder.«

Ich stellte meinen Wagen etwas abseits des Feuergefechts ab, aber so, dass ich gute Sicht darauf hatte. Dann ließ ich den Kofferraum aufschnappen, holte meine Schutzweste heraus und zog sie über meine Jacke. Mit der Ersatzweste in der Hand schlich ich geduckt zurück zur Fahrertür. In diesem Augenblick riss Swanson die Beifahrertür auf und stürmte los, direkt auf Vasquez' Haus zu.

Ich brüllte: »*Swanson! Runter!*«

Swanson rannte an der kurzen Hecke entlang, die Vasquez' Einfahrt von der seiner Nachbarn trennte, als ich sah, wie er zweimal zuckte und dann zu Boden sackte.

Ich setzte mich hastig auf meinen Platz, riss das Mikro aus der Halterung und brüllte: »*Kollege verwundet, Kollege verwundet!*« Dann gab ich meinen Standort durch, obwohl mir vollkommen klar war, dass ein Notarztwagen gar keine Chance hatte durchzukommen, bevor die Schießerei nicht beendet war. Aber so waren die Vorschriften.

Ich hatte keine Ahnung, was Swanson mit dieser Aktion bezweckt hatte, aber wenn er noch am Leben war, dann musste ich zu ihm, und zwar sofort. Ich ließ Blinklicht und

Sirene ausgeschaltet und rollte mit meinem Wagen langsam über den Bürgersteig, bis ich Swanson neben der Hecke liegen sah.

Ich hielt an, rutschte auf dem Bauch über den Beifahrersitz und drückte die Tür auf. Swanson lag direkt vor mir.

Er blutete zwar heftig, aber er atmete noch.

Ich brüllte ihn an: »Du bist so ein bescheuertes Arschloch, Swanson, weißt du das?«

Die Blutflecken auf seiner Windjacke wurden immer größer. Trotzdem grinste er mich an.

»Das sagt die Richtige«, erwiderte er.

96

Mein Auto bildete einen zumindest einigermaßen tauglichen Schutzschirm gegen die Schießerei zu meiner Linken, aber in Sicherheit war ich hier nicht. Ich hörte das schrille Heulen einer Krankenwagensirene und dann einer zweiten. Es klang, als würden die beiden Fahrzeuge gerade unter der Überführung abgestellt.

Ich hockte im Schneidersitz neben Swanson auf dem Boden. Er summte »The Star-Spangled Banner« vor sich hin. Ab und zu sang er auch einzelne Worte. »Mmm-hmm Rocket's red glare, mmm-hmm bursting in air.«

Ich faltete die Ersatzweste zusammen und schob sie ihm unter den Kopf. Er machte einen friedlichen Eindruck. Vielleicht waren das die Anzeichen eines Schocks. Vielleicht hatte er auch eine Kugel ins Rückenmark bekommen. Vielleicht verblutete er gerade.

Er sagte: »Es hat mich gefreut, dich kennenzulernen.«

»Nicht so hastig«, erwiderte ich. »Du willst doch nicht etwa schon aufgeben. Wir sind Polizisten, oder etwa nicht?«

»Du musst etwas für Nancy tun. Und für die Kinder.«

»Das ist *deine* Aufgabe, Herr Kollege.«

»Sag allen, dass ich … dass ich im Einsatz gestorben bin. Das ist die Wahrheit.«

»Rede mit mir, Swanson. Das ist das Mindeste, was du tun kannst.«

»…that our flag was still there.«

»Swanson, gibt es Leute, die dich Eins nennen?«

Ich hörte, wie ein Motor aufheulte, dann Reifenquietschen. Erneute Gewehrschüsse. So, wie es sich anhörte, wollte ein Fahrzeug die Freeway-Auffahrt am Ende der Straße nehmen.

Swanson sagte: »Numero Uno. Das bin ich.«

Hatte er mich verstanden? Wusste er überhaupt, was ich ihn gefragt hatte?

»Du bist also die Nummer eins der Windjacken-Räuber?«, hakte ich nach.

Er lachte.

»Was ist denn daran lustig?«

»Wie sich das anhört… Numero Uno und die Windjacken-Räuber.«

»Warum, verdammt noch mal, hast du das *getan*?«

Er seufzte. »Falls ich das getan habe, dann war es ein Verbrechen ohne Opfer.«

»Was zum Teufel soll das denn heißen? Es hat mehr als ein Dutzend Tote gegeben.«

»Irgendwelchen Schweinehunden die Drogen klauen… da gibt es keine Opfer.«

Wie konnte ein Mann, der so dachte, Polizist werden – ein Superstar noch dazu? Aber ich kannte die Antwort. Sie lautete: Töten im Dienste der Allgemeinheit. Also durch und durch gerechtfertigt, zumindest aus seiner Sicht.

»Was ist mit Calhoun?«, wollte ich wissen.

Er hob die Hand und deutete ungefähr in die Richtung, aus der immer noch die Schüsse ertönten.

»Armer Tommy.«

Swanson sprach undeutlich. Seine Hand sank zu Boden.

»Ted. Ted, wag ja nicht, mich jetzt im Stich zu lassen!«

Er spuckte Blut. Ich drückte seine Hand.

Da hörte ich in der Ferne einen Polizisten rufen.

»Aus dem Wagen steigen, die Hände über dem Kopf! Los jetzt, aussteigen, und zwar sofort!«

Eine andere Stimme erwiderte: »Du bist ein toter Mann!«

Laute Schüsse aus einem Automatikgewehr ertönten, gefolgt von einer nachhallenden Stille. Dann drang Bradys Stimme aus meinem Funkgerät. Er beorderte die Krankenwagen an den Ort des Geschehens.

Ich stand auf und rief über das Dach meines Wagens hinweg seinen Namen. Einen Augenblick später stand Brady, unser Lieutenant mit den leuchtend blonden Haaren, höchstpersönlich neben mir.

»Alles okay?«, erkundigte er sich.

»Ja. Und bei dir?«

»Alles gut.«

Er bückte sich nach unten und sagte zu dem Mann mit der blutgetränkten SFPD-Windjacke: »Swanson. Swanson, rede mit mir!«

»Yo!«, erwiderte Swanson mit geschlossenen Augen. Er atmete nur noch flach.

»Er blutet stark«, sagte ich. »Wo bleibt denn der Notarzt, verdammt noch mal?«

Brady ging los, um den Krankenwagen zu mir zu lotsen, und ich blieb so lange bei Swanson, bis die Sanitäter eintrafen. Ich sah, wie sie ihn auf eine Trage hoben, festschnallten und in den Krankenwagen schoben.

Im Gegensatz zu Robertson hatte Swanson eine Familie, aber sie würde nur dann Witwen- und Waisenrente bekommen, wenn er im Dienst ums Leben gekommen war. Und jetzt lag er dort im Krankenwagen, mit einer durchlöcherten Windjacke. Er hatte seine Chance gesehen und sie genutzt.

Ich schnappte mir einen der Sanitäter, zog ihn beiseite und fragte ihn: »Wird er durchkommen?«

Zuerst zuckte der Mann mit den Schultern, dann schüttelte er den Kopf, stieg in den Laderaum des Notarztwagens und machte die Klappe hinter sich zu.

Ich hatte Swanson dazu bringen wollen, mir zu verraten, wer sonst noch alles zu seiner »Crew« gehört hatte. Aber ich hatte das dumpfe Gefühl, dass er das so oder so für sich behalten hätte.

97 Krankenwagen kamen angefahren und nahmen die Verletzten mit. Der Transporter der Gerichtsmedizin war ebenfalls schon vor Ort, und Claire sprach gerade mit Clapper. Die Kriminaltechnik hatte die Straße bis auf einen schmalen Fußgängerstreifen komplett abgesperrt. Scheinwerfer und ein Beweismittelzelt wurden aufgebaut, und die Ermittler untersuchten den Tatort, so gut es unter den gegebenen Umständen eben möglich war.

Laut Brady hatte es insgesamt vier Tote gegeben, die allesamt bewaffnet und noch nicht identifiziert waren. Ein Wagen war entwischt, ohne dass wir das Kennzeichen oder die Identität der Insassen kannten.

Ich saß in meinem Auto, meldete mich kurz bei Joe und Conklin und rief dann Nancy Swanson an.

»Ich muss Sie sprechen«, sagte ich, nachdem sie sich gemeldet hatte.

»Was ist passiert? Ist Ted etwas zugestoßen, ist er verletzt?«

»Er ist schwer verletzt, aber er lebt.«

»Was ist passiert? *Sagen Sie's mir… sofort!*«

»Ich bin in fünfzehn Minuten bei Ihnen und bringe Sie ins Krankenhaus. Holen Sie jemanden, der auf die Kinder aufpasst.«

Sie ließ ihr Telefon auf den Boden fallen. Ich rief mehrmals ihren Namen, hörte aber nur ihr lautes Wehklagen und wie sie nach ihren Kindern rief.

Ich fuhr so schnell ich nur konnte zu ihr. Vielleicht würde sie mir ja jetzt alles sagen, was sie wusste.

Mit einem weißen Männerhemd, einer Jeans und Pantoffeln bekleidet stand sie am Straßenrand.

»Welches Krankenhaus?«, wollte sie wissen, während sie sich auf den Beifahrersitz setzte. »Wie geht es ihm? Ist er schwer verletzt?«

»Anschnallen«, sagte ich.

Ruckartig setzte der Wagen sich in Bewegung, und ich raste in Richtung Metropolitan Hospital. Nancy ballte die Hände zu Fäusten und hieb sich immer wieder auf die Oberschenkel, während ich ihr von der Schießerei vor Oswaldo Vasquez' Haus berichtete.

Ich sagte ihr, dass Vasquez ihren Mann voller Panik angerufen hatte, weil mehrere Autos vor seinem Haus vorgefahren seien, die er als Bedrohung empfunden hatte. Und dass die Schießerei zwischen der Polizei und den Männern in diesen Autos in vollem Gang gewesen sei, als Ted und ich dort eingetroffen waren.

»Solange er bei mir im Wagen gesessen hat, war er in Sicherheit«, fuhr ich fort. »Aber dann… dann ist er plötzlich rausgesprungen und in Richtung von Vasquez' Haus gerannt.«

»Großer Gott. Und dann ist er niedergeschossen worden?«

Ich nickte. »Als der Notarzt bei ihm war, war er zwar schwer verletzt, aber bei Bewusstsein.«

»Das ist alles Ihre Schuld«, zischte sie mich an. »Ich hasse Sie.«

»Ich kann gut verstehen, was Sie jetzt durchmachen, Nancy, und ich fühle wirklich mit Ihnen.«

»Es ist mir scheißegal, wie Sie das hindrehen wollen, Sergeant. Sie haben Ted seit Wochen unter Druck gesetzt, obwohl er sich nie etwas hat zuschulden kommen lassen. Alles, was er getan hat, hat er für uns getan. Für seine Familie.«

»Ist Ihnen denn gar nicht klar, dass Ihr Mann ein Verbrecher ist?«

Sie schnaubte nur. »Der eigentliche Verbrecher ist der Kingfisher.«

»Was soll das denn heißen?«

»Er hat schließlich Tom Calhoun und seine Familie umbringen lassen, oder wussten Sie das nicht?«

»Haben Sie dafür stichhaltige Beweise?«, wollte ich wissen.

Nancy Swanson schlug die Hände vors Gesicht. Ihre Arme und ihr Hals waren von roten Pusteln übersät. Sie schluchzte auf, dann sagte sie: »Ich weiß es nicht. Ich weiß es nicht. Ich habe drei Kinder. Wir brauchen Ted. Er darf nicht sterben, verstehen Sie das?«

Ich sagte: »Nancy, können Sie uns irgendetwas sagen, was uns helfen könnte, diese Leute zu fassen?«

Sie sah mich mit brennenden Augen an. »Sind Sie eigentlich noch ganz bei Trost? Mein Mann ist *Polizist*! Glauben Sie etwa, dass ich nicht ganz genau weiß, was Sie vorhaben?«

Ich hielt vor der Notaufnahme an. Nancy schnallte sich ab, machte die Tür auf und rannte hinein.

Noch bevor ich die Tür wieder zuziehen konnte, klingelte mein Handy.

Es war Brady.

»Vasquez wird vermisst«, sagte er. »Er geht nicht ans Telefon, und sein Haus ist leer. Er ist spurlos verschwunden.«

98

Am nächsten Morgen gegen zehn fuhren Conklin und ich nach Parkmerced, gefolgt von einem Streifenwagen mit zwei uniformierten Beamten.

Nancy Swanson öffnete uns die Tür. Sie trug dasselbe zu große Hemd und dieselbe Jeans wie gestern, und so, wie ihre Augen aussahen, hatte sie seither ununterbrochen geweint.

Ich stellte ihr Conklin vor, doch sie würdigte ihn keines Blickes. Ich reichte ihr den Durchsuchungsbeschluss, und sie machte uns Platz. Dabei zischte sie uns an: »Was haben Sie bloß gegen Ted? Wissen Sie überhaupt, wie es ihm geht?«

»Haben Sie etwas von Vasquez gehört?«, lautete meine Gegenfrage.

»Wenn ja, dann wären Sie die Letzte, der ich das sagen würde.«

Conklin und ich gingen durch das Haus. Die zahlreichen Fenster boten einen schönen Blick auf das üppige Grün des Villa Merced Parks und ließen viel Tageslicht herein, was dem ganzen Haus etwas Fröhliches verlieh. Wir streiften uns Latexhandschuhe über und durchsuchten das Arbeitszimmer. In einem Bücherregal entdeckten wir eine versteckte Klappe und dahinter unzählige Bündel mit Zwanzigdollarscheinen.

Einer der Streifenbeamten fand unter dem Gefriergut in der Tiefkühltruhe im Keller noch mehr Bargeld, und Conklin stieß im begehbaren Schlafzimmerschrank unter dem Teppich auf eine Falltür, unter der sich ein Waffenlager verbarg. Ich selbst fand in der Spülmaschine noch weitere Geldscheinbündel.

Die hatte Nancy dort offenbar in aller Eile hineingeworfen.

Der Durchsuchungsbeschluss bezog sich auch auf Swansons Wagen, und ich entdeckte in einem Geheimfach im Armaturenbrett fünf Reisepässe und weiteres Bargeld. Wir packten alles ein und versahen es mit Aufklebern. Währenddessen rief ich Jacobi an. Er seufzte laut und sagte: »Ich liebe dich, Lindsay.«

Ich musste lachen, und er auch.

Zurück im Präsidium gingen wir direkt zu Jacobi. Die Kartons mit den Sachen, die wir bei Swanson gefunden hatten, hatten wir dabei. Jacobi griff nach seinem Telefon, wählte eine Nummer und sagte: »Wir sind so weit, Sergeant.«

Wenige Minuten später saßen wir auf Jacobis gemütlichen Ledermöbeln und berichteten Phil Pikelny, was wir bei Ted Swanson alles gefunden hatten.

Pikelny war schlank, vielleicht fünfunddreißig Jahre alt und stammte von der Ostküste, aus New York oder Boston. Er hatte keinen erkennbaren Akzent, aber eine ordentliche Frisur, elegante Kleider und schöne Schuhe. Swanson, Vasquez, Calhoun und Robertson waren alle seine Mitarbeiter gewesen.

»Das ist unfassbar«, sagte er. »Wie viel Geld haben Sie da gefunden?«

»Schätzungsweise eine Million«, erwiderte ich. »Und wenn man das alles zusammen betrachtet – das Geld, die Waffen und die Reisepässe –, dann liegt der Schluss nahe, dass Swanson demnächst abhauen wollte.«

Phil sagte: »Ich habe Ted hundertprozentig vertraut.«

Jacobi erkundigte sich bei Phil, was er über Vasquez wusste, und er sagte: »Ich mochte ihn. Sehr. Und gleichzeitig schätze ich, dass meine Meinung über Vasquez keinerlei Bedeutung mehr hat. Ich habe keine Ahnung, wo er sein könnte, und er hat mich auch nicht angerufen.«

Conklin und ich machten einen Zwischenstopp in der Asservatenkammer und gaben 1,2 Millionen US-Dollar sowie ein halbes Dutzend unterschiedlicher Schusswaffen ab.

Danach erstatteten wir Brady Bericht von unserer Hausdurchsuchung.

Er hatte gerade eben mit dem Krankenhaus telefoniert. Er sagte: »Wenn ich alles richtig verstanden habe, hängt sein Leben an einem seidenen Faden.« Dann sagte er, dass Brand und Whitney untergetaucht seien. Sie gingen nicht ans Telefon und waren nicht zu Hause. »Vasquez wird auch immer noch vermisst«, fuhr er fort. »Der Wagen, der uns in der Naglee Avenue entwischt ist, wurde in einem Straßengraben neben dem Highway 92 gefunden. Er hatte an die hundert Einschusslöcher, und der Rücksitz war voller Blut. Das Labor ist schon dran.«

War Vasquez ermordet oder entführt worden, oder hatte ihn einfach nur jemand aus der Stadt geschafft?

»Warum nehmt ihr euch nicht den Rest des Tages frei?«, sagte Brady. Es war ein langer Tag gewesen und fast fünf am Nachmittag. Ich konnte mich nicht daran erinnern, wann ich das letzte Mal schon um fünf zu Hause gewesen war, aber es fühlte sich gut an.

Ich hatte schon Pläne für den Abend.

99

In meinem Schrank hing ein atemberaubendes rotes Kleid. Das hatte ich an dem Tag gekauft, bevor ich schwanger geworden war, ohne bestimmten Anlass. Und ich hatte noch nicht einmal die Preisschilder abgemacht.

Als ich nach Hause kam, war Joe noch mit Martha und Julie unterwegs, also stellte ich mich unter die Dusche und schminkte mich anschließend ausführlich, inklusive Lidstrich und Wimperntusche.

Das rote Kreppkleid besaß einen asymmetrischen Ausschnitt und einen asymmetrischen Saum und schmiegte sich hauteng um meine Taille. Ich zog es an, dazu ein paar Schuhe mit flachen Absätzen – dann betrachtete ich mich im Spiegel.

Das war niemals dieselbe Frau, die Tag für Tag in Baumwollhose und blauem Sakko durch die Gegend rannte.

Wow. Aber das war ich auch.

Das Treffen des Clubs der Ermittlerinnen fand in einem Bar-Restaurant namens Local Edition statt. Der offizielle Anlass war Cindys Rückkehr, aber wir feierten auch die Tatsache, dass *Fish und sein Mädchen* in der *LA Times* besprochen worden war. Alles in allem also viele gute Gründe für uns vier, um ein bisschen Zeit miteinander zu verbringen.

Ich ließ Joe einen Zettel da und machte mich auf den Weg ins Restaurant. Schon bei der nächsten Querstraße, mitten im dichten Verkehr, klingelte mein Handy. Ich warf einen Blick auf das Display und las dort UNBEKANNTER ANRUFER. Da ich gerade zwischen einem Porsche und einem Lieferwagen feststeckte, nahm ich den Anruf an.

Die Stimme klang gedämpft, aber die Botschaft war unmissverständlich.

»Wer die blaue Grenze überschreitet, kriegt, was er verdient. Du und deine Familie, ihr seid eures Lebens nicht mehr sicher, Boxer. Nie wieder.«

Das Blut in meinen Adern schien zu Eis zu erstarren. »Wer ist da?«, sagte ich.

Der Anrufer war noch in der Leitung. Ich konnte Rauschen hören, aber er sagte nichts.

Ich starrte auf das Heck des Porsche, ohne es wahrzunehmen. Stattdessen hatte ich das Gesicht eines Polizisten vor Augen. Eines ganz bestimmten.

»Und du nimm dich vor *mir* in Acht, Vasquez.«

Es klickte leise, als der Anruf unterbrochen wurde. Ungefähr gleichzeitig drückte der Fahrer des Lieferwagens hinter mir auf die Hupe.

Ich gab Gas. Ob ich mit meiner Vermutung recht gehabt hatte? Ob das Vasquez gewesen war?

Aber ob Vasquez oder sonst ein bösartiger Widerling, es spielte ohnehin keine Rolle. Ich war fest entschlossen, mir durch diesen Anruf nicht den Abend verderben zu lassen. Das jedenfalls sagte ich mir. Trotzdem war ich geschockt, spürte ich so etwas wie ein inneres Erdbeben und wie sich mein Gefühl in Bezug auf die Sicherheit in meinen eigenen vier Wänden verschob. Es war fast nicht zu ertragen.

Was also sollte ich dagegen tun?

100

Das Lokal, das Yuki ausgesucht hatte, war absolut perfekt, um die Rückkehr unserer Polizeireporter-Freundin von ihrer triumphalen Lesereise zu feiern.

Ich stellte meinen Wagen an einer Parkuhr in der Market Street ab und legte die paar Häuserblocks bis zu dem 1911 erbauten Hearst Building zu Fuß zurück.

Der Türsteher brachte mich ins Untergeschoss, dorthin, wo früher die Druckerpressen des *San Francisco Examiner* gestanden hatten. Heute beherbergten die Räume einen dunklen, exklusiven Klub.

Hohe Decken, Schreibmaschinen an den Wänden, eine lange Theke aus poliertem Holz, dazu unzählige Weingläser, die in langen Reihen kopfüber an hohen Regalen hingen. Ich blickte mich um: Sitznischen, die mit rotem Leder ausgekleidet waren, weiße Drehstühle aus Leder, dazu weiße Marmortische sowie mehrere gewaltige Druckerpressen, die einfach stehen geblieben waren und ihren Teil zu der herrschenden Fünfzigerjahre-Atmosphäre beitrugen.

Ich stieß einen tiefen Seufzer aus.

Heute Abend würde ich trinken und lachen, so viel stand fest.

Der Türsteher brachte mich an unseren Tisch. Als ich mich setzen wollte, tänzelte Yuki mit leichten Schritten auf mich zu.

Ich streckte gerade die Arme nach ihr aus, da rief Claire: »Hallo, ihr beiden«, und schon hatten wir uns alle drei im Arm.

Wir setzten uns, sagten gleichzeitig: »Handys aus!«, und als das erledigt war, wandte Claire sich an Yuki: »Ich habe gehört, dass du aufregende Neuigkeiten hast.«

Yuki hatte mich bereits angerufen und mir von ihrem Vergleich erzählt, aber sie ließ sich das Vergnügen nicht nehmen und erzählte Claire die ganze Geschichte, fuchtelte dabei mit den Händen und imitierte Parisis Stimme.

»Als er den Vergleich unterschrieben hat, hat er gesagt: ›Sie sind echt ein fieses Miststück, Yuki.‹ Und ich habe gesagt: ›Schließlich habe ich beim größten und besten gelernt.‹«

Und dann lachte Yuki ihr fröhliches, ansteckendes Lachen, und wir fielen ein, laut und lang. Als sie wieder zu Atem gekommen war, fügte sie hinzu: »Und dann hat er mir zugezwinkert.«

»Im Ernst?«, wollte ich wissen.

»Im Ernst. Er hat mir zugezwinkert. Und gegrinst. Dann hat er mir die Papiere zugeschoben und gesagt: ›Ich wünsche Ihnen noch einen schönen Tag. Ich schätze mal, den werden Sie haben.‹«

»Er betet dich an«, sagte Claire. »Er betet dich immer noch an.«

Wir konnten Cindys Anwesenheit spüren, noch bevor wir sie sahen, und hoben gleichzeitig die Köpfe. Sie trug ein hautenges schwarzes Kleid und duftete nach Maiglöckchen, beugte sich zu uns herab und umarmte und küsste uns alle zur Begrüßung.

»*Wer* betet dich immer noch an?«, wollte sie wissen und setzte sich neben Yuki.

So konnte Yuki ihre Geschichte noch einmal erzählen, und weil Cindy so lange weg gewesen war, bekam sie die XXL-Fassung. Sie lachte und stellte immer wieder Zwischenfragen, was zwar nicht gut war für den Spannungsbogen, aber na ja… Cindy ist eben Journalistin und steht auf Fakten.

Schließlich sagte sie: »Ich habe auch eine Kleinigkeit zu berichten.«

»Dass dein Buch sehr gute Besprechungen bekommt, wissen wir schon«, erwiderte Claire. »Sonst noch was?«

Cindy sagte: »Das hier habe ich heute Morgen neben meinem Wecker gefunden.«

Sie holte eine schwarze Samtschachtel aus ihrer Handtasche und stellte sie auf den Tisch. Wir hielten alle den Atem an. *Den* Film hatten wir doch schon mal gesehen. Beim ersten Mal war Rich in der Grace Cathedral vor Cindy auf die Knie gegangen. Er hatte ihr einen Antrag gemacht und ihr den Ehering seiner Mutter an den Finger gesteckt. Damals war es ihr vorgekommen, als würden Engel singen und Tauben durch die Kirche flattern, und sie hatte einfach *gewusst*, dass alles Glück dieser Erde mit ihr war.

Doch dann, nachdem der erste Rausch verflogen war und sie angefangen hatten, über Kinder zu reden, waren sie und Rich mit Karacho gegen eine dicke Mauer geprallt.

Was war jetzt anders?

Cindy klappte die Schachtel auf und holte eine schöne Goldkette mit einem großen Diamantanhänger hervor.

»Das *war* der Ring«, sagte sie. »Rich hat ihn umarbeiten lassen. Nur für mich.«

Cindy legte sich die Kette um den Hals, nahm die einfache Fassung mit dem Stein in die Hand und schob ihn an der Kette hin und her. Dieser Diamant war schon damals ein Hingucker gewesen, und er war es immer noch.

»Dann heißt das also, ihr seid *nicht* verlobt?«, wandte Yuki sich an Cindy, die Einzige aus unserer Gruppe, die noch nicht verheiratet war.

»Richie hat noch einen Zettel zu der Kette gelegt«, sagte Cindy. »Darauf steht: ›Wenn wir irgendwann heiraten wollen, suchen wir gemeinsam einen Ring aus.‹«

»Wunderschön«, sagte Claire. »Der Diamant und der Zettel.«

»Darauf müssen wir anstoßen«, meinte Yuki.

Der Kellner trat an unseren Tisch und empfahl uns mehrere Cocktails nach Art des Hauses. Sie waren alle nach Personen, Orten oder Schlagzeilen aus der Welt der Zeitungsmacher benannt.

Wir tranken auf alles: auf Cindys und Richies erneute Entscheidung füreinander, auf Yukis Erfolg für die Kordells, auf die Einschulung von Claires jüngster Tochter … und darauf, dass ich neun Monate nach Julies Geburt ein hautenges rotes Kleid tragen konnte und »fabelhaft« aussah.

Normalerweise sprachen wir in diesem Kreis immer auch über unsere aktuellen Fälle, aber ich hatte keine Lust, den anderen von Numero Uno und den Windjacken-Räubern zu erzählen. Heute nicht. Ich nahm mein Handy in die Hand.

»Ich rufe bloß meinen Mann an und sage ihm, dass ich mich demnächst auf den Weg mache.«

Ich wählte, und als Joe sich meldete, sagte ich: »Na, du? Um neun bin ich zu Hause.«

101

Rich Conklin hatte sein Auto vor einem ganzen Block mit mehrstöckigen Holzhäusern in der Stockton Street in Chinatown abgestellt. Jedes dieser Häuser beherbergte im Erdgeschoss ein Einzelhandelsgeschäft, während die Stockwerke darüber überwiegend als Wohnraum genutzt wurden.

Von seinem Standort aus hatte Conklin freie Sicht auf einen Feinkost-Gemüseladen und die daneben liegende Eingangstür des Hotels *Sylvestrie*.

Er kannte dieses Stundenhotel gut. In seiner Zeit als Streifenbeamter, bevor Lindsay ihn zur Mordkommission geholt hatte, hatte er hier mehr als einmal Drogendealer oder Prostituierte festgenommen.

Seine nachhaltigste Erinnerung an das *Sylvestrie* war der erbärmliche Zustand der Zimmer, wo schmutzige Laken als Vorhänge dienten, und das ununterbrochene Dröhnen und Vibrieren der Klimaanlage des Ladens im Erdgeschoss.

Heute war Conklin gerade auf dem Weg nach Hause gewesen, als er einen Tipp von K. J. Herkus bekommen hatte. Herkus war ein kleiner Marihuanadealer und einer seiner Informanten. Er lebte und arbeitete in Chinatown und hatte den Beamten aus dem Rauschgiftdezernat mit dem gestutzten Vollbart und der John-Lennon-Brille erkannt, als dieser im *Sylvestrie* untergeschlüpft war.

Herk hoffte, dass Conklin ihn mit dem Rauschgiftbullen

bekannt machen würde. Vielleicht konnte er ja auch ihm gelegentlich wertvolle Tipps geben.

Conklin sagte: »Du sprichst ihn nicht an, es sei denn, ich sage es dir, okay, Herk? Er steckt gerade mitten in einer verdeckten Ermittlung. Ich sehe zu, dass du ein paar Aufträge kriegst.«

Conklin hatte das Hotel schon seit rund zwei Stunden unter Beobachtung, als Inspektor Whitney zur Tür herauskam und den Laden betrat. Zehn Minuten später ging er mit einer Plastiktüte voller Einkäufe wieder zurück ins Hotel.

Vermutlich hatte Whitney sich etwas zu essen besorgt und würde den Abend auf seinem Zimmer verbringen. Ob er sich vielleicht Whitneys Zimmernummer besorgen und einfach bei ihm anklopfen sollte?

Doch er verwarf diese Idee schnell wieder.

Whitney war wahrscheinlich verzweifelt genug, um das Gespräch mit einer geladenen Waffe zu bestreiten. Conklin wusste, dass es das Beste war, die Tür im Auge zu behalten und jederzeit darauf eingerichtet zu sein, den Kerl zu beschatten.

Er rief Brady an, beschrieb Whitneys Jeanshemd, seine Jeanshose und die blaue Mütze, die sein Gesicht zumindest teilweise verdeckte, und bat um Verstärkung durch ein Zivilfahrzeug.

Brady notierte sich das Wesentliche und sagte: »Behalt ihn im Auge.«

Conklin konzentrierte sich wieder auf den Hoteleingang, und dann kam Whitney tatsächlich heraus, wandte sich nach rechts und bog gleich darauf wieder scharf links ab, Richtung Vallejo Street.

Conklin ließ ein Auto vorbei und reihte sich in den fließenden Verkehr ein, sodass die Ampel auf Rot springen konnte. Als sie wieder grün wurde, sah er, dass Whitney immer noch auf der Stockton Street in Richtung Süden unterwegs war, quer durch Chinatown. Er schlenderte an Geschäften und diversen Bäckereien vorbei, die Hände in den Hosentaschen, als würde er einfach nur einen kleinen Abendspaziergang machen.

Conklin fuhr ihm hinterher, ohne dass etwas Nennenswertes geschah, bog nach links in die Clay Street und dann noch einmal links in die Kearny Street ab. Er folgte ihm weitere zwei Häuserblocks und war dicht hinter ihm, als der Jeansmann in der Portsmouth Square Garage gegenüber dem *Hilton* verschwand.

Conklin blieb im Halteverbot stehen und beobachtete die Ausfahrt der Garage. Da schob sich ein silberner Chevy an ihm vorbei. Auf dem Fahrersitz saß Officer Allen Benjamin. Conklin kannte ihn. Er funkte Brady an, und dieser erwiderte, dass der Funkkanal ab sofort nur für sie drei – Benjamin, Conklin und ihn – reserviert sei.

Benjamin fuhr noch ein Stückchen weiter und blieb vor einem Hydranten stehen. Um 20.15 Uhr, zehn Minuten nachdem Whitney die Garage betreten hatte, fuhr ein blauer Pick-up mit texanischem Kennzeichen aus der Garage und bog nach rechts ab.

Whitney saß am Steuer.

Conklin überholte Benjamin, dann wechselten sie sich mit der Beschattung des Pick-ups ständig ab. Whitney fuhr nach links auf die Washington Street und dann wieder nach links auf die Stockton, die Hauptverkehrsader durch Chinatown. Es war eine ziemlich zähe Angelegenheit, weil nicht nur zahlreiche Lieferfahrzeuge die Straße verstopften, sondern auch zahlreiche Fußgänger und Taxis voll mit Touristen, die das abendliche Lichterspiel genießen wollten.

Ohne Vorwarnung blieb Whitneys Pick-up schließlich an der Kreuzung Stockton und Bush Street stehen, gerade so lange, dass ein muskulöser Mann, der auf dem Bürgersteig gewartet hatte, sich auf den Beifahrersitz schwingen konnte.

Den kannte Conklin auch. Das war Bill Brand, Whitneys Partner.

Bis jetzt verstießen Whitney und Brand nicht gegen das Gesetz, darum hätte es keinen Sinn gehabt, sie anzuhalten. Das hätte sie nur aufgeschreckt. Verfolgt von zwei Polizeifahrzeugen bog der blaue Pick-up schließlich nach rechts auf die Sutter ab, fuhr einen knappen Kilometer weit bis zur Polk Street und blieb dann in einer Parklücke vor einem Nagelstudio stehen.

Als Whitney und Brand ausstiegen, trugen sie blaue SFPD-Windjacken. Sie überquerten die Straße und steuerten ein graues Gebäude mit Stuckfassade an. Markisen überspannten den Bürgersteig, und auf den Neonschildern in den Schaufenstern war SCHECKPFANDHAUS, SCHECKS GEGEN BARES und WESTERN UNION zu lesen.

Das Scheckpfandhaus hatte geöffnet. Als Whitney und Brand vor der Tür angekommen waren, holten sie Masken aus ihren Taschen und zogen sie übers Gesicht. Dann klingelte die Ladenglocke, und die beiden traten ein.

102

Als ich in unsere Wohnung kam, hörte ich Musik aus dem Schlafzimmer. Joe saß in T-Shirt und Boxershorts auf dem Bett. Im Fernseher lief ein Blues-Sender, während er seine Finger über die Tastatur seines Laptops tanzen ließ.

Er hob den Blick und sah mich in meinem hautengen roten Kleid vor sich stehen. Er pfiff durch die Zähne, und ich grinste ihn an und drehte mich einmal um die eigene Achse. »Nach all den Jahren in Baumwollhosen und Sakkos ... aber ich kann's immer noch tragen, oder etwa nicht?«

»Aber auf jeden Fall, Blondie«, sagte er.

»Bin gleich wieder da.« Ich machte auf dem Absatz kehrt und wollte nach Julie sehen.

Joe sagte: »Sie ist drüben bei Mrs. Rose, zusammen mit Martha.«

»Ach? Wieso?«

»Ich habe Mrs. Rose darum gebeten, weil ich noch ein paar Stunden arbeiten muss. Sie hat gesagt: ›Ein wenig Gesellschaft zu haben wäre wirklich ausgesprochen reizend.‹« Joes Imitation von Mrs. Roses englischem Akzent war gar nicht schlecht.

Ich lachte. Er konnte Mrs. Rose wirklich gut nachmachen.

Dann klopfte er mit der flachen Hand auf die Matratze, und ich setzte mich neben ihn.

»Wie war euer Essen?«, erkundigte er sich.

»Ganz im Ernst, so viel Spaß haben wir seit Monaten nicht mehr gehabt«, erwiderte ich. »Wir waren vollzählig, und alle hatten gute Laune. Richie hat Cindy den Ehering seiner Mutter geschenkt, aber in einer neuen Form.« Ich beschrieb ihm den Anhänger.

Dabei drehte ich Joe den Rücken zu und hob meine Haare hoch. Er zog den Reißverschluss auf, ganz langsam. Ich hielt den Atem an. Wie aus dem Nichts wurde ich von einer gewaltigen Hitzewelle überrollt.

»Steh auf«, sagte er. »Wir wollen doch nicht, dass das Kleid zerknittert.«

Ich gehorchte und sah ihm zu, wie er seinen Laptop zuklappte, ohne seinen Blick einen Moment lang von mir zu nehmen. Ich streifte mir das Oberteil ab, und als meine Arme frei waren, sammelte sich die rote Seide wie eine kleine Pfütze rund um meine Füße.

Er streckte die Arme nach mir aus. Ich schlüpfte aus den Schuhen, und eine Sekunde später, nach einem gewagten Manöver meines Ehemannes, lag ich in Unterwäsche auf dem Rücken und blickte in seine blauen, ach so blauen Augen.

Ja, ich hörte, wie nebenan mein Telefon summte.

Nein, ich ging nicht ran. Ich wusste, dass das dieser grässliche Telefonterrorist war, und ich wollte mir die kostbare Zeit der Zweisamkeit nicht nehmen lassen. Es war schon viel zu lange her, dass wir ohne Babyfon zusammen im Bett gelegen hatten, aber jetzt war es so weit.

Und wir nützten die Gelegenheit in vollem Umfang aus.

Seine Kleider flogen über die Bettkante, die Decken wurden ans Fußende getreten. Ich machte die Augen zu und gab mich dem Gefühl seiner Barthaare und seiner Lippen, seiner Hände auf meiner Haut und seinem wundervollen Duft hin.

Und liebte ihn genauso wie er mich.

Wir tobten und tollten herum wie Frischvermählte. Einmal gab Joe mir seine Hand und zog mich vom Boden wieder hinauf aufs Bett. Wir lachten gemeinsam, und das war einfach wundervoll, und als wir uns tief und leidenschaftlich küssten und miteinander verschmolzen, da fühlte sich das genauso wahrhaftig und innig an wie damals, als wir uns ineinander verliebt hatten.

Anschließend, als wir uns verschwitzt und schwer atmend aneinanderkuschelten, drückte ich meine Wange an seine Schulter und hielt ihn ganz fest.

Ich sagte ihm, wie sehr ich ihn liebte, und er sagte, dass er mich noch nie mehr geliebt hatte als jetzt. Wundervoll erschöpft nickte ich ein und sagte mir, dass alles in Ordnung sei. Dass Joe alles im Griff hatte. Ich musste mir überhaupt keine Sorgen machen. Er würde die Kleine und ihre pelzige Spielkameradin abholen, sobald es Zeit war.

Ich schlief und muss wohl etwas Wunderschönes geträumt haben, als Joe zu mir sagte: »Lindsay, dein Telefon klingelt praktisch im Minutentakt.«

Er gab es mir.

Ein wenig zögerlich nahm ich es in die Hand. »In letzter Zeit habe ich öfter mal Anrufe bekommen, wo der Anrufer gar nichts gesagt hat«, sagte ich, aber dann las ich CONKLIN auf dem Display.

»Mein Gott. Wo hast du denn gesteckt?«, fragte Conklin. »Okay, was soll's. Brand und Whitney haben ein Scheckpfandhaus überfallen. Sie haben Leute erschossen und Geiseln genommen. Und sie sind immer noch drin.«

Ich hörte ein Megafon dröhnen: »Die Hände über den Kopf und rauskommen. Ihr wollt doch nicht, dass es noch mehr Tote gibt, oder?«

Conklin nannte mir eine Adresse in der Polk Street, gleich fünf Minuten von hier entfernt. Vier, wenn ich mich beeilte. Ich suchte mir hastig irgendwas zum Anziehen, und Joe knipste das Licht an.

»Lindsay, pass auf dich auf«, sagte er. »Komm heil wieder. Deine Familie liebt dich.«

Ich warf mich in seine Arme, und wir hielten einander fest.

Ich musste los. Aber ich wusste, dass Joe und ich dasselbe dachten. Wir hatten eine Menge, wofür es sich zu leben lohnte.

103

Ein Streifenbeamter ließ mich mitsamt meinem Explorer durch die Absperrung auf der Polk. Ich fuhr bis zur Mitte des Häuserblocks, wo ich Conklin und Brady vor einem Nagelstudio auf der Südseite der Straße stehen sah. Sie hatten den Blick starr auf die andere Straßenseite gerichtet. Dort befand sich das Scheckpfandhaus.

Ich stellte meinen Wagen im Halteverbot direkt hinter einem blauen Ford-Pick-up mit texanischem Kennzeichen ab. Als ich ausstieg, hörte ich aus allen Richtungen Sirenen näher kommen.

Ich ging zu meinem Partner. »Was ist denn passiert?«

Er wischte sich die Haare aus der Stirn, räusperte sich und sagte: »Ich habe einen Tipp bekommen, dass Whitney im *Sylvestrie* abgestiegen ist, also habe ich mich auf die Lauer gelegt. Gegen acht ist er rausgekommen, und ich habe Verstärkung angefordert und ihn beschattet. Er ist bis zu einer Garage in der Kearny Street gegangen und hat den Pick-up da rausgeholt.« Er deutete mit einer Kopfbewegung auf den blauen Wagen und fuhr fort: »An der Ecke Stockton und Bush hat er Brand aufgelesen. Sie hatten Zivilklamotten an. Aber ausgestiegen sind sie dann mit SFPD-Windjacken.«

Autotüren knallten; immer mehr Polizisten versammelten sich auf dem Bürgersteig und spähten über die Dächer ihrer Fahrzeuge hinweg. Die Funkgeräte beschallten die ganze Straße mit einer Kakofonie aus Rauschen und schrillen Rückkoppelungen. Ich trug eine Schutzweste und hatte meine Dienstwaffe dabei ... und kam mir trotzdem nackt und verletzlich vor.

Dann nahm ich das Scheckpfandhaus ein bisschen genauer in den Blick. Die Leuchtreklame über dem Schaufenster war immer noch an, aber im Inneren des Ladens war es dunkel.

Conklin sagte: »Einer der beiden hat das Schild an der Tür auf GESCHLOSSEN gedreht. Das Licht war an, und ich habe gesehen, wie sie die beiden Kundinnen auf die linke Seite gedrängt haben. Dann haben sie sie gezwungen, sich hinzulegen, und Brand hat sie mit Handschellen gefesselt.

Gleichzeitig hat Whitney den Wachmann mit seiner Waffe bedroht und ist mit ihm zu den Kassenschaltern gegangen. Ich schätze mal, Whitney hat gesagt: ›Aufmachen oder ich knalle ihn ab.‹«

»Scheiße«, rutschte es mir heraus. »Dann haben sie ihn natürlich reingelassen.«

»Genau«, bestätigte Conklin. »Aber in der Zwischenzeit hatte schon jemand Alarm ausgelöst.«

Brady, der neben mir stand, hob jetzt sein Megafon hoch und sagte: »Whitney. Brand. Ich rufe im Laden an. Geht ans Telefon.« Er schwitzte aus allen Poren, auf der Stirn, auf der Oberlippe. Aber weder seine Stimme noch seine Bewegungen ließen vermuten, dass er unter Stress stand. Ich war froh, dass Brady hier die Verantwortung trug.

»Und weiter?«, fragte ich Conklin.

»Ich sehe also, wie der Mann am Schalter die Sicherheitstür aufmacht, und *peng*. Whitney erschießt den Wachmann und schaltet schon mal eine Gefahr aus. Jetzt sagt er den Leuten an den Schaltern, dass sie durch die Hintertür abhauen sollen, und dann sehe ich Mündungsfeuer. Ich schätze mal, Whitney hat Panik gekriegt, oder ihm ist mittlerweile alles egal. Ich glaube, er hat ein paar Leute erwischt, jedenfalls habe ich sie nicht wieder gesehen.«

Auf dem ganzen, relativ kurzen Straßenabschnitt wimmelte es von Männern mit Schusswaffen. Schon bald würde eine Spezialeinheit den Laden mit Rauchbomben eindecken und stürmen.

Brady rief in sein Megafon: »Hört mir zu. Das wird alles schlimm enden, wenn ihr nicht genau das macht, was ich euch sage. Der Laden ist umstellt. Wir haben Scharfschützen auf dem Dach postiert. Legt eure Waffen nieder und kommt mit erhobenen Händen raus.«

Einen Augenblick später wurde die Vordertür einen Spalt weit geöffnet. Whitney rief: »*Nicht schießen*. Wir kommen raus. Wir haben Geiseln dabei.«

Brady befahl über das Megafon: »Feuer einstellen.«

Die Tür ging auf, und zwei vollkommen verängstigte Frauen wurden mit auf den Rücken gefesselten Händen nach draußen geschubst. Whitney verschanzte sich hinter der einen und Brand hinter der anderen.

Ich sah ihre Pistolen glitzern. Jeder dieser beiden durch und durch verkommenen Polizeibeamten hatte sich eine Sporttasche quer vor die Brust geschnallt. Darin befand sich vermutlich ihre neueste und zugleich letzte Beute.

Ich stand neben Conklin, als Whitney und Brand, die immer noch ihre unheimlichen Masken trugen, die Geiseln zwischen den parkenden Autos hindurch zu ihrem Pickup schubsten und zerrten. Das waren zwar keine zwanzig Meter, aber sie konnten sich ja nicht frei bewegen und mussten ein Schussfeld durchqueren. Unter anderem kamen sie auch direkt bei Brady, Conklin und mir vorbei.

Ich habe keine Ahnung, was plötzlich in Richie gefahren war. Vielleicht ertrug er das alles einfach nicht mehr länger. Jedenfalls brüllte er Whitney und Brand an: »Ihr seid Abschaum! Alle beide! Widerliches *Gesindel*!«

Whitney hob seine Waffe und richtete sie auf Conklin. Ich sah, wie mein Partner die Hand hob, und als ich Whitneys Schuss hörte, hatte ich meine Waffe bereits in der Hand. Ich wusste, dass Conklin getroffen worden war. Aber ich konnte mich nicht mehr bremsen.

Ich hatte keine freie Schussbahn auf den Kopf oder den Oberkörper, darum ging ich in die Hocke und schoss auf Whitneys Hüfte. Bevor sein Bein einknickte, prasselten von oben mehrere hundert Kugeln auf den Bürgersteig.

Whitney ging zu Boden. Die Geiseln rannten schreiend davon. Eine stolperte, fiel auf den Asphalt und zog sich eine blutende Wunde zu.

Brady trat erschreckend langsam, wie in Superzeitlupe, zu Brand und drückte ihm die Mündung seiner Waffe in den Nacken. Brand ließ seine Pistole fallen und hob die Hände.

»Ich gebe auf«, sagte er. »Nicht schießen.«

Zwei Schüsse knallten, aber ich sah nicht, wen sie trafen. Alle meine Sinne waren auf Conklin gerichtet. Er lag regungslos am Boden. Ich beugte mich zu meinem Partner hinunter und rüttelte ihn an der Schulter.

»Richie. Sprich mit mir.«

104

Das kleine Wartezimmer in der Notaufnahme war dunkel-beige gestrichen, und die Deckenleuchte verströmte grellweißes Licht.

Richie wurde gerade operiert. Cindy und ich saßen nebeneinander. Sie hatte schreckliche Angst um ihn, und obwohl sie krampfhaft versuchte, die Panik zurückzudrängen, strömten ihr die Tränen über die Wangen. Ich hielt ihre Hand und sagte all die Dinge, die man eben sagt, wenn man nicht weiß, was verdammt noch mal alles passieren wird. »Er wird bestimmt wieder gesund. Versprochen.«

Yuki ging ununterbrochen auf und ab, und Claire wartete im Flur auf eine erste Einschätzung. Sie hatte nachgefragt, wer ihn operierte, und hatte uns allen versichert, dass Dr. Starr der Beste sei.

Joe besorgte Kaffee, und Brady war, nachdem er stundenlang zusammen mit uns gewartet hatte, wieder ins Präsidium gefahren, um die ganze Geschichte noch einmal zu erzählen. Dieses Mal bei den Kollegen der Internen Ermittlung.

Immer wieder gingen mir die vergangenen Stunden als Endlosschleife durch den Kopf.

Ich hörte das Rattern zahlreicher Schüsse und die schrillen Schreie der Geiseln. Ich sah Brand und Whitney tot am

Boden liegen und dachte, dass ihr Plan eine Verzweiflungs-
tat gewesen sein musste. Sie hatten nicht ernsthaft damit
gerechnet zu überleben. Ich wusste noch, wie ich Brady
meine Waffe gegeben hatte und anschließend in den Krankenwagen gestiegen war. Eigentlich hätte ich am Tatort
bleiben müssen, aber das war absolut ausgeschlossen. Ausgeschlossen! Halsverletzungen waren lebensgefährlich und
in der Regel tödlich. Richie. Mein lieber Freund, mein Partner, mein Bruder. Er schwebte in Lebensgefahr.

Ich wusste noch, wie ich aus dem Krankenwagen Cindy
angerufen hatte, hatte noch ihre panischen Schreie im Ohr.
Und ich wusste noch, dass ich Joe angerufen und gesagt
hatte: »Mir geht's gut.« Jetzt stellte er ein Tablett mit Kaffee-
bechern auf den Tisch im Wartezimmer, setzte sich neben
mich und hielt mir die Hand.

Schon einen Augenblick später sprangen wir alle vier
gleichzeitig auf. Der Doktor hatte den Raum betreten. Er
war ein kleiner Mann mit einem Ziegenbärtchen und langen Fingern.

Er sagte: »Wir haben Inspektor Conklin operiert. Und
ich habe gute Nachrichten für Sie. Die Kugel hat seinen
linken Unterarm getroffen und den Knochen gebrochen.
Dadurch wurde die Kugel abgelenkt und hat deutlich an
Wucht verloren. Das war Inspektor Conklins Glück. Denn
so hat die Kugel weder eine Hauptschlagader noch das
Rückenmark getroffen, sondern nur seinen Hals gestreift.
Die tiefe Risswunde hat einen Zusammenbruch und hef-
tige Blutungen verursacht, aber wir haben ihn wieder
zusammengeflickt, auch den Arm. Er wird wieder ganz
gesund werden.

Wer ist Cindy?«, wollte Dr. Starr dann wissen.

Cindy meldete sich mit rotem, tränenüberströmtem Gesicht. »Ich.«

»Er wird ganz bestimmt wieder gesund, meine Liebe. Er lässt Ihnen ausrichten, dass er Sie liebt.«

»Gott sei Dank.« Erleichtert und überwältigt von ihren Gefühlen ließ Cindy sich auf ihren Stuhl sinken. Wir hatten alle mit unseren Emotionen zu kämpfen, dankten Gott und Dr. Starr, während kein Auge trocken blieb.

Als mein Handy klingelte, sagte ich zu Joe: »Das ist bestimmt Brady.«

Ich warf einen Blick auf die Anruferkennung und war geschockt. Der Anrufer war nicht Brady.

Es war *Vasquez*.

Wo steckte er bloß?

Wusste er, dass sein Partner, Ted Swanson, auf der Intensivstation mit dem Tod rang? Dass Kyle Robertson tot war? Das Brand und Whitney aufgebahrt in der Leichenhalle lagen? Ich hätte das Handy beinahe fallen lassen, dann drückte ich auf die grüne Taste.

»Boxer«, sagte ich.

Die Stimme, die aus Vasquez' Handy ertönte, gehörte nicht Vasquez. Sie war männlich, ohne erkennbaren Akzent, und ich kannte sie nicht.

»Es hat einen schrecklichen Unfall gegeben, Sergeant Boxer, sodass Vasquez leider nicht persönlich anrufen konnte.«

»Wer spricht da?«

»Hören Sie einfach zu. Vasquez kann mit niemandem sprechen, verstehen Sie, was ich damit sagen will? Er liegt auf dem Parkplatz des Wicker House. Aber Vasquez ist nicht wichtig. Etwas anderes hingegen schon. Ich will mein Eigentum wiederhaben. Drei Millionen in bar. Hundert Kilogramm synthetisches Marihuana und hundert Kilogramm reines Heroin.«

»Ich habe keine Ahnung, wovon Sie da reden«, erwiderte ich.

»Oh doch, das haben Sie. Es ist ja Ihr Fall. Sie leiten die Ermittlungen. Ich hoffe, Sie wissen, mit wem Sie es zu tun haben.«

»Wer spricht da?«, wiederholte ich.

»Man nennt mich allgemein Kingfisher. Hören Sie sich um. Ich melde mich demnächst wieder bei Ihnen, Lindsay Boxer. Darauf können Sie sich verlassen.«

Dann war die Leitung tot.

Joe fragte: »Linds, wer war das?«

Ich stammelte: »Irgend so ein Schweinehund, der mich schon länger belästigt.«

Wenn der Kingfisher doch bloß ein ganz normaler Schweinehund gewesen wäre. Aber er war alles andere als normal. Er war der skrupelloseste Drogenbaron des ganzen Landes. Nach ihm wurde nicht nur in ganz Kalifornien, sondern auch in vielen weiter östlich gelegenen Bundesstaaten gefahndet. Die Vorwürfe lauteten auf Drogenschmuggel, Folter, Mord und organisiertes Verbrechen.

Und jetzt war der King hier.

Er hatte in das Wicker House investiert, und seine Investition war ihm von Polizisten gestohlen worden. Aber er war nicht bereit, das Ganze als »Betriebskosten« abzuschreiben. Calhoun oder Vasquez hatten ihm sein Eigentum nicht wiederbeschaffen können. Robertson, Brand und Whitney waren auch tot.

Der einzige noch lebende Mensch, der vielleicht wusste,

wo die Beute aus dem Wicker House abgeblieben war, war ein korrupter Polizist, der sich Eins genannt hatte. Im wirklichen Leben hieß er Edward »Ted« Swanson. Er lag mit unzähligen Schussverletzungen im Krankenhaus und würde aller Voraussicht nach nicht überleben.

Darum hatte der Kingfisher *mich* ins Visier genommen.

Manchmal ist das Böse näher, als du denkst …

384 Seiten. ISBN 978-3-7341-0328-5

Lindsay Boxer hat gerade eine Tochter zur Welt gebracht und genießt die Zeit zu Hause mit ihrem Baby. Doch das unbeschwerte Glück währt nicht lange, denn sie wird zurück zum Dienst beordert: Die Freundin eines bekannten Sportlers wurde erschossen. Ihre Leiche verschwand wenig später spurlos aus der Rechtsmedizin. Außerdem sagt ein exzentrischer Englischprofessor regelmäßig Mordfälle voraus, die kurz darauf exakt wie beschrieben geschehen. Die Polizei steht vor einem Rätsel. Doch Lindsay Boxer steht eine noch größere Herausforderung bevor: Ein verurteilter Serienmörder hat nach ihr verlangt und will ihr seine dunkelsten Geheimnisse anvertrauen …

Lesen Sie mehr unter: **www.blanvalet.de**

Eine psychopathische Mörderin ist auf freiem Fuß – und sie hat noch eine Rechnung mit dir offen …

384 Seiten. ISBN 978-3-7341-0697-2

Detective Lindsay Boxer liebt ihr Leben als frischge-
backene Mutter – bis eine Nachricht eintrifft, die ihre
glückliche Welt zum Einstürzen bringt: Vom FBI wird
Lindsay das Foto einer attraktiven Frau, deren Wagen an
einem Stoppschild hält, zugeschickt. Das schöne Äußere
kann Lindsay nicht täuschen: Ohne Zweifel handelt es
sich um Mackie Morales, die größte Psychopathin, der
der Women's Murder Club je begegnet ist und die zuletzt
entkommen konnte. Während Journalistin Cindy ihre
Chance auf die Erfolgsstory ihres Lebens wittert und
Mackies Spur quer durchs Land verfolgt, ahnt niemand,
dass die Killerin einen finsteren Racheplan schmiedet …

Lesen Sie mehr unter: **www.blanvalet.de**

Alex Cross ermittelt in seinem tödlichsten – und persönlichsten – Fall!

480 Seiten. ISBN 978-3-7341-0536-4

Detective Alex Cross kehrt zum ersten Mal seit über dreißig Jahren zurück in seinen Heimatort Starksville in North Carolina, denn sein Cousin Stefan wird eines schrecklichen Verbrechens beschuldigt. Auf der Suche nach Beweisen für Stefans Unschuld stößt Cross auf ein Familiengeheimnis, das alles infragestellt, woran er je geglaubt hat. Kurz darauf wird er außerdem in die lokalen Ermittlungen bezüglich einer grausamen Mordserie hineingezogen. Bald schon ist Alex Cross nicht nur einem brutalen Killer auf den Fersen, sondern auch der Wahrheit über seine eigene Vergangenheit – und die Antworten, die er findet, könnten sich als tödlich erweisen.

»James Patterson hat ein herausragendes Talent im Geschichtenerzählen.
Die Alex-Cross-Serie beweist es.«

Lee Child

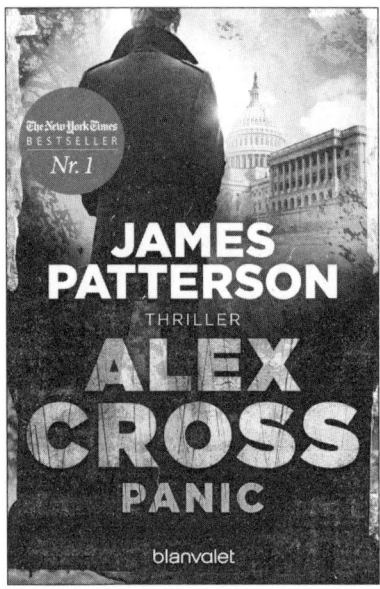

400 Seiten. ISBN 978-3-7341-0771-9

Mitten in der Nacht wird auf einer der Hauptverkehrsadern von Washington, D. C., ein Mann erschossen. Detective Alex Cross hat gerade erst begonnen zu ermitteln, als er zu einem weiteren Mordfall am anderen Ende der Stadt gerufen wird. Er ahnt nicht, was ihn dort erwartet. Tom McGrath, Alex' Chef und der hochgeschätzte Mentor seiner Frau Bree, wurde aus einem fahrenden Auto heraus erschossen. Ein Killer auf freiem Fuß, eine Stadt in Panik und eine Polizei ohne Führung: Alex und Bree müssen alles daransetzen, das Gesetz wieder in die eigene Hand zu nehmen, bevor Gewalt und Furcht Washington ins völlige Chaos stürzen.